UM ROMANCE
Fora de Série

Também de Kate Robb
Um feitiço de amor

KATE ROBB

UM ROMANCE
Fora de Série

Tradução
Ray Tavares

1ª edição
Rio de Janeiro-RJ / São Paulo-SP, 2025

VERUS
EDITORA

Título original
Prime Time Romance
ISBN: 978-65-5924-372-3

Copyright © Kate Robb, 2024
Textos extras copyright © Kate Robb, 2024
Todos os direitos reservados, incluindo o direito de reprodução total ou parcial em qualquer meio.
Nenhum trecho deste livro pode ser utilizado ou reproduzido com o intuito de treinar tecnologias ou sistemas de inteligência artificial.
Edição publicada mediante acordo com The Dial Press, um selo de Random House, uma divisão de Penguin Random House LLC.

Tradução © Verus Editora, 2025
Direitos reservados em língua portuguesa, no Brasil, por Verus Editora. Nenhuma parte desta obra pode ser reproduzida ou transmitida por qualquer forma e/ou quaisquer meios (eletrônico ou mecânico, incluindo fotocópia e gravação) ou arquivada em qualquer sistema ou banco de dados sem permissão escrita da editora.

Verus Editora Ltda.
Rua Argentina, 171, São Cristóvão, Rio de Janeiro/RJ, 20921-380
www.veruseditora.com.br

CIP-BRASIL. CATALOGAÇÃO NA FONTE
SINDICATO NACIONAL DOS EDITORES DE LIVROS, RJ

R545r

Robb, Kate
    Um romance fora de série / Kate Robb ; tradução Ray Tavares. - 1. ed. - Rio de Janeiro : Verus, 2025.

    Tradução de: Prime time romance
    ISBN 978-65-5924-372-3

    1. Romance americano. I. Tavares, Ray. II. Título.

24-95131
CDD: 813
CDU: 82-31(73)

Gabriela Faray Ferreira Lopes - Bibliotecária - CRB-7/6643

Revisado conforme o novo acordo ortográfico.

Seja um leitor preferencial Record.
Cadastre-se no site www.record.com.br e receba informações sobre nossos lançamentos e nossas promoções.

Atendimento e venda direta ao leitor:
sac@record.com.br

Para Joshua Jackson
e quem quer que tenha tricotado aquele maldito suéter para ele.

1

BRYNN

O cara com quem estou saindo está com coentro no dente.

A folha verde está presa por um fio bem no dente da frente, e eu tenho tentado, sem muito sucesso, dizer a ele de forma discreta que *tem um negocinho preso aí*, mas, até o momento, tudo que consegui foi atrair vários olhares estranhos da garçonete que nos atende.

O nome dele é Ford LeClair. Ele é gestor de fundos de investimento em um grande banco canadense aqui em Toronto. Deslizei a tela para a direita porque ele disse que adorava labradoodles, uma boa xícara de café e noites de verão no cais da casa de campo dos pais no Lago Rosseau.

O perfil no aplicativo era promissor.

Ele, porém, passou os últimos quarenta e três minutos em um monólogo sobre criptomoedas, suas previsões para a luta de UFC da próxima semana e sua recente viagem para Las Vegas com os parças.

— Você já foi? É foda pra caralho!

Demoro um pouco para perceber que ele finalmente me fez uma pergunta.

— Já. — Minhas bochechas esquentam. — Já fui uma vez.

Não elaboro.

Felizmente, Ford não faz mais nenhuma pergunta. Mesmo se fizesse, não tenho certeza de como conseguiria explicar o motivo da minha viagem à capital mundial dos casamentos.

Alguma coisa acontece com meus encontros sempre que eu lanço em uma conversa casual que sou uma divorciada de vinte e nove anos. É como se marcassem um "não passou de fase" na minha pontuação do jogo do namoro. Como prevejo que esse relacionamento nem sequer passe para a fase da sobremesa, não vejo por que tocar no assunto.

— Então... — Mudo de assunto, aproveitando a pausa no monólogo de Ford para fazer algumas perguntas. — Seu perfil dizia que você adoraria se mudar pra uma cidade pequena algum dia. Alguma cidade em particular?

Essa é minha última carta na manga. Uma última tentativa de conectar o homem ao perfil. No entanto, para ser bem sincera, quase toda minha esperança de que algo de bom sairia deste encontro se dissolveu no momento em que a recepcionista me levou até a mesa, onde Ford ignorou minha mão estendida para me encarar de cima a baixo indiscretamente e então disse: "Você é diferente das fotos."

Pensando bem, eu deveria ter dado meia-volta e fingido que tudo não passava de um grande mal-entendido, ou ter dito a ele que a recepcionista havia me levado para a mesa errada. Mas eu já tinha feito um esforço tão grande: batom novo, sutiã push-up da Victoria's Secret e meus sapatos de salto alto da queima de estoque da Nordstrom, que fazem minhas pernas parecerem mais longas, mas que também me machucam nos calcanhares por serem um número menor. Então, ignorei os alarmes que gritavam *Corra, Brynn. Salve-se*, abri meu melhor sorriso de *estou totalmente a fim de você* e torci para que meus instintos estivessem errados.

Cinquenta e seis minutos depois, tenho fortes suspeitas de que não estavam.

Ford se inclina para a frente, envolvendo-me em uma nuvem de perfume caro.

— Vou ser sincero com você. Só coloquei essa merda de cidade pequena no meu perfil porque sei que é isso que as mulheres querem ouvir.

Sua honestidade é, na verdade, revigorante.

— Ah, ok. Acho que eu não queria...

— Breanne... — interrompe ele.

— É Brynn.

Ele me ignora e, em vez disso, toma um longo gole da sua IPA artesanal.

— Nós dois sabemos o que está rolando aqui.

Tenho um pressentimento, mas quero ver até onde ele vai.

Ele dá uma olhada no relógio estilo Rolex e então inclina a cabeça para a entrada do restaurante.

— Se você quiser fazer isso, é melhor a gente ir.

Não sou ingênua.

Está bem claro que "isso" significa sexo. Infelizmente, Ford não é o primeiro encontro excessivamente confiante do Bumble a querer ir direto ao ponto este ano, embora ele não tenha o *molho* que normalmente acompanha esse movimento delicado. E, apesar de eu nunca ter sido do tipo que pede o que quer no quarto, não tenho problemas em dizer ao Ford que não tenho intenção de entrar no dele essa noite.

— Quer saber? Estou muito cansada, acho que vou pra casa. — Finjo um bocejo.

Ford ergue as sobrancelhas como se esse fato o surpreendesse.

— Nem uma mamada?

Eu provavelmente deveria estar enojada ou, no mínimo, irritada. Mas meu pobre coraçãozinho já foi tão maltratado, que formou uma capa protetora. Uma casca grossa que o protege e mantém meu tom de voz tranquilo e alegre quando digo:

— Obrigada, mas acho que eu vou passar essa.

Ford olha fixamente para seu copo de cerveja vazio.

— Achei que devia tentar. Era bem óbvio que isso não ia dar em nada. Mas, pra muitas das mulheres que conheço pelo Bumble, está no contrato uma metida decente. E sou mais do que decente. — Ele pisca como se esse pequeno detalhe pudesse me convencer. Quando não respondo, ele dá de ombros e volta sua atenção para a garçonete, que entrega a conta, dando muito mais atenção a ele do que dei a noite toda.

Por mais que eu odeie admitir, Ford está certo. Antes mesmo de nos sentarmos, eu já suspeitava de que estávamos longe de sermos almas gêmeas. Embora ele seja meu tipo, alto e de uma beleza clássica, com olhos azul-escuros da cor do oceano, onde dá para se perder, ele não tem os atributos mais importantes que procuro em um parceiro: sensibilidade, gentileza e real interesse no que eu tenho a dizer.

Não estou chateada por estarmos encerrando esse encontro mais cedo. Eu preferiria estar em casa, enrolada no meu cobertorzinho azul e felpudo, assistindo à última temporada de *Carson's Cove* e caindo de cabeça no drama, em vez de... bom... caindo de boca no Ford. Portanto, com uma relutância fingida, coloco meu Visa na mesa com um "Obrigada pelo encontro. Eu me diverti muito".

Ford, no entanto, dispensa a mim e ao meu cartão sem tirar os olhos da ampla fenda do decote da garçonete muito loira. Observo quando ele tira uma caneta do bolso do paletó, escreve algo no verso de um dos seus cartões de visita e, em seguida, o desliza junto com o Amex da sua carteira para o porta-conta de couro preto.

A garçonete abre o porta-conta, ri do que ele escreveu e se aproxima para sussurrar algo em seu ouvido.

É como se eu estivesse assistindo ao início de um filme pornô de baixo orçamento, e não sei se devo me sentir ofendida ou maravilhada.

A garçonete sai. Exatamente três segundos depois, Ford se levanta, estendendo o punho fechado com um "Então, acho que nos vemos por aí?" descomprometido.

Eu encosto meu punho no dele, sabendo muito bem que essa será a última vez que verei Ford LeClair.

Intencionalmente, permaneço à mesa por mais alguns instantes, sem querer contradizer o que acabei de pensar e criar um cenário constrangedor do lado de fora, onde eu e Ford temos que jogar conversa fora enquanto cada um espera seu Uber. Quando acredito que ele já tenha ido embora, pego meu celular e vejo o balão vermelho de notificação no meu aplicativo de mensagens de texto mostrando que há oito mensagens não lidas.

Todas da minha mãe.

MÃE: *Trinta anos atrás, eu estava em trabalho de parto, prestes a ter o dia mais feliz da minha vida.*
MÃE: *A gente não tinha os remédios bons de hoje em dia.*
MÃE: *Você estava quentinha e confortável no ventre da mamãe. Não queria sair. Precisava fazer as coisas no próprio tempo.*
MÃE: *Mesmo naquela época, você era dona de si.*
MÃE: *Quando você finalmente nasceu, fiquei olhando para o seu rostinho rosado por horas. Nunca amei tanto algo em toda a minha vida.*
MÃE: *Feliz último dia de vinte e nove anos. Espero que os trinta sejam maravilhosos.*
MÃE: *Eu te amo bjs bjs bjs bjs.*
MÃE: *Você deveria sair e comemorar! Chamar aquelas novas amigas de quem você me contou e ir dançar. Talvez você conheça alguém. Você não pode começar o próximo episódio de sua vida se continuar reassistindo ao anterior.*

A última mensagem me atinge como um sorrateiro gancho de esquerda. Ainda preciso contar para minha mãe que a gata subiu no telhado dos encontros. Não disse nada, em parte, porque não quero responder a centenas de perguntas íntimas sobre os encontros, mas principalmente porque — Ford é um bom exemplo — as coisas não estão saindo como eu esperava.

É estranho sair para encontros novamente. É como ler um livro em cujo último capítulo você já deu uma espiada e sabe que o final não é o felizes para sempre que havia sido prometido. Mas preciso reconhecer que minha mãe tem razão quando diz que é quase impossível conhecer o homem perfeito enquanto estou enrolada como um burrito na frente da TV. Portanto, a menos que o Uber Eats comece a entregar encontros dos sonhos, estou mais uma vez nadando em uma piscina de encontros muito rasa.

Meu polegar desliza pela tela, digitando de volta um educado *Te amo, mãe*. Ao clicar em enviar, uma nova mensagem aparece na minha tela, do grupo "Piranhas do Brunch".

As "Piranhas do Brunch" são um grupo de garotas de Toronto que, como o nome sugere, encontram-se regularmente aos sábados ou domingos para fazer um brunch em algum daqueles "locais da moda" eleitos pela revista *Toronto Life*. Fui adicionada ao grupo há cerca de seis meses quando conheci a líder, Lainey Evens, em um evento do setor de agências de publicidade no Tequila Bob's. Ela derramou uma margarita nas minhas costas e insistiu em pegar meu número para cobrir a conta da lavanderia. Ela nunca me pagou, mas me batizou como uma "Piranha do Brunch" e começou a mandar mensagens.

Quando eu e meu ex, Matt, terminamos, fiquei com a TV imensa, mas ele ficou com a maioria dos nossos amigos em comum. Quando eu ainda estava na fossa, mandei mensagem para uma pessoa que achava que fosse uma das minhas melhores amigas, convidando-a para tomar um café comigo. Ela me ignorou por três dias, até que entrei em contato novamente, certa de que devia ter acontecido alguma coisa com o celular dela. Dessa vez ela respondeu: *O Matt e o Billy são muito próximos. Não quero colocar isso em risco. Ligo pra você quando as coisas se acalmarem um pouco. Você entende, né?*

Eu respondi que entendia.

Já se passaram quase dois anos e ainda não tive notícias dela.

Logo, embora eu não tenha muito em comum com Lainey, Ashley K e Ashley T, eu me junto a elas em suas sessões semanais de bebida-e--babado e em qualquer outra noite aleatória para a qual me convidem.

LAINEY: *Senhoritas, o que vão fazer hoje à noite?*
LAINEY: *Queria ter mandado mensagem mais cedo, mas sabem como é, semana louca! Vocês precisam vir aqui hoje à noite. Temos algo especial pra comemorar!!! (Seis emojis com chapéu de festa)*

Leio a mensagem de Lainey duas vezes, tentando dissecar qualquer outro significado possível.

Dois domingos atrás, no nosso encontro semanal, mencionei casualmente que meu trigésimo aniversário estava chegando, mas já estávamos na terceira jarra do refil de mimosas e não ficou claro se alguém estava prestando atenção ou se estavam apenas balançando a cabeça no ritmo da música do Tiesto que estava tocando.

Quando soltei um esperançoso "Talvez a gente pudesse sair e comemorar", não tinha certeza se algo iria rolar. Talvez eu estivesse errada.

ASHLEY K: *Estou sempre a fim de uma festa, mas talvez eu chegue um pouco mais tarde. Tô ocupada com uma coisa.*
ASHLEY T: *Vamos nos encontrar, piranhas! Estou bebendo desde às três da tarde. Sextas-feiras de verão!!!!*
EU: *Estou dentro. Só preciso ir pra casa e trocar de sapato. Chego em uma hora.*
LAINEY: *Buu Brynn! Venha agora. Seus pés vão ficar bem. Precisamos de você!!!*

Eu me levanto, mexendo os dedos dos pés para ver se eles aguentam mais algumas horas de dor nos meus sapatos de salto alto.

EU: *Tá, beleza. Estou a caminho. Vamos só ficar de boa, né?*

A resposta de Lainey são três emojis com chapéu de festa e um de berinjela.

Exatamente três segundos depois de entrar no apartamento de Lainey, percebo que há paus em todo lugar.

Eles estão colados nas paredes, transformados em canudos de plástico nos copos e até mesmo pendurados em colares que adornam todas as mulheres amontoadas na cozinha compacta de Lainey enquanto ela derrama prosecco barato em copos de plástico vermelhos.

Não seria minha primeira escolha para decoração de festa, especialmente porque faz um tempo que não vejo um pau de verdade na minha frente, mas também não é totalmente estranho para uma comemoração organizada pela Lainey.

Olho novamente para a ilha da cozinha e só então percebo que, na verdade, não conheço nenhuma das mulheres que se aglomeram ao redor dela. Imaginando que talvez tenha perdido alguma mensagem na viagem de Uber, tiro o celular da bolsa para verificar o grupo.

ASHLEY K: *Minha coisa se transformou em uma coisa diferente. Não consigo ir. Desculpem!!!*
ASHLEY T: *Estou bêbada. Indo ao Poutini's. Vou comer uma porção de queijo empanado do meu tamanho!*
LAINEY: *Buu! Vocês são péssimas. Brynn, você ainda vem, né?*

Não respondo à última mensagem, uma vez que Lainey está a um metro de distância. Ela segura um copo de plástico vermelho, acenando para mim com a cabeça.

— Venha, amiga. Venha conhecer minhas piranhas do marketing.

Elas abrem a rodinha para me deixar entrar, e isso parece um rito de passagem. É quase como se o universo estivesse conspirando com minha mãe. *Está vendo, Brynn? Você deveria estar saindo, fazendo novas amigas. Veja como é divertido.*

— Meninas. — A voz de Lainey assume um tom de falsete. — Essa é a Brynn. Era sobre ela que eu estava falando.

Quatro garotas voltam seus olhos para mim e sorriem.

Para ser bem honesta, nas últimas semanas, comecei a me perguntar se minha amizade com a Lainey realmente funciona. Não me leve a mal, ela é divertida e extrovertida — o tipo de amiga que sinto que deveria ter. Mas as nossas conversas não vão muito além de planos para o fim de semana, comidas ou a história mais recente de encontro desastroso. Eu até cheguei a pensar, em determinado momento, que ela poderia ter confundido meu contato com o de uma outra Brynn, e que sempre se esquecia de corrigir o erro. Mas, quando o seu braço se enlaça ao meu, uma parte de mim se pergunta se toda essa angústia sobre nossa amizade não seria apenas meu cérebro ansioso analisando demais as coisas.

— Brynn, você precisa conhecer a Zoe. — Lainey aponta para uma mulher com um longo cabelo escuro. — Ela acabou de ficar noiva no fim de semana. Nossa linda noiva corada.

Lainey me solta para abraçar Zoe, mas sou eu que fico com um tom de rosa intenso quando percebo que definitivamente não estamos comemorando meu aniversário. Nem perto disso.

— Estou com tanta inveja — diz Lainey, soltando Zoe para lhe dar um leve empurrão. — Você vai ser uma noiva tão linda. Eu amo casamentos pra cacete. Não são as melhores festas? — Lainey se vira, fazendo a pergunta especialmente para mim.

— As melhores — repito, orgulhosa por não soar tão forçada.

Durante todo o primeiro ano depois que Matt e eu terminamos, eu me esquivava de qualquer conversa sobre casamentos, relacionamentos ou bebês. Minha ferida ainda estava muito aberta. E embora eu genuinamente quisesse me sentir feliz pelas minhas colegas de trabalho que estavam estressadas com a disposição dos assentos para os convidados e com a torradeira na lista de casamento, estava lutando para dividir meus bens e brigando com Matt pelo liquidificador caro que ganhamos da sua tia Mary, mas que ele nunca usou. Tudo parecia muito difícil.

Porém, quando Zoe começa a falar sobre o seu noivo e depois se vira para mim e diz "Ele é, tipo, minha alma gêmea perfeita", eu sorrio, e é genuíno. O único pensamento seminegativo na minha cabeça é sobre como estamos em momentos diferentes da vida. Fico feliz por ela estar toda feliz e radiante enquanto estende a mão, balançando os dedos para mostrar o lindo anel de diamante com lapidação princesa. Acho que só estou triste porque estou um pouco pessimista; já vi como a felicidade conjugal pode se transformar rapidamente em monotonia conjugal e, um dia, "acho que não damos mais certo".

Sorrio um pouco constrangida durante os vinte minutos de conversa na cozinha, enquanto o grupo fala sobre colegas de trabalho que eu não conheço, até que todas, exceto Lainey e Zoe, vão ao banheiro retocar a maquiagem antes da hora de sair.

— Estou tão feliz que você veio, Brynn. — Zoe se movimenta totalmente fora do ritmo da música da Rihanna que toca na caixinha de som na sala de estar de Lainey. — Essa festa foi tão de última hora. Eu estava preocupada de a gente ficar esperando uma eternidade na fila em algum lugar, então, quando a Lainey disse que tinha um contato no Devil's, eu fiquei tipo, *Isso! Chame a Brynn!* Eu adoro aquele lugar.

Faço uma pausa no meio do gole enquanto meu cérebro repassa as palavras dela pela segunda vez.

Lainey passa um braço em volta do meu ombro, aproximando nossas cabeças.

— Não tem problema, né, amiga? Você disse que o seu irmão era, tipo, o gerente.

De repente, entendo meu papel nessa noite.

Elas querem ir ao The Devil's Playground.

É o bar onde meu irmão mais novo trabalhava. Ele foi morar comigo depois que Matt e eu terminamos, porque eu precisava de uma segunda fonte de renda para pagar o financiamento. Quando meu irmão se mudou para Vancouver, há seis meses, ele ofereceu o quarto dele para um novo barman chamado Josh, que é meu colega de casa desde então. Eu casualmente mencionei essa história em um brunch na semana passada. Lainey parecia desproporcionalmente interessada nessa pequena informação, e agora entendo o porquê.

— Claro, sem problema — digo a Zoe, agindo como se esse fosse o plano desde sempre.

Reconheço que Lainey está me usando pelo meu contato. Mas digo a mim mesma que saber disso me torna um pouco menos patética. Pelo menos ela me liga, né?

Não preciso falar para Josh nos colocar na lista. Pego meu celular e mando uma mensagem diretamente para o segurança. Seu apelido é Pequeno Chuck. Deixei que ele passasse a mão em mim na festa de aniversário do meu irmão há dois anos, quando eu era uma recém-divorciada. Foi uma época sombria, mas me rendeu um "Ligue sempre que precisar de um favor".

Pequeno Chuck responde à mensagem quase imediatamente. É um simples *Sem problema. Só vir aqui na frente quando chegar. Essas garotas são gostosas, né?*

Não respondo e, em vez disso, mostro meu celular para o semicírculo de jovens ansiosas de vinte e poucos anos que saíram do banheiro.

— Coloquei a gente na lista de convidados.

As garotas erguem os copos para uma rodada de gritinhos e brindes. Parece que meus sapatos são feitos de lâminas de barbear, e praticamente consigo ouvir a música tema de *Carson's Cove* me chamando para meu sofá. Eu me viro para Lainey, que está segurando dois copos, bebendo de dois canudos de pênis diferentes, e digo a ela:

— Na verdade, acho que eu vou pular o bar e ir pra casa.

Ela balança a cabeça.

— Imagina. — Ela coloca um copo de prosecco nos meus lábios. — Isso vai ajudar. E você precisa ir. O que vai acontecer se eles não deixarem a gente entrar?

Abro a boca para dizer *Você pode me mandar uma mensagem se tiver algum problema*, mas sou interrompida por alguém gritando "O Uber chegou", e então sou arrastada para o turbilhão das amigas de Lainey enquanto procuram suas bolsas e fazem paradas de última hora no banheiro.

Saímos do apartamento como uma manada de sapatos de salto alto e vestidos tubinho, pegamos o elevador e nos dirigimos ao Honda Odyssey que nos aguardava.

O prosecco não faz nada além de me deixar um pouco enjoada enquanto o nosso Uber flerta perigosamente com uma série de sinais de trânsito amarelos pela Richmond Street, até que o motorista para em um beco escuro ao lado de um prédio de tijolos vermelhos sem indicação, bem no meio da área badalada de Toronto.

Espero na calçada, mudando meu peso de um pé para o outro, tentando ao máximo ignorar meus pés enquanto o resto das amigas de Lainey sai da van.

— Juro por Deus, nunca consigo encontrar esse lugar durante a semana — diz Lainey, enquanto damos os braços e caminhamos pelo trecho escuro entre a calçada e a porta de entrada da balada. — É como se ele aparecesse magicamente aos fins de semana.

Embora tenha bebido meia garrafa de prosecco, ela tem um ponto.

Não há nada que marque a entrada do Devil's Playground como um local badalado das noites de sexta-feira, a não ser a longa fila de jovens de vinte e poucos anos fumando vape do lado de fora, vestidos com croppeds e couro vegano.

Furamos a fila e vamos direto para a entrada, onde Pequeno Chuck acena para mim com a cabeça e manda um "e aí" quando nos aproximamos da porta. Ele tranquilamente tem mais de um metro e oitenta de altura e é forte como um touro.

Levanto meu celular e digo, "Obrigada por isso", referindo-me à nossa troca de mensagens. Mas ele está preocupado demais com o decote orgulhoso de Lainey para perceber.

Chuck nos leva até a entrada VIP, o que evita a cobrança de vinte dólares da entrada. Sigo as garotas por um corredor longo, escuro e estreito até a área do bar e me lembro por que nunca venho a esse lugar por vontade própria. Uma música do Top 40 toca tão alto que posso sentir a batida no meu peito. A iluminação é reduzida no esforço de fazer com que todos pareçam mais sexy. Só há um bar. Ele é feito de acrílico branco e iluminado por trás, o que dá uma sensação de estação espacial da Nova Era. Ele ocupa toda a parede, dando aos seis bartenders um amplo espaço para trabalhar.

Eu os observo por um momento.

Seus uniformes totalmente pretos se destacam contra o tampo branco do bar. Ao vê-los trabalhando lado a lado, é difícil não notar que todos são injustamente atraentes. Estava começando a imaginar como deve ser uma entrevista de emprego nesse lugar quando um dos bartenders levanta a cabeça e nossos olhares se cruzam.

É meu colega de casa, Josh. A luz fraca deixou seu cabelo normalmente castanho quase preto, e a camiseta do uniforme destaca o peitoral largo e os braços tonificados. Sua barba por fazer está um pouco mais longa do que o normal, como se ele a tivesse deixado crescer um dia a mais. O efeito transformou seu rosto normalmente infantil em algo diferente.

Quase me esqueci de como ele é atraente.

Nossos caminhos geralmente se cruzam no início da manhã, quando ele ainda está sonolento e usando seus suéteres velhos e surrados, ou tarde da noite, quando ele chega do bar e me acorda porque eu acabei dormindo na frente da TV... de novo. Normalmente, não tenho a chance de apreciar a suavidade dos seus movimentos quando ele pega uma garrafa e a serve sem nem mesmo olhar, ou então de notar o ar que ele transmite: tranquilo e confiante, e bom com as mãos.

— Quem é *aquele*? — Os peitos de Lainey pressionam meu ombro. Seus olhos também estão fixos em Josh, que voltou sua atenção para um par de loiras no bar.

Eu quase consigo ouvir o cérebro de Lainey elaborando um plano de sedução, o que absolutamente não pode acontecer. Já me deparei, mais de uma vez, com garotas festeiras com o cabelo desgrenhado, saltos na mão, saindo do quarto de Josh nas primeiras horas da manhã. Lainey na minha sala de estar amanhã não é algo que eu precise ver.

— Ele tem clamídia — digo a ela, falando a primeira coisa que me vem à mente.

Lainey franze o nariz, mas continua a observá-lo.

— Mas essa é uma das doenças curáveis, não é?

— Não — minto.

Ela suspira.

— Que pena. Ele é gatinho. Vamos lá. Vamos dançar.

Ela sai sem me esperar. Eu me demoro um pouco mais, até que Josh levanta a cabeça novamente. Ele ergue as mãos como se perguntasse silenciosamente: *O que você está fazendo aqui?*

Aponto na direção das amigas de Lainey, que já formaram uma roda, jogando suas jaquetas e bolsas em uma mesa próxima. Elas dançam ao som de um mashup da Lady Gaga, com um copo de vodca com refrigerante em cada mão, que, de alguma forma, apareceram magicamente.

Josh balança a cabeça para elas e depois move os lábios como se dissesse, *divirta-se*. Respondo com um duplo joinha, do qual me arrependo imediatamente, porque sei que não foi tão despretensioso ou fofo quanto eu pretendia.

Eu realmente não queria estar aqui. Mesmo assim, junto minha bolsa à pilha e me enfio na roda entre as primas gêmeas da noiva, que estão usando vestidos tubinho iguais.

Lainey me oferece um shot de vodca com suco de limão.

— Mandem ver, senhoritas!

Pego o copo de shot da sua mão. Uma das gêmeas se vira e me entrega o dela também.

— Não posso beber isso — explica ela. — Estou fazendo a paleolítica e vai atrapalhar a minha dieta toda.

Bebo o shot dela, seguido do meu. A vodca é barata e queima minha garganta, mas também faz com que a música e a iluminação se misturem em um ritmo nebuloso. Duas vodcas com refrigerante depois, me pego pensando: *Não é tão ruim assim.*

Em seguida, o DJ nos leva de volta aos tempos de escola com os clássicos.

As garotas gritam loucamente. Elas se agarram umas às outras, jogam os braços para cima e a cabeça para trás. Funciona como um sinal. Mulheres bêbadas aqui. As coisas estão prestes a ficar selvagens.

Um círculo externo de caras está nos cercando, como tubarões.

Eu me preparo para o primeiro ataque.

Minha aposta é na Lainey, com seu delineado esfumado e balançando hipnoticamente os quadris, ou talvez na futura noiva, cujos olhos estão semicerrados enquanto ela se balança fora do ritmo da música.

O que eu não estava esperando é a mão que serpenteia ao redor da minha cintura e a inegável sensação de um pênis dançando às minhas costas.

Não. Absolutamente não.

Derrubo minha bebida, apenas parcialmente por acidente. Ela cai em mocassins pretos da Zara.

Ele xinga.

Eu me jogo no banco, vasculhando a pilha de casacos, procurando pela minha pequena bolsa preta.

Há três quase idênticas a ela. Mas, depois de uma investigação frenética, determino que a bolsa de couro a tiracolo pertence à Lainey, a bolsa estilo envelope com fivela grande é da Zoe e a bolsa de couro indefinida pertence à gêmea não paleolítica. A minha, no entanto, não está em lugar algum.

Essa é uma lição de vida. Uma que eu já devia ter aprendido. Não se coloca a bolsa na pilha de casacos sem consequências.

Com o baixo vibrando muito alto, sinto as reverberações até nos dedos dos pés. O último fio — aquele pelo qual estive pendurada precariamente a noite toda — finalmente se rompe.

Quero estar de calça de moletom, assistindo a *Carson's Cove*, onde tudo dá certo. Não aqui, com os calcanhares iguais ao meu estado emocional: em carne viva e doloridos.

Quero ir para casa.

Mas, para ir para casa, preciso de dinheiro.

E com meu celular na bolsa e minha bolsa sabe-se lá onde, a única maneira de conseguir dinheiro é pedindo emprestado à Lainey, o que, na melhor das hipóteses, significa aguentar um sermão sobre como sou uma estraga-prazeres.

A menos que...

Meus olhos se voltam para o bar, onde minha segunda opção está limpando o balcão e conversando com uma mulher de belos peitos.

Eu e Josh não somos exatamente amigos.

De vez em quando, mandamos mensagens um para o outro com o bom e velho *acabou o papel toalha* ou *a conta de água veio alta esse mês*, mas não é o tipo de relacionamento em que é normal pedir dinheiro emprestado.

Hesito e, quando o faço, um aplauso coletivo vem da pista de dança e o mashup se transforma em uma música da Katy Perry intercalada com o som de disparos de raios laser.

Minha determinação cede e dá lugar ao instinto de sobrevivência.

Vou até o bar.

2

JOSH

— Que merda é essa? Eu pedi um mojito. Devia ter hortelã e limão. Entendeu, chefe?

Um cara com camisa azul-bebê coloca os óculos escuros na cabeça, toma um longo gole do referido mojito e, em seguida, empurra o copo bebido pela metade para o outro lado do balcão.

O bartender que o atende deve ter só vinte anos e trabalha aqui no Devil's há menos de uma semana. É um cara legal, mas com certeza ainda está aprendendo o ofício. Ele pega o copo, despeja-o na pia e começa a procurar na geladeira pela hortelã que normalmente não usamos, já que somos um estabelecimento que usa principalmente refrigerante e vodca.

O cara de óculos de sol, irritado porque a bebida está demorando, ergue as mãos, murmurando "idiota de merda" alto o suficiente para ser ouvido por cima do baixo da música eletrônica. Nossos olhares se cruzam e ele estende as mãos como se dissesse, *Estou certo ou estou certo?*

Pego um copo alto no fundo de uma das prateleiras.

— Por que eu não fico com esse? — digo ao rapaz novo, que acena com a cabeça dizendo, "Valeu, cara", antes de se virar para atender o que, espero, seja um cliente muito mais amigável.

Coloco o copo no balcão, pego alguns ramos de hortelã na parte de trás da geladeira, misturo com o xarope simples de hortelã que ele recebeu da primeira vez e mexo.

— Você tem razão. Parece que está cheio de idiotas aqui essa noite. — Coloco três cubos de gelo no copo. — Estão deixando qualquer um entrar hoje em dia: uns verdadeiros babacas, uns caras que nunca aprenderam a lição de que é melhor ser gentil com a pessoa que está servindo sua bebida. Nunca se sabe o que pode acontecer quando você não está olhando.

Eu sorrio, tirando a bebida totalmente preparada de trás do balcão e colocando-a na frente dele. Ele olha para a bebida, subitamente inquieto.

— Aproveite. — Empurro o copo na direção dele. — Dezoito e cinquenta.

Ele me encara com a boca entreaberta.

Pego o cartão de crédito da sua mão e passo-o na maquininha antes que ele possa encontrar um novo motivo para reclamar. Entrego a ele a nota, sabendo muito bem que não vou receber gorjeta desse cara.

A mulher ao lado dele, que estava observando toda a interação, sorri para mim quando ele enfia a nota amassada no bolso, pega a bebida em que ainda não havia tocado e sai pisando duro, deixando escapar alguns palavrões pelo caminho.

Ela se inclina, com seu cabelo longo e escuro caindo sobre o ombro.

— Aposto que ele não vai cometer esse erro de novo.

— Infelizmente, ele provavelmente vai. — Limpo o balcão na frente dela com meu pano. — O que você vai querer?

Ela coloca o cartão de crédito no balcão do bar.

— Um shot de vodca. — Ela faz uma pausa. — Na verdade, três. Estou a fim de fazer uma besteira hoje.

Pego três copinhos e sirvo o seu pedido. Ela puxa duas doses em sua direção e depois empurra a terceira para mim. Eu sorrio e levo o copo aos lábios. Mas, quando ela inclina a cabeça para trás, eu jogo a vodca barata por cima do ombro sem que ela perceba.

Ela bate o copinho vazio no balcão e pega a última dose intocada.

— Será que a gente se vê por aí mais tarde?

Ela é uma mulher linda. Estou nesse trabalho há tempo suficiente para entender exatamente o que ela tem em mente para mais tarde, e aprendi há muito tempo que minha melhor resposta é um gentil, mas firme "Se divirta".

Eu basicamente cresci em um bar e tenho servido bebidas desde a tenra maioridade de dezenove anos, o que significa que já fiz parte dessas "besteiras" mais vezes do que gostaria de contar.

Geralmente acontece da mesma forma.

Uma mulher entra, sorri e flerta. Às vezes, ela até me paga uma dose. Depois, vamos juntos para casa. Talvez a gente até tenha mais um ou dois encontros. Mas, quando meu trabalho me deixa indisponível na maioria das noites e fins de semana, de repente, ela quer um namorado que possa levá-la para um brunch ou viajar para o norte em uma sexta-feira à noite e passar o fim de semana no chalé com as amigas. Termina tão rápido quanto começou. Mesmo sem esse emprego, nunca fui o tipo de cara que dá flores e janta à luz de velas. E, mesmo que eu diga isso às mulheres logo de cara, e elas afirmem que não é isso o que querem, elas eventualmente acabam voltando aqui nos braços de um novo namorado gestor de investimentos, que tem uma reserva permanente para a noite de sexta-feira em algum lugar da moda no centro da cidade. Não sou nada mais do que a lembrança de uma noite que saiu do controle.

A multidão na frente do bar se movimenta e mais alguém se espreme. É outro rosto bonito, mas um que estou acostumado a ver dormindo no sofá quando chego tarde em casa, ou exausto e faminto quando ela chega em casa depois de um longo dia de trabalho na agência, passando por mim na escada enquanto saio para trabalhar.

— E aí, Brynn? Como está sua noite? Não esperava ver você aqui.

Não conheço Brynn muito bem, mas ela não me parece ser o tipo de mulher que frequenta a Devil's. Ela é mais do tipo que vai cedo para a cama, levanta cedo e usa tênis confortáveis, embora eu deva dizer que ela não parece deslocada com a saia justa e os saltos altos que está usando hoje.

— Pois é, estou bem arrependida das minhas escolhas de vida nesse momento, o que significa que preciso pedir um favorzinho pra você. Eu sei que normalmente a gente não, hum... — A voz dela vai sumindo quando ela quebra o contato visual. — Alguma chance de você me emprestar cinco dólares?

Não era a pergunta que eu estava esperando, mas me viro para o pote de gorjetas ao lado da caixa registradora, tiro uma nota de cinco e entrego a ela.

— Claro, sem problema. Tá tudo bem?

Ela faz um gesto para o grupo de mulheres com quem veio.

— Não aguento mais ficar aqui, e minha bolsa e meu celular sumiram. Se alguém tentar abrir uma conta em um cartão Visa da Brynn Smothers, sei lá... será que dá pra confiscar o cartão?

Ela parece cansada. E não só o tipo de cansaço que vem depois de uma noitada. Mas o tipo de cansaço que se instala na alma, deixando seus olhos um pouco mais escuros e tirando o gingado do seu andar.

— Não se preocupe — digo, depois aponto para os cinco dólares na sua mão. — Mas como você vai voltar pra casa com isso?

Moramos em Leslieville. Fica a leste da via expressa, uma viagem de trinta dólares para casa. Trinta e cinco com a gorjeta.

Ela enfia o dinheiro no bolso da saia.

— Só vou pegar o bonde. Se bem que, agora que eu disse isso... Quanto custa a dose mais barata de tequila? Também preciso pegar emprestado, não interessa o valor. Eu estava me enganando quando comprei esses sapatos.

Em vez de pegar mais dinheiro, pego um copo e sirvo uma dose generosa de Casamigos Reposado, que guardamos para funcionários e raros conhecedores de tequila que entendem o suficiente para pedir. Deslizo o copo em sua direção.

— Para os seus pés. Por conta da casa.

Ela toma o shot e estremece, depois inclina o copo vazio em minha direção em um gesto de brinde.

— Você salvou meus pés, Joshua Bishop, e eu vou te pagar de volta. Prometo.

Com essa declaração, ela se vira em direção à porta, mas, ao fazer isso, uma sensação desconfortável toma conta de mim.

— Ei, Brynn — chamo por ela. — Você pode esperar, tipo, cinco minutos?

Ela se vira lentamente, com as sobrancelhas franzidas, confusa.

— Eu vou pra casa com você — explico. — O bonde é meio perigoso a essa hora da noite, e não acho que eles precisem de mim por muito mais tempo.

Ela faz um gesto com a mão, mancando mais alguns passos em direção à porta.

— Tá tudo bem. Ele fica com um pouco de cheiro de Doritos, só isso. Não estou preocupada.

Aceno para meu gerente, que está de pé na extremidade do bar, observando o clube.

— Espere só eu falar com meu chefe rapidinho. Dois minutos no máximo.

Ela parece irritada, mas concorda com a cabeça.

— Tudo bem, mas se eles tocarem Justin Bieber eu vou me autodestruir.

Não consigo evitar um sorriso. Embora eu ame ser bartender, também não escolheria passar meu tempo livre neste lugar. Prefiro um lugar mais descontraído, onde o clima seja tranquilo e despretensioso, onde dê para se levantar para dançar se uma música boa começar a tocar, mas que o importante seja a companhia. E a cerveja.

Dou uma olhada na torneira de chope simples e na da famosa marca belga.

É um lembrete muito real de que a razão para trabalhar no Devil's é justamente porque aqui *não é* meu lugar. Sem riscos. Sem expectativas. Nenhum lembrete de todas as coisas que eu ferrei e perdi. Tudo que se espera de mim é que eu sirva bebidas e controle as comandas e, desde que eu não me atrase para o meu turno, sou praticamente um funcionário exemplar.

Até agora.

Eu me aproximo do meu chefe esfregando a parte de trás do pescoço, em uma tentativa idiota de parecer estar com dor.

— Ei, cara. Não estou me sentindo muito bem. Você se importa se eu for pra casa mais cedo?

Ele verifica o relógio antes de olhar para o bar.

— Acho que o garoto novo tá indo bem sozinho. Mas não tem gorjeta se você sair no meio do turno. Política da empresa.

Minha gorjeta deve estar perto dos quatrocentos dólares essa noite. Talvez até mais. É uma merda perder o dinheiro, mas a prefeitura está fazendo obras na nossa rua há duas semanas. Eles desligaram a energia dos postes de luz. É uma caminhada escura. Além disso, uma das nossas bartenders foi assaltada quando voltava para casa outra noite. A ideia de Brynn sozinha no bonde, e depois caminhando, não me agrada muito.

— Amanhã eu chego cedo e compenso.

Ele me dá um tapinha carinhoso nas costas enquanto me dirijo à sala dos funcionários para pegar meu celular no armário. Não pretendo verificar as mensagens, mas recebo uma notificação da minha mãe que me fez rapidamente abrir a caixa postal e encostar o celular no ouvido.

Ela não costuma ligar tão tarde.

— Oi, docinho. — Ela parece normal. Voz suave. Suave e uniforme. — Desculpe ligar tão tarde, mas queria contar que marcaram uma data para o leilão.

Meu coração acelera ao ouvir a palavra *leilão*.

— Sei que você já disse que não está interessado em tentar novamente — continua a mensagem —, mas o banco está vendendo por um preço ótimo. Todo mundo ficaria feliz se você voltasse pra casa. Agora que as coisas estão resolvidas com a propriedade, você deveria pensar nisso. Você tem bastante tempo. O leilão é só no dia 21 de junho, às sete horas. Pelo menos venha e dê uma olhada. Você pode passar a noite, e a gente pode tomar café da manhã na Nana. Ligue se quiser conversar sobre isso, tá bom?

A mensagem de voz termina com um clique suave, mas meu coração continua na garganta.

O antigo bar do meu pai está à venda novamente. Claramente, os novos proprietários não tiveram mais sucesso do que eu em fazê-lo prosperar. Enfio o celular no bolso, como se essa ação também fosse banir todos os pensamentos indesejados que estão rodeando minha cabeça. Por um breve segundo, considero a possibilidade de ir até lá. Não volto a Orillia desde que vendemos o bar. Aquele lugar tem algumas das minhas melhores memórias, e uma série das piores. Mas todos os planos que eu poderia estar fazendo na minha cabeça param quando a porta da sala dos funcionários se abre, trazendo consigo um dos auxiliares do bar e um coro de vozes femininas cantando "Baby, baby, baby, ohhh!"

Merda.

Brynn.

Quando volto para o bar, ela já está correndo em direção à chapelaria. Eu a alcanço assim que ela chega à porta da frente. Pequeno Chuck me cumprimenta com um soquinho de aprovação quando saímos para os degraus. Eu provavelmente deveria explicar que, embora eu a esteja levando para casa, não estou, de fato, *a levando para casa*. Em vez disso, fico observando o espetáculo que é a Brynn, segurando o corrimão com as duas mãos, visivelmente se contorcendo enquanto desce lentamente os degraus.

— Por que você comprou esses sapatos se eles machucam tanto?

Ela se endireita diante da pergunta, como se estivesse tentando provar que não está com tanta dor assim.

— Eu comprei on-line. Estavam na promoção. Achei que eram bonitos e fiquei com preguiça de devolver, e aí meu prazo de devolução de trinta dias acabou, então eu me convenci de que dava pra usar. — Ela olha para os pés. — Mas estou aprendendo que dizer "é psicológico" só funciona até certo ponto. — Ela olha para a longa extensão do beco até a rua. — Não se preocupe comigo. Eu vou ficar bem.

O modo como ela se contorce ao mudar o peso de um pé para o outro diz o contrário.

Sem pensar, coloco a mão na sua cintura e a pego nos braços. Ela me encara com os olhos arregalados, piscando.

— Hum, o que você está fazendo?

— Eu nem sei dizer quando foi a última vez que cheguei em casa antes da meia-noite — explico. — Estou de olho nas oito horas de sono e, no ritmo que você estava andando, não chegaríamos em casa antes do amanhecer.

Ela relaxa um pouco, deixando a bochecha encostar no meu ombro.

— Minha feminista interior quer se opor a ser carregada como uma princesa de livro de banca de jornal nesse momento, mas depois do dia que acabei de ter... — Sua voz vai sumindo.

— Dia difícil?

Ela olha para o lado, evitando me encarar.

— Está mais pra um ano difícil.

— Alguma coisa que eu possa fazer pra ajudar?

Ela nega com a cabeça.

— Não, a não ser que você tenha uma varinha mágica. Ou uma psicóloga excelente.

Eu dou risada.

— Eu provavelmente preciso dessas duas coisas também.

Ela abraça meu pescoço enquanto saio do beco e desço as três quadras até a Queen Street. Sua cabeça bate no meu peito a cada passo. Ela não diz mais nada até que eu pare para esperar o sinal.

— Isso é algo que você faz com frequência ou sou sua primeira vez?

Fico olhando para ela, confuso.

— Carregar mulheres pra casa nos seus braços — esclarece ela.

Eu a levanto um pouco mais, ajeitando minha pegada.

— Posso afirmar que essa é a primeira e, provavelmente, a última.

Ela inclina a cabeça para o lado.

— Então Josh Bishop não é um romântico?

— Não. Por falar nisso... — Eu a coloco de pé e, prontamente, pego suas mãos e a levanto por cima do meu ombro, transformando-a de, como ela chamou? Uma princesa de livro de banca de jornal?, em um saco de batatas. — Esse é mais meu estilo.

— Mas que... — grita ela.

Meus braços se apertam em torno das suas pernas. Ela se imobiliza quando percebe que não está prestes a cair de cabeça na calçada.

— Tudo bem aí em cima?

Seus braços balançam por um momento.

— Um aviso mais claro teria sido melhor, mas, fora isso, estou bem. — Ela bate nas minhas costas. — "Sebo nas canelas. Bala no Alvo!"

Eu a carrego por mais alguns quarteirões até o ponto do bonde. Quando finalmente a coloco no chão, ela permanece com as mãos no meu peito por um momento, depois se inclina e cheira meu pescoço.

— Por que você tem cheiro de floresta? — Ela inclina a cabeça para trás e olha para mim. — É tipo uma mistura de menta e pinhas e alguma outra coisa. Estou tentando descobrir há um quarteirão e meio e isso está me deixando louca.

Não sei como deveria responder a essa pergunta.

— Eu gostaria de dizer que é meu cheiro natural de homem, mas acho que você deve estar falando do meu desodorante. Ele se chama Lenhador de Madeira de Cedro.

Seu queixo cai.

— Sério?

— Juro por Deus. Eu vi e comprei só pelo nome. Claramente, ele não decepcionou.

Ela abre a boca como se fosse dizer outra coisa, mas é interrompida pela chegada do bonde vermelho e branco, que abre as portas, inundando-nos com uma onda de ar quente e cheiro de suor.

Ela ergue as mãos como se estivesse provando um ponto.

— Uma coisa eu posso dizer. É definitivamente melhor que o cheiro de Doritos.

3

BRYNN

Meu estado de espírito melhora significativamente assim que tomo um banho e coloco roupas confortáveis, com um saco de pipoca estourando no micro-ondas e um Pinot Grigio gelado no copo térmico. Quando a pipoca fica pronta, pego meu cobertorzinho azul e felpudo na cama e vou para o sofá, na frente da TV obscenamente grande comprada pelo meu ex logo antes de nosso relacionamento implodir.

Minha conta da Netflix tem *Carson's Cove* pronta e aguardando nos favoritos, como se também soubesse que eu precisaria de uma pequena maratona de conforto esta noite. Mas, antes que eu consiga pegar o controle e apertar play, a porta do quarto de Josh se abre e ele sai usando apenas uma calça de moletom cinza-clara de cintura baixa.

Esta não é a primeira vez que ele anda seminu pela minha casa.

Começou a acontecer logo depois que ele se mudou para cá.

Certa manhã, ele saiu do quarto tarde, com apenas um short de academia. Para ser justa, eu não fui trabalhar porque estava doente. Ele provavelmente não esperava que eu estivesse aqui. Mas, mesmo quando me viu deitada no sofá, ele não pareceu se importar. Cheguei à conclusão de que eu estava apenas sendo ranzinza. Ele era um rosto novo invadindo meu espaço pessoal, e era inevitável que houvesse um período de adaptação. Então, certa noite, depois de um longo choro causado por uma conta de streaming esportivo que chegou à minha casa com o nome do Matt, entrei na cozinha e encontrei Josh fazendo ovo mexido só de cueca e uma camiseta puída da cidade de Anaheim, que ele adora. Ela marca todos os lugares certos, e dá para ver seus mamilos. É quase tão ruim quanto se ele estivesse pelado. Ele falava com alguém ao telefone. Sua mãe, acho. Eu só consegui pegar alguns trechos da conversa enquanto ele preparava os ovos, com os antebraços flexionados enquanto mexia a frigideira para virar os ovos com facilidade. Não sei se foram os braços ou algum fetiche culinário que nunca percebi que tinha, mas senti o começo de uma atração. Soube imediatamente que era uma má ideia. Ele era meu colega de casa. Eu tinha acabado de atingir a marca de dizer que tinha superado Matt e realmente ter superado Matt. A última coisa de que eu precisava era a Ilha da Tentação na minha cozinha, preparando o café da manhã para o jantar. Quase rescindi nosso contrato ali mesmo.

Mas deixei que ele ficasse.

Em uma economia dessas, quem fez financiamento com taxa variável e recebe um inquilino não pode ser exigente.

Mas, naquele momento, decidi traçar um limite firme para nosso relacionamento, deixando Josh Bishop e seu corpo irritantemente sexy de um lado e eu do outro. Até então, tem sido um limite firme. Isto é, até eu pedir dinheiro emprestado mais cedo esta noite.

— Então. — Ele se joga ao meu lado no sofá e coloca uma única perna sobre a mesa de centro. — O que vamos ver?

Eu o encaro por um momento, só para ter certeza de que o que eu acho que está acontecendo está acontecendo.

— Bom, *eu* estava prestes a ver *Carson's Cove*.

Ele coloca a outra perna em cima da mesa, esticando as duas enquanto se inclina para trás nas almofadas.

— E acho que você vai assistir comigo? — pergunto.

Ele olha para mim, sem parecer nem um pouco preocupado.

— Tudo bem?

Tudo?

— Sem problema. — Meus olhos se desviam por um momento para seu peito queimado de sol. — Mas você vai precisar vestir uma camiseta primeiro.

— Como é que é?

— Você já testemunhou minha humilhação o suficiente essa noite. Por favor, não me faça mais perguntas.

Ele me olha como se estivesse tentando descobrir se estou brincando. Depois de algum tempo, ele se levanta, entra no quarto e retorna momentos depois, puxando a camisa surrada de Anaheim pela cabeça.

— Não. — Aponto para a porta. — Outra camiseta.

Ele para, com metade da camiseta vestida. Mais uma vez, ele espera para ver se vou fazer alguma piada. Quando não faço, ele repete o processo anterior e, dessa vez, sai vestindo uma camiseta preta de gola alta, com cara de nova.

Melhor assim.

— Mais alguma coisa? — Ele se afunda no sofá ao meu lado, uma covinha divertida fazendo uma aparição repentina na sua bochecha esquerda.

— Aham, você precisa prometer que não vai falar.

Suas sobrancelhas se erguem uma fração de centímetro.

— Mas e se eu tiver perguntas?

— Então você precisa fazer agora. — Dou play e os créditos iniciais começam a rolar. — Você tem exatamente trinta e seis segundos.

— Você assistiu à série inteira duas vezes desde que eu me mudei, não é como se não soubesse o que vai acontecer.

— Isso não foi uma pergunta. Foi uma observação.

Ele estende a mão e pega um punhado da minha pipoca.

— Eu não terminei. Então, por que você gosta tanto dela?

Sem que ele soubesse, a pergunta que Josh havia acabado de fazer era mais íntima do que qualquer coisa que Ford, Lainey ou qualquer outra pessoa tinha me perguntado em muito tempo.

— Isso vai demorar muito mais do que trinta e seis segundos. — Pauso, preparando mentalmente a palestra que ele acabou de pedir, sem saber. — *Carson's Cove* é basicamente a série perfeita. Tem de tudo: angústia adolescente e uma pequena cidade da Nova Inglaterra onde todos os adolescentes e suas mães são bonitos; e eu digo isso de uma forma muito literal. E aí tem o flerte, eu vivo pelo flerte. — Pego um travesseiro e o pressiono contra o peito. — Tem muito drama, mas nenhuma reviravolta inesperada. Nenhum casamento desastroso. O time da cidade sempre ganha o grande jogo, ou então a leitora voraz que passava despercebida sofre uma transformação e se torna a linda rainha do baile. Até os episódios supertristes ou trágicos se resolvem. A pior briga sempre pode ser resolvida com um grande gesto romântico.

Josh ergue uma das sobrancelhas, achando graça.

— Eu não diria que você é uma romântica piegas.

Dou de ombros.

— Não sou. Na vida real, declarações públicas de amor me matam de vergonha, mas, em *Carson's Cove*, elas funcionam.

— Bom, então — diz Josh, pegando mais um punhado de pipoca —, estou feliz por finalmente estar assistindo.

Ele se acomoda mais nas almofadas do sofá, deixando claro que está interessado quando eu aperto o play novamente e os créditos de abertura são exibidos, mostrando a singular cidade litorânea da Nova Inglaterra com sua pitoresca rua principal e, em seguida, o famoso gazebo branco com vista para o mar.

O que eu não expliquei totalmente para Josh foi como a série se tornou uma âncora durante minha tumultuada adolescência. Eu brigava com uma amiga, mas então voltava para casa e assistia a Sloan e Poppy — melhores amigas que sempre se protegiam —, e minha fé na amizade era restaurada. Ou eu descobria que meu crush estava interessado por outra menina, e aí passava horas assistindo Spencer Woods, que até podia namorar outras pessoas, mas sempre acabava ficando com a garota certinha. *Carson's Cove* é gastronomia afetiva em formato televisivo.

Então, quando cheguei em casa um dia, aos vinte e seis anos de idade, e encontrei um bilhete cheio de todos os clichês que nunca quis ouvir

— "Nós nos afastamos... Nós nos casamos antes de saber quem realmente somos... Eu te amo, só não estou mais apaixonado por você" —, comecei a assistir aos episódios novamente como se fossem uma droga. Quando meu mundo virou de cabeça para baixo e meu papel passou de esposa feliz para divorciada, os padrões previsíveis de *Carson's Cove* foram um bálsamo. Uma presença constante enquanto a vida se despedaçava ao meu redor.

— E aí? — Josh acena com a cabeça para a TV. — Mais um? Ou vamos encerrar por hoje?

Pisco para a tela, só então ciente de que o episódio terminou e a Netflix começou a carregar o próximo. Quinta temporada, episódio vinte e três: o final da temporada, que, inesperadamente, tornou-se o final da série. A queridinha dos Estados Unidos, Sloan Edwards, tem um plano para finalmente contar ao seu melhor amigo, Spencer Woods, que está apaixonada por ele, depois de vencer o concurso anual de Miss Festival da Lagosta. Mas um vestido perdido atrapalha tudo, e ela perde a coragem, deixando Spencer no escuro enquanto ele parte para Los Angeles para se tornar ator.

É o gancho dos ganchos.

Eles vão voltar ou não?

Sloan terá a chance de dizer para Spencer como ela se sente?

Foi a forma perfeita de manter os espectadores ansiosos até a estreia da sexta temporada, no outono seguinte.

Só que a série nunca mais voltou.

Foi a única vez que *Carson's Cove* deixou alguém na mão. Quando não entregou um final satisfatório.

De acordo com os blogs de fãs, a audiência começou a cair no final da quinta temporada. Alguns dos atores começaram a se dedicar ao cinema e a exigir mais dinheiro. Pouco depois de o final da temporada ter ido ao ar, a série foi cancelada.

Ainda me lembro do dia em que anunciaram o cancelamento. Chorei tanto que rompi os vasinhos dos dois olhos. Minha mãe teve que ligar para a escola e dizer que meu cachorro fictício havia morrido, porque estava muito envergonhada para contar a verdade: sua filha havia entrado em depressão profunda por causa do fim de uma série adolescente.

Olho de relance para Josh, que ainda está me encarando, aguardando o convite para assistir ao próximo episódio.

— Não — digo a ele enquanto bebo o último gole do meu vinho. — Acho que vou pra cama.

Os acontecimentos do dia me esgotaram. A exaustão mental tinha deixado meu corpo dolorido.

Josh se levanta e estende a mão para me ajudar. Sinto vontade de dizer alguma coisa. Um agradecimento pelo resgate e pela conversa. Mas, quando abro a boca, sou interrompida por uma batida forte à porta da frente.

Josh e eu paralisamos.

— Você está esperando alguém? — Olho a hora. São 00h01. Um pouco tarde para visitas, mas talvez não seja incomum para Josh.

Ele nega com a cabeça.

— Não que eu saiba, mas talvez seja melhor eu atender.

Ele se dirige à porta e, antes que eu possa me opor, ele a abre um pouquinho. Depois, satisfeito com quem quer que estivesse do outro lado, ele a abre de vez.

Parado na minha porta de entrada está um cara. Ele parece ter vinte e poucos anos, com cabelo loiro descolorido que se projeta em todas as direções. Está usando uma camiseta amarela-clara de uma banda cujo nome está coberto pela grande caixa de papel branca que segura nas mãos.

— Qual de vocês é Brynn Smothers? — pergunta.

Josh se vira para mim e sorri.

— Parece que *você* estava esperando alguém.

O cara ignora Josh e estende a caixa.

— Uber Eats para... Ah, ei... — Ele aponta para algo atrás de mim. — *Carson's Cove*. Eu amo essa série. Tenho um pouco de vergonha de dizer, mas já assisti inteira pelo menos duas vezes.

A revelação me relaxa instantaneamente. Esse homem é um dos meus.

— Não se sinta mal — digo a ele. — Acho que eu já assisti umas seis vezes, e provavelmente já assisti a alguns episódios até mais do que isso.

O estranho parece satisfeito.

— É mesmo? Quais?

Eu provavelmente deveria estar um pouco envergonhada pelos meus hábitos compulsivos de consumo de TV neste momento, mas quero responder à sua pergunta.

— O episódio do furacão, sem dúvida. Eu amo que o Spencer e a Sloan ficam sozinhos na casa dele a noite toda, com nada além de perigo iminente e luz de velas durante praticamente o episódio inteiro. Passei a maior parte da minha adolescência achando que isso era a coisa mais romântica do mundo.

O estranho concorda com a cabeça.

— Eu também gosto desse episódio. Mas fiquei irritado que eles não se beijam.

Meu estômago embrulha ao pensar nisso.

— Mas você já fica sabendo que não vai acontecer bem no começo do episódio — rebato. — Logo quando a energia acaba, a Sloan comenta que eles provavelmente deveriam desligar todas as luzes, para que elas não se acendam no meio da noite se a energia voltar. Mas, se você observar com atenção, eles nunca fazem isso. É o cenário perfeito para arruinar um quase-beijo.

Um lento sorriso se espalha pelos lábios do motorista do Uber.

Há algo nele que me parece familiar, como se já tivéssemos nos encontrado antes, mas não consigo me lembrar de onde.

Ele estende a caixa branca.

— Feliz aniversário, Brynn.

Eu a pego das suas mãos, examinando o logotipo azul-escuro estampado no topo, onde se lê Bake a Wish, asse um desejo.

Abro a tampa e encontro um pequeno bolo de aniversário branco coberto com granulado colorido. Uma única vela branca está aninhada no centro.

— Puta merda. — Josh dá um passo na minha direção. — Brynn. Eu não sabia que era o seu aniversário. — Ele olha para dentro da caixa, e seu cheiro amadeirado mistura-se com a delicada baunilha do bolo.

— Então foi por isso que você saiu hoje à noite? Uma comemoração de aniversário?

— Não exatamente. — Fico olhando para a única vela branca, mais uma vez me lembrando das decepções da noite, o que me leva a uma nova pergunta: se nem minhas amigas se lembraram do meu aniversário, quem se lembrou?

— Ei, quem mandou isso... — Antes que consiga terminar a frase, sou interrompida pelo som da porta da frente se fechando.

Eu me viro para o Josh.

— Pra onde ele foi?

Josh olha do bolo para a porta fechada e dá de ombros. Ele pega a caixa das minhas mãos.

— Posso cortar um pedaço pra você?

Embora o doce aroma de baunilha ainda permaneça no meu nariz, é um pouco tarde para comer bolo... Balanço a cabeça.

— Eu não deveria. Podemos deixar pra amanhã.

Josh se demora, me dando um olhar de *Tem certeza?*, antes de assentir e levar o bolo para a cozinha. Dobro meu cobertorzinho no encosto do sofá e procuro o controle remoto para desligar a TV. Uma imagem do elenco sentado na doca da marina ainda permanece na tela. Finalmente localizo o controle embaixo da mesa de centro. Quando aperto o botão para desligar, a sala fica escura até que me viro e vejo uma pequena chama laranja perto da cozinha.

Ela vem em minha direção como uma aparição misteriosa, até que o rosto de Josh aparece atrás dela.

Ele está segurando um prato com o bolo e a única vela branca de aniversário no meio.

— Minha avó sempre dizia que não é aniversário até que você faça um pedido. Então você tem que, pelo menos, dar uma mordida hoje à noite. — Ele me entrega o prato. — Feliz aniversário, Brynn.

Minha personalidade geralmente cínica, aquela que normalmente reviraria os olhos diante de algo tão sentimental, é acalmada pelas labaredas alaranjadas das chamas que se retorcem e dançam no escuro.

Um desejo.

O que eu quero mais do que qualquer outra coisa nesse mundo?

Voltar com o Matt? Hum, não. Essa fila já andou.

Encontrar um novo amor? Talvez... Mas encontrar amor não foi o problema da primeira vez. Eu quero mantê-lo. Quero que minha vida se desenrole exatamente como deveria ser, pelo menos uma vez. Sem reviravoltas na trama. Chega de cair no golpe de idiotas do Bumble com fotos de rolinhos de canela no perfil. Apenas amigos que me entendam e que sempre vão me apoiar.

Quero finalmente ter o perfeito felizes para sempre.

Então fecho os olhos, me agarro a esse sentimento e assopro.

4

BRYNN

Estou tendo um lindo sonho.

O sol aquece meu rosto. Uma brisa morna bagunça meus cachos enquanto eu respiro o cheiro salgado de maresia e dos restos de uma fogueira. As ondas quebram suavemente na praia e me sinto em paz. Como se finalmente tivesse voltado para casa.

O *bip-bip-bip* do alarme até parece o grasnar agudo de uma gaivota, mas eu mantenho meus olhos fechados, na esperança de me agarrar aos últimos momentos antes de acordar e começar o dia — ou, acho eu, agora que tenho oficialmente trinta anos, começar a próxima década da minha vida.

Não, Brynn. Não caia nessa.

Mesmo que seja apenas uma metáfora, parece muito pesada.

À medida que a neblina do sonho se desfaz e eu fico mais desperta, percebo que devo ter me esquecido de fechar as persianas na noite passada, porque o sol está brilhando tanto pela janela que é doloroso abrir os olhos. Fico deitada com eles fechados por mais alguns instantes e elogio os desenvolvedores do meu aplicativo de meditação, porque o barulho das ondas do mar que saem do meu celular parecem muito realistas.

Rolo para enterrar o rosto no travesseiro, mas calculo mal a distância até a beirada da cama. Quando me viro de barriga para baixo, começo a cair em queda livre.

— Mas que meleca... — Minhas mãos não me seguram a tempo, e eu caio de cara no chão, ficando sem ar nos pulmões e batendo o queixo com tanta força que meus dentes rangem.

Ai! Eu me retraio em posição fetal.

— Mas o que carvalho aconteceu?

Espere.

Não consigo xingar.

— Baralho. Tomate cru. Que meleca é essa?

Profanidades imundas estão sendo geradas pelo meu cérebro, mas não consigo, de jeito nenhum, fazer com que elas saiam pela minha boca.

O que está acontecendo?

Eu me viro de costas, imaginando que talvez tenha batido a cabeça com mais força do que pensei. Mas, em vez do habitual teto pintado com textura, estou olhando para uma nuvem branca e fofa, que parece ter saído diretamente de um livro ilustrado.

Sério, o que está acontecendo?

Eu me levanto, observando o ambiente ao meu redor. Estou em um pequeno deque de madeira ladeado por áreas verde-escuras com grama da praia, de frente para o mar. Há um oceano que definitivamente não saiu de um aplicativo de meditação. Minha cama não é uma cama, mas uma espreguiçadeira estofada ao ar livre, coberta por um tecido branco estampado com botões-de-ouro em amarelo-claro.

Estou sonhando? Ou fui sequestrada? Verifico meu corpo procurando lesões, mas não acho nenhum ferimento aparente.

Ainda estou usando a legging preta da Lululemon que vesti ontem à noite. O elástico com o qual eu pretendia prender o cabelo deixou marcas vermelhas profundas no meu antebraço.

Eu devo ainda estar sonhando. É a única explicação lógica.

Eu me viro para encarar a casa atrás de mim. É uma pequena casa de praia ao estilo de Cape Cod, com telhas amarelo-claras, batentes brancos e uma grande porta de vidro de correr que se abre para o deque em que eu estou.

A casa ao lado é um chalé idêntico, com telhas azul-claras.

Uma lembrança me agita e meu coração bate três vezes mais rápido, como se soubesse de algo que meu cérebro ainda não compreendeu.

Dou um passo em direção à porta de correr, encostando o rosto no vidro para espiar lá dentro. As paredes da aconchegante sala de estar são de um amarelo suave e amanteigado. A mobília é toda de madeira rústica simples, exceto pelo enorme sofá de cor sálvia, que fica em cima de um tapete vintage verde e azul, em frente a uma lareira de pedra antiga, cheia de velas brancas.

A sala de estar se abre para uma cozinha com paredes de tábuas de madeira brancas e armários e bancadas em madeira rústica. Uma prateleira de vidro no parapeito da janela exibe uma fileira de vasos com manjericão, alecrim e hortelã. É chique, mas convidativo, como calçar um par de meias de caxemira.

Tenho vontade de entrar, passar os dedos pela lareira e ver se tem cheiro de ervas e estofado novo.

Olho para o capacho sob meus pés, onde estão estampadas as palavras *Feche a porta da frente*, e tenho certeza absoluta de que há uma chave embaixo.

Agora isso está ficando estranho.

Sem nenhuma surpresa, quando levanto o canto e sopro uma camada de sujeira, a encontro lá.

Ela se encaixa facilmente na fechadura e, assim que abro a porta, um pensamento me ocorre: *E se isso não for um sonho?* E se houver alguma outra explicação que eu ainda não deduzi, e eu estiver arrombando e invadindo uma casa?

— Tem alguém em casa? — chamo, não muito convencida de que não vá haver resposta.

Mas o único som é o quebrar das ondas na praia.

Entro e, imediatamente, sinto como se tivesse chegado em casa. Sinto essa vontade de me atirar no sofá, puxar a manta branca e felpuda sobre mim e esperar a tempestade chegar.

Mas um pensamento incômodo continua surgindo. Isso parece real demais para ser um sonho. Estou muito acordada, e meu cotovelo está dolorido demais por ter batido no deck. Tento pegar meu celular no bolso para pesquisar no Google, mas lembro que perdi minha bolsa ontem à noite no bar. Acho que a Brynn dos Sonhos também perdeu o dela.

Beleza.

Sem Google.

Só preciso voltar à boa e velha lógica. Como saber se estamos sonhando?

Começo pelo mais óbvio e belisco meu antebraço.

— Jesus amado, isso dói!

E as marcas em formato de lua crescente na minha pele confirmam o que a queda no deck já havia me dito. Eu, de fato, sinto dor.

Um espelho.

Acho que eu li uma vez que, quando estamos sonhando, não conseguimos ver o próprio reflexo.

Há um pequeno espelho pendurado ao lado da porta da cozinha. Olho para ele e vejo a Brynn Normal me encarando de volta, com uma pequena camada de baba no canto da boca. Meus cachos escuros estão selvagens, como se eu tivesse passado a noite em uma espreguiçadeira.

Ok, *talvez dê* para ver o próprio reflexo em um sonho, e eu confundi com o que falam sobre os vampiros.

Encaro novamente para meus olhos cansados e, ao fazê-lo, percebo que abaixo do espelho há uma fileira de ganchos. Há uma argola de chaveiro com uma chave prateada, uma chave de Mini Cooper e um chaveiro de lagosta feito de metal e pintado de vermelho-vivo.

Um alarme soa nas profundezas do meu cérebro.

Tudo é muito familiar, mas de uma forma bizarra. É como se eu já tivesse visto todas aquelas coisas antes, mas também juro pela minha vida que nunca estive aqui.

Será que eu já tive esse sonho antes?

Pego as chaves do gancho e saio pela porta da cozinha para um pequeno caminho de terra que se conecta ao chalé azul ao lado e leva à estrada principal. Em frente a uma pequena garagem amarela de uma vaga está um Mini Cooper vermelho-vivo, que apita quando aperto o botão de destravar.

Embora esteja ciente do meu possível segundo crime da manhã, me sento no banco do motorista e ligo o carro, pensando que, se não estiver sonhando, tudo indica que eu tenha sido sequestrada, e a polícia provavelmente vai entender.

Ao sair da garagem, viro instintivamente à direita, passando por outra grande área coberta por grama de praia e entrando em uma estrada pavimentada.

A distância, há um conjunto de prédios que flanqueiam os dois lados da estrada. Parece a rua principal de uma cidade pequena.

Quanto mais me aproximo dos edifícios, mais inquieta fico. Assim como a casa, tudo parece familiar demais.

As calçadas de paralelepípedos estão repletas de floreiras de madeira com amores-perfeitos roxos e azuis-vivo, intercaladas por bancos de pedra acolhedores, suavemente sombreados por altos bordos vermelhos cujas folhas ainda são de um verde-vivo.

Pelo menos minha imaginação é fofa e pitoresca.

Passo lentamente por pequenas lojas. Há uma lavanderia, uma farmácia e uma barbearia com um daqueles toldos vermelhos e azuis, mas é a padaria, com seus bolos brancos e fofos na janela, que chama a minha atenção.

Principalmente o bolo coberto de granulados coloridos com uma única vela de aniversário branca no meio.

Piso no freio.

E bem a tempo, porque dois homens estão atravessando a rua na minha frente, carregando uma escada entre eles. Eles são seguidos por uma mulher cujo cabelo vermelho-vivo é tão familiar que abro a janela e inclino o pescoço para ver melhor. Não consigo ver seu rosto. Ela está ocupada demais gritando com os homens enquanto eles apoiam a escada em um dos postes. Em vez disso, observo enquanto um dos homens sobe e o outro corre para atravessar a rua, voltando pouco tempo depois com a ponta de uma faixa que havia amarrado no poste do lado oposto. Fico olhando enquanto a faixa é esticada e as palavras "75º CONCURSO MISS FESTIVAL DA LAGOSTA — 21 DE JUNHO, ÀS 19H" são exibidas em tinta vermelho-vivo.

Miss Festival da Lagosta?

— Nem fedendo.

De repente, tudo se encaixa. Como em um daqueles quebra-cabeças 3D, a resposta aparece de repente, como se estivesse bem ali na minha frente o tempo todo.

Não estou sonhando.

Meu pé encontra o acelerador. Estou suando. Um sentimento de pânico está subindo pela minha garganta.

Não é possível. Não faz nenhum sentido.

Estou tão preocupada com meu próprio pânico, que não vejo quando o cara desce da calçada, até que seja tarde demais.

Meu pé encontra o freio, mas não antes de o Mini encostar no homem, e ele cair na rua com um alto *páááá*.

5

JOSH

— Josh? Joshua? Joshua Brian Adam James... Na verdade, eu não sei o seu nome do meio. Mas isso não é importante agora. Você precisa acordar.

Abro um olho, depois o outro. O contorno da mulher de cabelo selvagem pairando sobre mim traz uma desejada onda de alívio.

Eu consegui.

Finalmente acordei.

Esse provavelmente foi o sonho mais estranho e mais vívido que já tive. Por algum tempo, comecei a me preocupar que fosse outra coisa.

Tento me sentar, mas, quando meu abdômen se contrai, uma dor aguda atravessa meu tronco, e tenho que me deitar para recuperar o fôlego.

— Ah, graças a Deus você está vivo. — Os braços de Brynn apertam meus ombros enquanto ela me segura no chão em um meio abraço, seu cabelo escuro caindo sobre o meu rosto.

— Eu não achei que tivesse atingido você com tanta força, mas você caiu que nem uma pedra, e eu até fiz aquela aula de primeiros socorros uma vez, mas a única parte de que eu me lembro é "língua, levantar a mandíbula, abrir com os dedos", mas tenho certeza de que isso é só pra vítimas de asfixia e...

— Brynn!

Ela se afasta, me dando espaço o suficiente para observar o ambiente ao meu redor. O céu. A rua. O pedaço gigante de metal vermelho-vivo bombeando ar quente do motor pela grade dianteira.

Qualquer paz que eu pudesse estar sentindo segundos atrás desaparece.

Não estou em casa, desmaiado no sofá, com Brynn tentando me acordar porque estou dormindo em cima do controle da TV.

Ainda estou em uma cidade estranha, sem a menor ideia de como cheguei aqui, e acabei de ser atropelado por um carro.

— O que baralhos está acontecendo?

Espere. Quê?

— O que baralhos está acontecendo? — Tento novamente. — Por que baralhos eu continuo dizendo *baralhos*?

Brynn joga os braços para cima.

— Você também não consegue xingar. Não sou só eu. Isso é muito estranho, né?

É estranho.

Tudo é estranho.

— Quando você chegou aqui? — Mexo a cabeça timidamente, ainda sem saber se machuquei alguma coisa.

— Agora mesmo. Você pulou na frente do meu carro — diz ela, quase acusatória. — O que você estava fazendo, atravessando a rua sem olhar e, mais importante, o que *você* está fazendo aqui?

Não faço a menor ideia.

Lembro que cheguei em casa do bar na noite passada, depois aquele cara estranho na porta e, depois disso, tudo fica confuso.

— Acordei em um quarto estranho — tento explicar. — No começo, pensei que estava sonhando, mas tudo parecia tão real. Ficava em um velho armazém. Eu desci alguns degraus e tinha uma sala grande, que parecia um bar.

O que eu não conto a ela é que, naquele momento, eu tive certeza de que estava tendo um pesadelo.

Eu os tive durante meses depois que meu pai morreu. Sonhos lúcidos, em que eu estava no seu bar e não conseguia tirar cerveja das torneiras, e as pessoas continuavam exigindo mais e mais, mas eu não conseguia fazer nada funcionar.

Mas esse bar era diferente.

— Estava vazio. Cheguei a me perguntar se estava fechado. Consegui encontrar a porta da frente e comecei a andar pela rua. Estava tentando de tudo pra me acordar e... — Viro a cabeça para o Mini Cooper vermelho que me atingiu, com o motor ainda ligado no meio da rua. — Bom, acho que ainda não consegui.

Brynn estende a mão para me ajudar a levantar. Desta vez, consigo ficar de pé. Parece que não quebrei nada. Estou apenas um pouco atordoado e machucado.

— Acho que descobri o que está acontecendo. — Ela inclina a cabeça para a porta do carona do Mini. — Talvez seja mais fácil mostrar pra você do que contar.

Demora um tempo para que meu cérebro entenda o que ela está propondo. Ela espera pacientemente, até que eu finalmente processo que vamos entrar no carro, e vou até o lado do carona. Nós dois colocamos o cinto de segurança. Ainda não sei exatamente o que estamos fazendo quando Brynn dá meia-volta e reduz a velocidade do carro, dirigindo pela rua principal.

— Ali. — Ela aponta para um prédio de tijolos brancos onde se lê FARMÁCIA em letras douradas gravadas na janela da frente. — É a farmácia do dr. Martin. Foi onde o Fletcher Scott comprou o primeiro pacote de camisinhas quando decidiu que era hora de perder a virgindade, mas então foi flagrado pelo pai do Spencer. E ali... — Ela aponta para o que parece ser um salão de beleza. — É o salão onde a Poppy Bensen passou de uma zé-ninguém para uma linda ruiva de arrasar o quarteirão, e depois ganhou o posto de capitã da equipe de torcida em vez da sua nêmesis, Luce Cho. E isso — ela aponta para uma faixa pendurada acima de nós — está anunciando o 75º Concurso Miss Festival da Lagosta. Só conheço um lugar com um concurso de beleza anual chamado Miss Festival da Lagosta.

Eu tenho tantas perguntas, mas Brynn não permite que eu as faça.

— Finalmente, ali. — Dessa vez, ela para o carro e abre a janela para que eu tenha a visão desobstruída de um gazebo branco sobre um grande gramado. — É onde o Spencer se despediu da Sloan quando estava indo para Los Angeles. Está tudo aqui, Josh.

Brynn ergue as mãos como se tivesse acabado de apresentar os argumentos de um caso irrefutável, mas eu ainda continuo perdido.

— Então, onde nós estamos?

Ela encosta o carro em uma vaga de estacionamento próxima e desliga o motor.

— Estamos em Carson's Cove.

Eu a ouço. Processo suas palavras, mas estou tão confuso quanto estava há poucos minutos.

— Carson's Cove é um lugar real?

Ela nega com a cabeça.

— Não. Quer dizer, é inspirado em uma cidade pesqueira na costa de Massachusetts, mas não existe de verdade.

— Então como foi que paramos... — Não consigo nem mesmo organizar meus pensamentos o suficiente para formar uma frase completa, mas Brynn concorda com a cabeça como se tivesse entendido.

— Essa é a parte que eu não consigo entender.

Ficamos sentados em silêncio por alguns minutos, observando um carteiro descer a rua. Ele acena para uma mulher de calça de linho que passeia com dois goldendoodles e, em seguida, para o comerciante careca que borrifa água nos legumes do lado de fora do seu armazém.

— Josh.

Estou ciente de que Brynn está chamando meu nome, mas estou concentrado demais em encontrar uma explicação lógica.

— Josh. — Seu tom de voz é agudo o suficiente para interromper meus pensamentos.

Ela aponta para minha coxa.

— Você pode parar de balançar essa perna? Está começando a me assustar.

Minha perna está tremendo como uma britadeira. Estou pra lá de assustado, e sem nenhuma ideia.

— Será que caminhamos sonâmbulos até aqui?

Ela franze uma das sobrancelhas enquanto pensa nisso.

— Nós dois?

— Tem razão. Talvez fomos sequestrados?

Ela joga os braços para cima.

— Eu também pensei nisso, mas quem é que ia querer nos sequestrar? Preciso de um colega de casa pra pagar meu financiamento. Você trabalha em um bar. Acho que existem reféns mais lucrativos por aí.

— Tem certeza de que não usamos drogas ontem à noite? — É a única outra explicação que faz sentido.

Ela dá de ombros.

— Se usamos, eu não lembro. Você não chegou a comer aquele bolo, chegou?

Eu nego com a cabeça.

— Não, você comeu?

Ela pensa por um momento.

— Não, mas eu...

Ela não termina o raciocínio. Em vez disso, sai do carro, praticamente corre para o outro lado da rua e para em frente a um prédio de tijolos vermelhos com uma grande vitrine.

Eu a sigo e, quando atravesso a rua, a encontro com as mãos em concha ao redor dos olhos e o rosto tão rente ao vidro que ele embaça a cada expiração.

— O que você está fazendo?

Ela dá um passo para trás, apontando para a janela.

— Aquele bolo de ontem à noite era muito parecido com aquele ali, né?

Dou uma olhada nos cookies e doces, bem como no bolo em questão. Ele parece quase idêntico ao que a Brynn ganhou ontem à noite, com a vela de aniversário.

— O nome na caixa parecia familiar — continua Brynn. — Mas eu não consegui identificar. A padaria não era tão importante assim na série. O único episódio em que eu acho que ela é mencionada é no que a

Sloan faz dezesseis anos. Todo mundo esqueceu porque a Poppy e a Luce estavam fazendo campanha uma contra a outra para presidente da turma. O Fletcher estava fazendo serviço comunitário porque roubou o carro da tia. O Spencer estava estressado porque o novo professor de teatro parecia ter alguma coisa contra ele. Então a Sloan fica toda chateada até chegar em casa e encontrar tudo escuro, e vê que tudo não passou de um teatrinho pra encobrir uma festa surpresa.

Parece que vai continuar a história, mas ela para, os olhos observando meu rosto.

— Desculpe, você não precisava de todas essas informações. O que eu quero dizer é que o nome na caixa de ontem à noite é o mesmo daqui. — Ela aponta para a gravura no vidro onde se lê BAKE A WISH. — No começo, eu não liguei uma coisa à outra, mas agora tenho certeza absoluta de que a caixa da padaria veio de Carson's Cove.

— Mas isso não faz sentido algum.

De repente, sinto um pouco de fraqueza nos joelhos, e me pergunto se talvez o carro não tenha me atingido com mais força do que imaginei.

— Você está bem? — Os dedos de Brynn seguram meu cotovelo enquanto ela estica o pescoço para olhar para mim.

— Estou bem — minto, mas seus olhos castanhos examinam meu rosto como se ela não estivesse acreditando.

— Tenho uma ideia... Estou na dúvida se... — Seus olhos percorrem a rua como se estivessem procurando por algo. — Na verdade, é perfeito. Vamos lá. — Ela agarra meu pulso sem mais explicações.

Voltamos para o carro e dirigimos até o final da rua principal. O último edifício antes da estrada entrar na floresta parece uma lata de alumínio virada de lado. Acima dele, há um letreiro rosa-neon que diz LANCHONETE DO POP.

— Você quer comer? — pergunto, sem entender o plano.

— Essa é a lanchonete do Pop — diz ela, como se eu devesse saber o que isso significa. — Aqui tudo se resolve.

Sigo Brynn até o estacionamento e observo quando ela sobe os três degraus da lanchonete e abre a porta da frente.

Mas não a sigo.

Isso é muito estranho.

Mesmo que Brynn tenha razão e estejamos em Carson's Cove, como é que chegamos aqui? E, mais importante, como voltaremos para casa?

Brynn espera por mim na entrada.

— Você vem? — pergunta ela, como se estivesse prestes a entrar em uma cafeteria qualquer, e não em uma lanchonete fictícia em uma cidade de mentirinha.

Talvez seja o tom da sua voz.

Ou a maneira casual com que ela segura a porta aberta com o quadril. De qualquer forma, isso me traz de volta à realidade.

— Como é que a lanchonete fictícia de uma série de TV em que viemos parar sabe-se lá como vai resolver tudo? Você ouviu o que disse?

Ela estreita os olhos para mim.

— Eu tenho um plano, Josh. Você precisa confiar em mim.

— Isso é loucura. — Eu me mantenho firme no lugar, sentindo o peso dessa manhã finalmente me atingir. — Você deveria estar surtando agora, mas está agindo como se isso fosse totalmente normal. Como se isso fosse sua fantasia secreta se tornando realidade.

— Beleza. — Ela arrasta a palavra, descendo os degraus lentamente até parar na minha frente. — Você tem razão. E eu estava surtando antes. Acordei em uma espreguiçadeira em um lugar estranho. Desde então, passei por várias emoções. E, como você, tenho um monte de perguntas sem respostas, mas eu também estaria mentindo se não admitisse que estou um pouco curiosa. Sou obcecada por esse lugar há anos, de um jeito que provavelmente não é saudável. E agora ele está bem aqui, e é real.

Ela pega minha mão, colocando os dedos sobre os meus.

— Eu prometo que a gente vai resolver isso. Por isso trouxe a gente aqui. — Ela acena com a cabeça para a lanchonete. — Se realmente estamos Carson's Cove, esse é o lugar que vai nos dar as respostas. É aonde todos os personagens vão quando não sabem o que fazer a seguir. É só contar seus problemas para o Pop. Ele prepara um milk-shake de chocolate e, quando termina de tomar, você sabe exatamente o que precisa acontecer.

Não acredito muito nela, mas a sigo porta adentro sem ter uma ideia melhor do que fazer.

O interior da lanchonete do Pop é exatamente o que eu esperava de um lugar que se autodenomina lanchonete à moda antiga. O piso é quadriculado em preto e branco. Há um longo bar branco com banquetas de couro vermelho e fileiras de mesas com sofás estofados em vinil que parecem ter sido transportados diretamente de 1950. Na parede dos fundos, há um jukebox antigo, embora a música que toca soe mais como um emo do final dos anos 2000 do que um rock dos anos 1950. A lanchonete inteira tem cheiro de batata frita e café.

Não há outros clientes. O lugar está vazio, exceto por um único homem atrás do balcão, usando um avental branco e uma camisa polo listrada em vermelho e branco.

Quando Brynn mencionou Pop, imaginei um idoso de cabelo grisalho e talvez de bigode. O cara atrás do balcão tem vinte e poucos anos e cabelo loiro descolorido que se projeta para cima, como se ele tivesse exagerado no gel.

— Esse é o Pop? — pergunto para Brynn, que também está olhando para ele.

Brynn se vira para mim, com os olhos arregalados.

— Não. Não tenho ideia de quem seja esse cara.

Nós dois nos voltamos para ele conforme ele olha para cima.

— Ah, que bom! Vocês chegaram.

6

BRYNN

— Preciso dizer, estou um pouco ofendido.

O cara atrás do balcão coloca a mão sobre o coração, como se minhas palavras o tivessem ferido fisicamente.

— Pensei que tivéssemos compartilhado algo especial ontem à noite.

Com a menção à noite anterior, tenho um flashback.

O visitante noturno que parecia tão familiar.

O bolo misterioso.

— Você é o cara do Uber Eats — digo.

Ele dá um sorriso largo e faz uma leve mesura.

— Às vezes, eu sou. Mas hoje sou *homem indefinido limpando o balcão*. — Ele toca no crachá do uniforme. — Mas, para facilitar as coisas, vocês podem me chamar de Sheldon.

Ele aponta para as duas banquetas vazias no balcão.

— Sentem-se. Descansem um pouco. Vocês devem estar cansados. Eu estava começando a ficar preocupado com vocês. — Ele tira um bloco de notas do bolso do avental. — Querem beber alguma coisa? Uma Coca-Cola? Ou, já sei! Um dos famosos milk-shakes do Pop? De cereja?

Nego com a cabeça. Embora eu tenha achado uma boa ideia há alguns minutos, de repente, pensar em tomar sorvete me deixa enjoada.

Mas aceito a oferta de Sheldon para me sentar e afundo em uma das banquetas do balcão, sentindo repentinamente os efeitos de uma noite dormida em uma espreguiçadeira. Josh permanece parado no lugar, perto da porta. Suas sobrancelhas se franzem de forma séria enquanto ele olha atentamente para Sheldon.

— O que você quis dizer quando falou que estava nos esperando? — pergunto a Sheldon, inclinando-me para a frente sobre o balcão. — Você sabe como chegamos aqui?

Sheldon termina de limpar a mancha à minha frente, ignorando minhas perguntas e assobiando uma música que não consigo identificar, antes de jogar o pano na pia. Então, em um único movimento fluido, ele salta sobre o balcão e se senta na banqueta ao meu lado. Ele se inclina para a frente, apoia os cotovelos no balcão e apoia as bochechas na palma das mãos, com os olhos verdes fixos em mim.

— Você não passou a vida sentindo que a última temporada de *Carson's Cove* a deixou insatisfeita? — pergunta. — Tipo, pense em todas essas histórias que ficaram pela metade: Spencer foi para Los Angeles antes que a Sloan tivesse a chance de dizer aquelas três palavrinhas, e Sloan nunca ganhou a coroa de Miss Festival da Lagosta. Você não concorda que ficou faltando aquele típico final gratificante e acolhedor de *Carson's Cove* que nós aprendemos a amar?

Suas palavras tocam em um ponto sensível no meu peito.

— Sim, claro que sim.

Sheldon se inclina para a frente, tão perto que posso sentir um leve toque de algo doce em seu hálito.

— Bom... Eu trouxe vocês aqui para me ajudarem a consertar as coisas. — Ele estende os braços. — Esta é a nossa chance de arrumar tudo. De trazer à vida o final perfeito que nunca aconteceu.

Uma sensação estranha se agita no fundo do meu estômago. Ela sobe até meus pulmões, me deixando arrepiada.

O olhar de Sheldon sustenta o meu, e eu me pego quase desejando que ele continue a falar.

— No início, pensei em simplesmente colocar todos de volta nas vidas que abandonaram — continua ele. — Mas, depois, entendi que isso não ia funcionar. Seria um desastre absoluto passar por todo esse esforço para trazer *Carson's Cove* de volta à vida só para acabar com o final errado uma segunda vez. Você sabe qual é a definição de insanidade, Brynn?

Abro a boca, mas Sheldon não espera pela resposta.

— É fazer a mesma coisa duas vezes e esperar um resultado diferente.

Com isso, ele se inclina para trás, me dando um momento para absorver suas palavras.

— Então pensei um pouco mais e descobri o problema. Acho que a Sloan não estava totalmente comprometida com a ideia de que ela e o Spencer deveriam ficar juntos.

Abro a boca para protestar, mas Sheldon coloca o dedo nos meus lábios.

— Espere. Me escute. Ela poderia ter dito que o amava no gazebo. Poderia ter entrado no carro para segui-lo até o aeroporto. São dois exemplos, e estou ignorando todas as inúmeras outras vezes em que ela ficou sozinha com o Spencer e nem uma vez sequer deu a entender o que sentia.

Quero argumentar que os sentimentos dela eram complexos. Havia muita história e hormônios envolvidos, sem mencionar mais de uma década de amizade a ser considerada. Mas Sheldon se levantou e começou a andar.

— Se eu não tiver o comprometimento total da Sloan, todo o plano vai por água abaixo. Então eu pensei, o que a gente faz quando tem um membro danificado?

Fico encarando Sheldon, sem ter certeza se quero ouvir a resposta.

Ele então se vira para me encarar.

— Você o corta fora.

Não há nenhuma expressão no seu rosto. Nenhuma percepção de que o que ele acabou de dizer é absolutamente assustador, se não mórbido — especialmente quando a metáfora se refere a corpos.

Quase peço que ele esclareça a questão, mas ele volta a andar, dessa vez balançando um único dedo no ar.

— Mas então eu tive uma epifania. Eu não podia simplesmente eliminar a Sloan. O que eu precisava era de uma substituta. Obviamente, não existe *Carson's Cove* sem Sloan Edwards.

Eu me pego concordando com a cabeça.

— É, não faria sentido.

Sheldon para e dá um tapa tão forte no balcão que o saleiro e o pimenteiro tilintam.

— Exatamente! Eu precisava de alguém que quisesse isso tanto quanto eu. Alguém que tivesse assistido a quinhentas e setenta e quatro horas de *Carson's Cove* na Netflix. Alguém que desejasse do fundo do coração que as coisas dessem certo. Que poderia finalmente dar à Sloan o final que ela merece. — Ele me olha de soslaio, sem fazer nenhum esforço para esconder o modo como seu olhar faz uma avaliação lenta do meu corpo, do topo da cabeça aos dedos dos pés.

Eu sei que Josh e eu somos as únicas outras pessoas na lanchonete, mas, ainda assim, olho por cima do ombro para ter certeza de que ele está falando comigo. Sloan é doce, gentil e muito loira. Além do meu cabelo escuro e encaracolado, eu também não tenho aquela inocência, aquela atitude radiante, de quem enxerga o copo sempre meio cheio, que faz com que Sloan seja tão amada.

— Você quer que *eu* interprete a Sloan Edwards — esclareço.

Sheldon pega um dos meus cachos, como se seus pensamentos estivessem finalmente seguindo o caminho traçado pelos meus.

— Não, Brynn. — Ele balança a cabeça, sorrindo. — Eu quero que você *seja* a Sloan Edwards.

Aquelas ondas que encheram meus pulmões momentos atrás agora se torcem e se contorcem em nós duplos.

Dou uma olhada de relance para Josh. É impossível ler seu rosto, mas ele se aproxima um pouco mais, como se também entendesse que há algo de errado aqui.

— O que você quer dizer com *ser*? — Volto a olhar para Sheldon, que sorri como se já tivesse antecipado essa pergunta.

— Você, minha amiga, não é mais Brynn Smothers. De agora em diante, você é Sloan Edwards, a amada namoradinha de Carson's Cove.

Tenho sua história toda planejada. Faz quinze anos que você deixou a ilha, nunca mais voltou para casa depois de um verão em Paris. Escolhendo a movimentada e populosa Boston. — Ele cospe a palavra. — E sua carreira de designer em ascensão em vez do lar da infância.

Ele franze a testa brevemente, depois balança a cabeça, com o sorriso voltando ao rosto.

— Enfim, a questão é que você voltou. Talvez porque esteja se sentindo um pouco perdida. Talvez porque o mundo real não tenha cumprido todas as suas promessas. Talvez porque o seu coração ainda pertença ao queridinho da cidade.

De repente, sou atingida por um pensamento muito diferente. Spencer Woods. Um sonho. O objeto das minhas fantasias adolescentes. Isso significa que ele também está aqui?

— E o queridinho da cidade? — pergunto a Sheldon. — O Spencer também voltou?

Sheldon dá uma olhadela rápida para Josh antes de voltar os olhos para mim, sorrindo.

— Você vai amar essa. Spencer Woods acaba de voltar de Los Angeles para assumir o cargo de diretor do departamento de teatro da Escola Municipal de Carson's Cove. Aparentemente, ele também tinha alguns assuntos inacabados na ilha que o chamavam de volta para casa. — Sheldon dá uma piscadela.

Josh, que estava notavelmente calado até então, pigarreia.

— Ainda não estou entendendo. Você está fazendo uma série nova? Ou isso é apenas uma reunião do elenco?

Sheldon joga a cabeça para trás e ri.

— Você não está entendendo, né, meu amigo? — Ele limpa uma lágrima inexistente da bochecha de forma dramática. — Eu trouxe tudo de volta à vida — com alguns pequenos ajustes. Mas, no geral, é *Carson's Cove* em seus dias de glória. Você desejou que ela existisse, Brynn, e eu a tornei realidade.

Sua declaração muda o tom da conversa. Até então, eu tinha sido uma participante passiva. Uma vítima, até, do que quer que estivesse acontecendo. Mas daí a afirmar que eu causei essa situação? Não. Isso não está certo.

Eu me forço a pensar exatamente no que aconteceu na noite passada. Minhas memórias estão um pouco confusas. Havia bolo. Eu estava triste. Definitivamente estava lidando com algumas emoções alimentadas pelo vinho.

— Acho que você confundiu um pouco as coisas — digo a ele. — Eu fiz um pedido ontem à noite, mas não foi nada disso.

Sheldon se inclina novamente na minha direção, chegando tão perto, que nossos rostos quase se tocam. Ele passa um dedo pela ponte do meu nariz e bate na ponta.

— Ahhhhh, mas você desejou. Você desejou uma vida livre de reviravoltas. Você desejou amizades infalíveis e rolinhos de canela dobrando a esquina. Acho que você até usou o termo *felizes para sempre*. Essa é a definição de *Carson's Cove*, não é?

Concordo com a cabeça.

— É, mas...

— Mas o quê? — A expressão jovial de Sheldon se transforma em outra coisa. Sua boca se endurece em uma linha firme. — Eu trabalhei muito para fazer isso acontecer. Por que você não está feliz? — Ele se levanta. Abrindo bem os braços, ele gira em um círculo lento e suave. — Estou dando a você a chance de uma vida inteira aqui. Ver Spencer e Sloan finalmente juntos. Ver a Sloan com a coroa de Miss Festival da Lagosta colocada em sua merecida cabeça. Amarrar todas as pontas soltas em um laço perfeito. Não era isso o que você queria?

— Era, mas...

Ele coloca um dedo nos meus lábios.

— Sem "mas". Sem desculpas. Preciso que vocês dois desempenhem seus papéis. Tudo precisa ocorrer exatamente de acordo com meus planos.

— Por que isso parece uma ameaça? — Josh finalmente se mexe. Dando um passo em frente, ele parece ficar ainda mais alto do que seus habituais um metro e oitenta ao se colocar entre mim e Sheldon, chamando a atenção para a notável diferença entre a largura de Josh e os braços mirradinhos de Sheldon.

Sheldon recua, voltando para trás do balcão e colocando uma barreira entre os dois.

— Não existe ameaça nenhuma aqui, cara. Está mais para uma sugestão enfática e um lembrete de que fui eu quem os trouxe aqui e, portanto, sou o único com a capacidade de mandar vocês pra casa.

Josh agarra o balcão com as duas mãos e se inclina sobre ele.

— Então prove. Nos mande pra casa.

— Vou mandar. — Sheldon também se inclina para a frente, subitamente mais ousado. — Assim que vocês me derem o final que eu quero.

A mudança na posição de Sheldon o coloca diretamente sob uma luz do teto. Seja pelas novas sombras escuras sob seus olhos ou por alguma outra coisa, suas feições, mais uma vez, parecem familiares.

— Quem *é* você?

Minha pergunta atrai a atenção de Sheldon. Ele dá um longo passo para longe de Josh, parando na minha frente.

— Sou apenas um cara, parado na frente de uma garota, pedindo a ela que dê a *Carson's Cove* o final que merece.

De repente, tenho um estalo. O rosto de Sheldon. Por que eu o conheço. Por que levei tanto tempo para identificá-lo.

— Não. Você não é *apenas um cara*.

Demoro mais alguns segundos para juntar as últimas peças.

— Eu sabia que você parecia familiar — digo a Sheldon. — Eu fiquei vasculhando meu cérebro, tentando descobrir o motivo, mas não estava conseguindo identificar você até agora. Você é o *Extra Extra*.

— Ele é o quê? — Josh olha de mim para Sheldon.

— Ele está em mais de cinquenta episódios — explico.

— Cinquenta e quatro — corrige Sheldon.

— Ele é uma lenda nos fóruns de fãs — continuo. — "Extra" porque é um personagem sem nome. E o segundo "Extra" porque ele sempre se destaca. A questão é que ele já interpretou pelo menos dez personagens diferentes. A maioria não tem falas, e ele nunca é citado nos créditos. É um desses mistérios da internet. As pessoas estão sempre assistindo e o identificando em novas cenas.

Josh balança a cabeça.

— Tá legal, beleza. Ele faz parte da série. — Ele se volta para Sheldon. — Mas como você fez isso? E por que eu estou aqui? Eu nem assisto à série.

Sheldon responde com um encolher de ombros exagerado.

— Sendo bem sincero, você foi uma pequena falha no sistema. Meu melhor palpite é que o desejo da Brynn foi tão poderoso, que sugou você junto. É uma complicação mínima. Estou disposto a trabalhar com ela, especialmente porque o Fletcher original era um bartender bonito e sem noção, e você... Bom, digamos que a carapuça serviu. O importante é que você está aqui. E podemos finalmente fazer com que as coisas saiam exatamente como deveriam ter saído.

Josh se mexe como se fosse pular o balcão.

— Você não pode simplesmente destruir as nossas vidas. Nós temos...

Há um som alto de "ding", seguido de um "Pedido pronto!" vindo da cozinha.

— Com licença. — Sheldon ergue o dedo. — O dever me chama.

Ele desaparece por uma porta vai-e-vem branca antes que possamos protestar. Um minuto depois, a porta se abre novamente, mas o homem que entra é muito mais velho. Embora esteja vestido com o mesmo uniforme, ele tem duas nuvens de cabelo branco acima das orelhas e os olhos castanhos mais profundos que eu já vi.

— Ora, se não são Fletcher Scott e Sloan Edwards — diz ele em uma voz parecida com a do Morgan Freeman. — Meu Deus, parece que já se passaram quinze anos.

O verdadeiro Pop estende os braços para um abraço. Fico momentaneamente paralisada com a visão de um rosto que já vi centenas de vezes antes, mas nunca em carne e osso. Ele tem algumas rugas a mais ao redor dos olhos e seus braços estão um pouco mais finos do que eu me lembrava. Mesmo assim, eu o abraço feliz, sentindo como se estivesse reencontrando um velho amigo.

— Que estranho. — Sua voz profunda reverbera no meu peito. — Acordei com uma vontade de fazer milk-shake de cereja essa manhã. Fazia anos que não preparava um. É quase como se eu soubesse que você voltaria. Bem-vinda ao lar, Sloan.

O conforto dos seus braços derrete toda a ansiedade que estava sentindo, até que eu me afasto e lembro que ainda tenho muitas perguntas sem respostas.

— Hum, Pop. — Escolho minhas palavras com cuidado, ainda incerta sobre como tudo isso funciona. — Aquele cara que estava aqui antes, o Sheldon. Você poderia pedir pra ele voltar?

As sobrancelhas de Pop se unem.

— Não sei se conheço a pessoa de quem você está falando, querida. Não tem ninguém chamado Sheldon por aqui.

Meu estômago se contrai.

— O cara jovem — esclareço, como se isso fosse ajudar, embora suspeite que já saiba a resposta de Pop. — Cabelo loiro. Com o uniforme da lanchonete.

Pop nega com a cabeça.

— Sou o único trabalhando essa manhã, Sloan.

Ele não parece estranhar nem um pouco.

— Ei, Pop? — Penso na melhor maneira de formular minha pergunta. — O que você estava fazendo, hum... ontem de manhã?

Ele coça a cabeça.

— Pra dizer a verdade, não tenho certeza.

— E antes de ontem? Ou mesmo uma semana atrás? Você pode me dizer qualquer coisa que tenha acontecido entre... hum, não sei... maio de 2010 e hoje?

Ele me encara com o olhar vazio.

— Eu não sei o que falar pra você. Acho que provavelmente eu só estava aqui.

Última pergunta.

— E que dia é hoje? E o ano, se você não se importar.

Ele encosta a palma da mão na minha testa.

— Dia 10 de junho de 2024. Você está se sentindo bem?

Sinto que vou vomitar.

— Estou bem — minto. — Só um pouco cansada. Melhor deixar o milk-shake pra outra hora.

Meus olhos se voltam para Josh, que está olhando para mim. Ele não diz uma palavra, mas sei exatamente o que ele está pensando.

Onde baralhos nós nos metemos?

7

JOSH

— Então, o que a gente faz agora?

O estacionamento em frente à lanchonete do Pop está vazio, com exceção do Mini Cooper vermelho.

— Eu não sei. — Brynn olha para as chaves que tem na mão. — E se a gente voltasse para a cidade? Ou fosse para a casa da Sloan? Acho que posso chamar de *minha* casa agora, o que faz com que eu me sinta muito melhor por ter arrombado a porta hoje de manhã.

Até o momento eu achava que Brynn e eu estávamos na mesma página. Aquela em que nós dois concordávamos que toda essa situação era uma maluquice e que o nosso objetivo era voltar para casa, não ceder à fantasia fodida de um maluco qualquer.

— Espere, você está dizendo que quer jogar o jogo desse cara? Fingir que é uma personagem de ficção?

Ela ergue as mãos.

— Talvez. Eu não sei. Cadê sua outra sugestão genial?

Não tenho nenhuma sugestão genial. Ainda estou juntando as peças de tudo que aconteceu naquela lanchonete. Tudo que eu sei é que, seja lá o que for esse lugar, não quero ficar preso nele.

— E se a gente simplesmente for embora? — Parece tão óbvio quando falo. — Você disse que estamos em Massachusetts, certo? Será que a gente não pode ir dirigindo para casa? Temos um carro. Um tanque cheio de gasolina. Você sabe como sair daqui?

Brynn pensa sobre essa ideia por um momento.

— Acho que a gente pode tentar. Carson's Cove é uma ilha, mas tem uma ponte para o continente na outra extremidade da rua principal. A gente pode dar uma olhada e ver se ela ainda está lá.

— Ótimo. Me passe as chaves. — Eu me movo para tirar as chaves da sua mão, mas ela as puxa para o peito antes que eu possa pegá-las.

— O quê? Não. O carro é meu!

— Primeiramente, não, não é. E, em segundo lugar, você acabou de me atropelar vinte minutos atrás. Eu dirijo.

Ela revira os olhos, mas me joga as chaves com um descontente "Tá".

Eu entro, ligo o carro e, antes de sair do estacionamento, confirmo que temos, de fato, um tanque cheio de gasolina.

Voltamos a dirigir pela cidade. Brynn não fala muito, e eu ainda estou um pouco chocado com a visão dessa pequena cidade, que parece tão estereotipicamente normal, que é difícil acreditar que não seja real.

Há uma floricultura com baldes amarelos do lado de fora, cheios de buquês com flores em cores vibrantes. Um salão de beleza com mulheres lá dentro arrumando o cabelo. E então, na periferia da cidade, aquele bar de tijolos vermelhos, com o apartamento em cima, onde eu acordei esta manhã.

Depois de passarmos pelos prédios, o asfalto liso dá lugar a cascalho e buracos.

— Ali. — Brynn aponta para uma curva à frente, onde a estrada desaparece em meio a uma floresta de pinheiros. — Aquela estrada deve nos levar até a ponte e nos tirar da ilha.

Acelero o Mini Cooper, como se estivesse confirmando que o carro está à altura da tarefa.

Percorremos a estrada em um ritmo sólido, a mais de cem por hora, a floresta passa voando dos dois lados até que as águas azuis do oceano aparecem à frente.

A ponte.

Prova de que o que quer que esteja acontecendo não é tão estranho quanto pensamos.

Ao passarmos pelas árvores, a floresta se abre para uma praia rochosa e uma estrutura de aço de duas pistas que parece velha, mas segura o suficiente para ser atravessada.

Há um rítmico *chuá-chuá-chuá* à medida que deixamos a terra firme para trás e o oceano nos rodeia de ambos os lados.

A cada volta dos pneus, a pressão que estava apertando meu peito desde que acordei esta manhã alivia um pouco mais.

Mas então eu piso no freio. Brynn dá um solavanco para a frente quando o cinto de segurança a segura.

— O que é isso? — pergunta Brynn antes que eu possa falar qualquer coisa.

À nossa frente, na ponte, surge uma espessa névoa branca que definitivamente não estava lá minutos antes.

— Acho que é só neblina — respondo, me expressando com muito mais certeza do que eu tenho.

Brynn se vira no assento para olhar pelo vidro de trás e depois volta a se sentar.

— Acho que a gente deveria voltar. Isso não parece uma neblina normal.

Uma rápida olhada no espelho retrovisor me diz que ela está certa. O céu atrás de nós está limpo e ensolarado.

— Bom, só há um jeito de descobrir. — Firmo os braços e piso no acelerador. O carro dá um solavanco para a frente. Nosso para-brisa se transforma em uma impenetrável parede branca.

Mas tão rápido quanto entramos, nós saímos.

O chuá dá lugar ao ranger do cascalho, e estamos novamente cercados por outra floresta alta.

Dou um suspiro profundo de alívio.

— Viu? A boa e velha neblina. Não estamos lidando com o paranormal aqui. Há uma explicação. Eu não sei qual baralhos é, mas...

De repente, tenho uma sensação estranha.

Senti um calafrio percorrer meu corpo

— Você não consegue xingar. — A voz de Brynn é apenas um sussurro.
— Droga.
— Bucéfalo.
— Filho da mãe.
Porraaaaaaaaaaaaaaaaaaa.
— Eu consigo xingar na minha cabeça, mas sai tudo errado. — Abro a boca para tentar de novo, mas paro quando a floresta acaba e a lanchonete do Pop aparece.

Em seguida, o salão de beleza.

A floricultura.

O prédio de tijolos vermelhos onde acordei hoje de manhã.

Então tenho a mais louca sensação de déjà-vu.

Estamos de volta a Carson's Cove.

Mas não pode ser.

— Vou tentar de novo — digo a ela.

Acelero o motor, determinado a provar que tudo não passou de um mal-entendido.

O carro acelera em direção à floresta...

Depois, sobre a ponte...

Depois, adentramos a neblina...

E somos cuspidos de volta para onde começamos.

Há uma sensação de vazio na minha barriga. Como se toda a esperança que alimentei tivesse sido retirada de mim e deixada ali na ponte.

— Então... — Brynn me olha de soslaio enquanto diminuo a velocidade do carro para uma muito mais razoável. — Acho que podemos oficialmente riscar da lista a ideia de dirigir de volta pra casa?

Estaciono em uma vaga em frente à padaria e desligo o motor. Minha mente ainda está processando o que acabou de acontecer.

Não há como sair deste lugar.

Estamos presos.

— Ok. — Solto o cinto de segurança para ficar de frente para Brynn. — Digamos, hipoteticamente, que vamos dar ao Sheldon o final feliz que ele quer. O que exatamente precisaríamos fazer?

Brynn também solta o cinto e, em seguida, suga o lábio inferior entre os dentes antes de soltá-lo com um longo suspiro.

— Bom, no último episódio, a Sloan finalmente percebe que ama o Spencer, mas sabe que ele ainda a vê como a doce e inocente garota da casa ao lado. Então ela se inscreve no concurso Miss Festival da Lagosta para tentar ganhar a coroa e mostrar ao Spencer e a todos da cidade que ela é uma mulher adulta, digna de amor, o que, reconheço, soa horrivelmente brega e até mesmo quase nojento... mas prometo que foi um episódio muito bom.

Ela olha para mim como se esperasse que eu dissesse alguma coisa, mas eu não digo.

— Enfim — continua Brynn —, chega o dia do concurso e a Sloan tem todo um plano para contar ao Spencer como se sente quando for coroada como a mais bonita, mas o seu vestido de gala é roubado e Lois, a diretora do concurso, não a deixa subir no palco, então ela é desclassificada e fica arrasada. Ela corre até o gazebo pra chorar, e Spencer a segue. Começa a chover. É tipo, a cena mais romântica que você pode imaginar. Spencer basicamente dá a entender que tem sentimentos por ela, mas, por alguma razão desconhecida que eu vou atribuir aos roteiristas que queriam um gancho dramático para o final da temporada, ela perde a coragem e acaba nunca dizendo que está apaixonada por ele, e então ele vai para Los Angeles e Sloan se muda para Paris, onde fará um estágio de verão em moda, e é assim que a série termina.

Brynn encosta a cabeça no assento e me observa, como se estivesse procurando por uma reação. Meus polegares tamboliram no volante enquanto analiso mentalmente tudo que ela acabou de dizer.

— Certo, então precisamos que Spencer e Sloan finalmente fiquem juntos.

Brynn concorda com a cabeça.

— Acho que sim.

— A gente não pode só ir até a casa desse tal de Spencer? Você pode dizer a ele como a Sloan se sente, dar uns amassos e depois vamos embora?

Brynn me encara como se eu tivesse sugerido algo estúpido.

— Não é assim que essa série funciona. Não posso simplesmente aparecer e dar uns amassos no Spencer. Foram cinco temporadas de um romance sendo cozinhado em banho-maria. *Carson's Cove* tem uma fórmula. Além disso... temos um problema maior.

— Qual?

— O Sheldon mencionou que a Sloan tinha que ganhar o concurso. Se aquela enorme faixa pendurada na rua principal estiver certa, vamos ficar presos aqui por pelo menos uns dez dias.

— Então, até lá, teríamos que...

Ela concorda com a cabeça, acompanhando meu raciocínio.

— Fingir que somos Fletch e Sloan.

Droga. Era isso o que eu achava que ela ia dizer.

Eu me inclino para trás, fecho os olhos e solto um som bastante frustrado.

— Ei. — Brynn esfrega a lateral do meu braço com o nó dos dedos. — Que tal a gente fazer assim: ficamos juntos e assumimos os papéis por um tempo, só até termos uma noção de como esse lugar funciona. Ou... até encontrarmos o Sheldon ou outra maneira de sair daqui.

Ficar aqui. Encarnar esses personagens.

Não é o que eu quero fazer de jeito nenhum. Porém, não vejo outra alternativa.

— É, acho que sim.

Brynn encosta a cabeça na janela e olha para a calçada.

— Sei que não é o ideal. Mas Carson's Cove é uma ótima cidade. Se tínhamos que ficar presos em uma dimensão inexistente, sinto que poderíamos ter caído em um lugar muito pior. Acho que você vai mudar de opinião quando finalmente experimentar um dos pratos da lanchonete do Pop...

Ela para de falar de repente.

Balanço as mãos na frente do seu rosto.

— Brynn?

Meu olhar segue o dela até a calçada do outro lado da rua, onde não parece haver nada particularmente notável acontecendo.

— Hã? — Seus olhos voltam a se concentrar nos meus, como se ela não tivesse ouvido minha pergunta.

— O que foi?

Ela balança a cabeça.

— Nada. Por quê?

— Você simplesmente parou de falar no meio de uma frase.

— Ah. — Brynn pisca os olhos. — Ah, sim. Eu estava pensando que provavelmente deveríamos nos separar.

— Do que você está falando? Você acabou de dizer pra ficarmos juntos.

Ela abre a porta e sai para a calçada, e eu corro atrás dela, mais uma vez totalmente confuso.

— Eu, hum... quis dizer metaforicamente. Mas, sim, definitivamente deveríamos nos separar. Desse jeito, a gente pode cobrir mais terreno. Vai ser mais fácil encontrar o Sheldon assim. Você pode voltar para o Bronze... esse é o nome do bar onde tenho quase certeza de que você acordou. E eu vou cobrir — ela faz um gesto com as mãos para a área do outro lado da rua — ali. E então poderemos nos encontrar daqui a pouco e compartilhar o que descobrimos.

Algo está acontecendo. Meus sentidos de aranha estão sobrecarregados, já que o dia todo tem sido estranho, mas eu seria um idiota se não percebesse que há algo que ela não está me dizendo. Sem mencionar o fato de que não tenho a menor vontade de pôr os pés no lugar onde acordei esta manhã. Como ela o chamou mesmo? O Bronze?

— É, eu não vou voltar pra aquele bar.

Brynn joga os braços no ar.

— Por quê? É só um bar. Se muito, deveria parecer um lar pra você. E parece. Esse é exatamente o problema.

— Eu não posso simplesmente acompanhar você?

Brynn olha novamente para o outro lado da rua.

— Eu acho que é melhor eu ir sozinha. Só por um tempo. Eu sou a queridinha da cidade. Talvez eles se assustem ao ver a Sloan com todo seu... — Ela gesticula para meu corpo enquanto começa a se afastar.

Eu balanço a cabeça.

— Mas e se eu encontrar alguém? Eu não sei nada sobre esse lugar.

Ela cruza os braços sobre o peito.

— Que tal eu dar um curso rápido pra você?

Ela me puxa para um dos bancos sob uma árvore de bordo gigante.

— Eu obviamente não consigo inteirá-lo de todas as cinco temporadas, mas a boa notícia é que você é Fletcher Scott. Você é rabugento e indiferente, então, se você não reconhecer alguém, pode fazer algum comentário espertinho e ninguém vai notar, mas você precisa conhecer seus amigos. A primeira é Sloan Edwards. Ela é a queridinha de Carson's Cove. Praticamente perfeita em todos os sentidos. Ficou órfã aos dezesseis anos e depois foi emancipada. É virgem... Embora já tenham se passado quinze anos, então quem sabe. — Brynn dá de ombros. — O próximo é Spencer Woods. Um sonho. Energia de golden retriever. Mora ao lado da Sloan. Eles são melhores amigos desde o Ensino Fundamental.

Desse cara eu me lembro da noite passada.

— É o cabeludo, né?

Brynn não tenta esconder o sorriso.

— Loiro e lindo. Você está pegando o jeito.

— É, acho que entendi.

Brynn ergue a mão.

— Ainda não terminamos. Faltou também a Poppy Bensen. A outra melhor amiga da Sloan. Ruiva ardente. O cabelo combina com a personalidade. Você vai entender o que eu quero dizer quando a conhecer. A Poppy é a rainha de tudo. Capitã da equipe de torcida. Presidente de classe. Quatro vezes vencedora do Miss Festival da Lagosta.

— Impressionante — comento. — E nem um pouco clichê.

Brynn me encara.

— Então você vai adorar saber disso. A Poppy tem uma nêmesis: Luce Cho. Garota má de carteirinha. Se alguém está no caminho da Poppy, geralmente é a Luce.

Acho que entendi.

— Então Spencer, Sloan, Poppy e Luce. É isso?

Brynn concorda com a cabeça.

— O único que está faltando é o Fletcher Scott.

— Esse sou eu?

Brynn sorri.

— O bad boy favorito dos Estados Unidos. Amado pelos fãs, mas nem tanto pelos cidadãos de Cove. Fletch é o excluído da cidade. Ele trabalha meio período no bar da sua tia Sherry, o Bronze. É um pouco monótono. Pelo que eu me lembro, o lugar não é muito movimentado.

Um buraco se forma no meu estômago. Tudo isso é familiar demais.

— Não se preocupe. — Brynn estende a mão e aperta meu ombro. — Você vai ficar bem. Ninguém espera muito do Fletch.

Por alguma razão, essa frase me machuca um pouco.

— Então você quer que eu fique no bar o dia todo?

Ela concorda.

— Basicamente isso.

— E o que você vai fazer?

Ela olha para o que parece ser uma loja de doces do outro lado da rua.

— Vou dar uma olhada por aí também. Ver se consigo encontrar algum dos outros personagens principais. Eles podem saber de algo que nós não sabemos.

Não gosto desse plano. Mas também não tenho um melhor.

— Tá. Mas como eu vou encontrar você? Não estou com o celular.

Brynn olha para baixo, para suas leggings Lululemon sem bolso.

— Nem eu. Que tal se eu for me encontrar com você mais tarde no Bronze?

Antes que eu possa dizer que não estou gostando nada disso, ela corre para o outro lado da rua e desaparece na loja de doces.

Tá, beleza.

Finja ser esse tal de Fletch.

Ele é bartender. Eu sou bartender.

Ele é o rebelde da família. Pelo menos, se eu fizer cagada, é o que se espera.

8

BRYNN

A Ye Ole Fudge Shop me lembra a casa da minha avó paterna. Tem cheiro de baunilha e biscoitos assando, e há um número desproporcional de potes de vidro cheios de balas em cima de círculos de papel rendado.

A velhinha atrás do balcão até se parece com minha avó quando levanta a cabeça ao me ver entrar e pergunta com a mais doce voz de senhora:

— Está procurando alguma coisa em especial, querida?

Não sei qual é a maneira educada de perguntar se ela viu o primeiro homem a me fazer gozar — embora com a ajuda de um pôster de revista e da minha escova de dentes elétrica. Em vez disso, balanço a cabeça e sorrio de volta.

— Não, obrigada. Só estou dando uma olhada.

Em seguida, me escondo rapidamente atrás de uma vitrine de balas caramelo salgado.

Houve um momento mais cedo, quando o nosso plano de fuga falhou pela segunda vez, em que eu de repente fui atormentada por pensamentos como: E se estivermos presos aqui para sempre? Como é que minha mãe vai saber o que aconteceu comigo? E meu trabalho? Quem vai pagar meu financiamento? Graças a Deus Matt e eu nunca levamos adiante os nossos planos de ter um cachorro.

Mas então eu o vi.

Foi só um breve vislumbre. O lampejo de um "loiro verão" quando ele atravessou a rua e abriu a porta da loja de doces. Parecia que o tempo tinha parado, e a única coisa que se movia era meu coração batendo, gritando: *ele, ele, ele*. Foi então que eu soube, com cada fibra do meu ser, que eu estava destinada a vir para Carson's Cove, e Spencer Woods era o motivo.

Agora, enquanto empurro duas caixas de biscoitos de gengibre para dar uma olhada no corredor do outro lado da prateleira, já me acalmei um pouco. Mas aí ele aparece e meu coração começa a bater tão forte, que me pergunto se ele consegue ouvir.

Ele está tão perto. Eu poderia facilmente estender a mão e acariciar a flanela da sua camisa de botão.

Em vez disso, eu o persigo como uma esquisita.

Ele está meio de costas, pegando um saco de mistura para panquecas artesanais em uma prateleira alta e, ao fazê-lo, a bainha da camisa se levanta o suficiente para expor uma pequena faixa de pele acima da calça cáqui. É quase branca como papel, com um pequeno rastro de pelos castanho-escuros, e eu tenho que me agarrar à prateleira à minha frente para evitar cair dura no chão da loja de doces.

— Quem estamos espionando? — O calor da respiração no meu ouvido me dá um susto tão grande, que bato nas caixas de biscoitos de gengibre com a mão, fazendo com que elas caiam no corredor vizinho.

Luce Cho, a dona do misterioso sussurro, está de braços cruzados sobre a blusa cropped e com um sorriso divertido nos lábios.

— Luce, você quase me matou do coração — repreendo em um sussurro.

Ela revira os olhos.

— Acho que você vai sobreviver. E é bom ver você também. Faz tempo.

Fico olhando para ela por uns bons três segundos além do normal, ainda absorvendo essa ideia nova de que sou Sloan Edwards e, até o momento, nenhum dos personagens pareceu achar isso estranho. Assim como Pop, Luce não parece perturbada por ter sido trazida de volta à vida em Carson's Cove. Na verdade, ela parece relaxada. Vestida com um short curto e uma camiseta branca simples, ela está usando o cabelo preto preso em um rabo de cavalo longo e reluzente, e sua pele é queimada de sol, como se ela tivesse passado algum tempo ao ar livre recentemente. Ela envelheceu nos últimos quinze anos, com certeza. Está um pouco mais curvilínea. Suas maçãs do rosto estão mais acentuadas. Ela está ainda mais bonita do que quando tinha dezoito anos.

— É bom ver você também — respondo, sem saber como lidar com Luce. Ela e Sloan não eram muito amigas. Luce era a rival de Poppy em tudo, desde a eleição para presidente da classe até a disputa pelo cargo de capitã da equipe de torcida, e uma vez que Poppy era a melhor amiga de Sloan, isso fazia de Luce sua adversária por tabela. Houve um momento, na terceira temporada, em que as duas personagens se deram bem. Ambas se candidataram para uma vaga de diretora de programação no Clube Náutico de Carson's Cove e, em vez de fazê-las competir pela vaga, o gerente-geral decidiu que as duas deveriam dividi-la. Luce e Sloan se uniram pela aversão aos idiotas ricos que as tratavam como cidadãs de segunda categoria, mas essa camaradagem desapareceu no início da quarta temporada, quando Spencer teve um crush em Luce.

Eles só namoraram por alguns episódios, antes de terminarem porque transaram. A escola inteira ficou sabendo quando Spencer contou a Sloan e, por sua vez, Sloan escreveu um poema profundo e sincero sobre toda a situação, que Poppy acidentalmente perdeu, o que fez com que ele fosse lido pelo locutor no intervalo do jogo de futebol americano da escola.

Sloan ficou muito arrasada com toda a situação, mas já havia praticamente seguido em frente com a vida no final da quarta temporada, quando ficou claro que Spencer e Luce voltaram a ser apenas amigos.

A Sloan é doce e sempre perdoa.

Eu, porém, posso guardar rancor.

— Ouvi dizer que você estava de volta à cidade. — Luce faz questão de me dar uma olhada de cima a baixo. — A namoradinha de Carson's

Cove voltou pra casa. Não se fala em outra coisa. — Ela dá um passo à frente. — Então, qual é o seu plano? É algo permanente ou uma parada até que você parta pra algo maior e melhor?

O tom da sua voz é tão descontraidamente apático, que fico na dúvida se ela está genuinamente curiosa ou se está mandando uma indireta. De qualquer forma, não sei como responder a essa pergunta como Sloan. Não saberia sequer responder por mim mesma.

— Não tenho nenhum plano definitivo ainda — esquivo-me. — Tenho alguns assuntos pendentes que preciso resolver. Acho que depende de quanto tempo isso vai levar.

Luce estreita os olhos, mas há um sorriso nos seus lábios, como se ela estivesse prestes a rir.

— Alguns assuntos pendentes, é? Bom, acho que é melhor eu deixar você cuidar disso. Ei, Spencer... — Ela acena para alguém por cima do meu ombro. — Olhe só quem eu encontrei.

Ela volta o seu olhar para mim.

— Tenho que cuidar de alguns assuntos, então vou deixar vocês dois se atualizando.

Ela pisca para mim antes de sair pela porta.

— Sloan? Sloan Edwards, é você?

Sua voz é tão profunda que penetra meu peito, enviando ondas que reverberam por todo o meu corpo.

Fechando os olhos, eu me viro para encará-lo, ainda não mentalmente preparada para o que está prestes a acontecer.

Quando os abro, ele está lá: brilhando como uma aparição. Olhos azuis. Cabelo loiro. Um semideus da televisão, tão bonito que tenho a certeza de estar apenas imaginando.

— *É* você — diz ele. — Não consigo acreditar.

Ao piscar, percebo que o brilho etéreo vem do mostruário de sorvete atrás dele. Mas o homem é real.

Ele abre os braços.

Eu me choco contra eles. Real e sólido, ele me abraça com força contra o peito.

Ele tem cheiro de brisa do mar. De sol e esperança.

Spencer Woods.

Nós nos abraçamos pelo que, sem dúvida, são os melhores quatro segundos e meio de toda a minha vida, até que ele se afasta e enfia as mãos nos bolsos.

— Não acredito que encontrei com você assim — diz ele, alheio ao fato de que acabei de babar na sua camisa.

Seu cabelo está um pouco mais comprido do que na série, e há algumas linhas finas de expressão na sua testa, mas ele ainda é tão inegavelmente Spencer, que sinto que vou chorar.

— Como você está? — pergunta ele. — O que você tem feito? Meu Deus, faz o quê? Quinze anos desde a última vez que a gente se viu.

Juro por Deus que os olhos dele têm a mesma tonalidade do oceano lá fora.

— Tem certeza? — Eu me faço de desentendida. — Não pode ser tanto tempo assim.

Ele ri, balançando a cabeça.

— Né? Mas eu fiz as contas quando estava chegando à cidade. Vai fazer quinze anos no fim do verão. Foi no dia que fui embora pra Los Angeles. O tempo voa, não é?

Aparentemente. Meu sorriso vacila por um momento quando penso em como aquele último episódio foi como Sloan e Spencer terminaram o relacionamento.

Sheldon estava certo. Os dois merecem algo melhor.

— Ei. — Spencer passa a mão no meu braço. — Você está bem? Parece um pouco pálida.

— Acho que só estou em choque — respondo honestamente, depois lembro que deveria ser a Sloan. — Você sabe, estar de volta aqui. Ver todo mundo. Então, o que você me conta de novo? Sinto que perdi muita coisa.

Ele balança a cabeça como se concordasse.

— Bom, acabei de voltar para a cidade, essa tarde. Cansei desse negócio de atuação e sentia muita falta daqui, então decidi voltar pra casa.

É uma sensação surreal estar de volta depois de todo esse tempo. Mas não mudou nada.

Ele olha para o relógio de pulso.

— Olhe, Sloan, eu realmente odeio fazer isso, mas preciso estar na casa dos meus pais em dez minutos. Vamos fazer um grande brunch pra reunir a família. Minha mãe já planejou tudo. — Ele me mostra a mistura para panquecas, corroborando a história. — Mas nós dois precisamos sair. Ainda temos quatorze anos e meio de atualizações faltando. — Ele faz uma pausa. — Na verdade, o que você vai fazer hoje à noite? Tem ido às ilhas ultimamente?

As ilhas.

O lugar favorito de Spencer e Sloan.

Meu coração vibra com o tipo de excitação nervosa que só acontece com a possibilidade de algo especial.

É um sentimento que não tenho há anos.

Não desde Matt.

— Não tenho planos — digo em resposta à sua primeira pergunta. — E não, nem sei dizer qual foi a última vez que eu estive lá.

Ele sorri.

— Então você deveria se juntar a nós. Vamos sair com o barco mais tarde. Remar por aí.

Eu me pego balançando a cabeça com entusiasmo, até que, mais uma vez, meu cérebro percebe.

— Nós? — Minha voz está meia oitava mais alta do que um momento atrás.

Spencer concorda com a cabeça, alheio.

— Isso. Eu e a Luce. Eu a encontrei pouco antes de ver você. Disse a ela que fazia muito tempo que eu não ficava na água, e ela sugeriu que fizéssemos um piquenique hoje à noite. Tenho certeza de que ela não vai se importar se você for junto.

Tenho certeza de que ela vai.

Se havia alguma dúvida sobre meu relacionamento atual com Luce, agora é óbvio.

Não somos amigas.

Somos inimigas.

Quando imagino Luce e Spencer na água, sozinhos, algo dentro de mim se rompe.

Não era para ser assim.

Sheldon está certo.

Carson's Cove não terminou como deveria ter terminado.

Sloan e Spencer não tiveram o seu "felizes para sempre", e eu não posso permitir que isso aconteça novamente.

O início de uma ideia começa a se formar.

Algo que eu jamais consideraria experimentar em casa.

Só que eu não estou em casa, estou em Carson's Cove, e o que já funcionou aqui antes, pode funcionar de novo.

Durante a maior parte da quarta temporada, Poppy estava ficando com o capitão do time de futebol, Chad Michaels, até que ela ficou entediada e terminou com ele. Chad então convidou Luce para ser sua companhia no Festival da Melancia. Poppy não ficou feliz com o fato de Chad não estar mais a fim dela, então convidou Spencer — a única pessoa do time de basquete Carson Cougars com uma média de pontos por jogo maior que a de Chad — para ser o seu par. Os dois passaram o episódio inteiro tentando se superar, até que Luce ficou tão irritada que foi embora, e Poppy conseguiu Chad de volta. Será que essa mesma lógica funcionaria aqui?

Para fazer o mesmo esquema, eu precisaria de uma companhia.

— Eu adoraria ir — digo a Spencer. — Tudo bem se eu levar alguém?

9
JOSH

A porta da frente do Bronze está trancada.
É um mistério se isso aconteceu automaticamente quando saí hoje de manhã ou se alguém esteve aqui depois disso. De qualquer jeito, estou parado na calçada.

Ótimo, simplesmente ótimo.

Dou uma olhada na rua principal. O comerciante careca ainda está do lado de fora da sua loja, e há algumas pessoas passeando tranquilamente pelas calçadas. Eu provavelmente poderia perguntar a algumas delas se sabem onde está a dona do bar, mas não sou como a Brynn, pronto e disposto a entrar na vida de outra pessoa. Preciso de algum tempo para processar.

Por um momento, considero o tijolo meio quebrado aos meus pés. O lugar já tem janelas rachadas e quebradas o suficiente. Mais uma não vai fazer muita diferença. Mas minha consciência não me permite. Então, em vez disso, ando até a esquina, encontro um espaço de um metro e meio entre o Bronze e o prédio ao lado e sigo até os fundos, onde a passagem se abre para um beco.

Quando piso lá, um borrão laranja salta da lixeira de metal azul ao meu lado e pousa aos meus pés.

— Oi, amiguinho. — Eu me inclino para acariciar o gato malhado laranja, mas ele se esquiva da minha mão e sai correndo, pulando para uma escada de ferro forjado preto.

Meu olhar percorre o caminho dos degraus, que parecem se estender até o telhado, com uma breve parada em uma pequena varanda do lado de fora de uma janela aberta.

— Uma escada de incêndio? — pergunto ao gato, que não faz nada além de piscar para mim.

As minhas memórias desta manhã ainda estão um pouco confusas devido a todas as viagens interdimensionais, mas a vista da janela é muito parecida com a que eu vi quando acordei. Se eu fosse um homem dado a apostas, diria que ela leva diretamente ao apartamento de Fletcher.

— Bom, parece que é meu dia de sorte.

O gato salta do degrau quando eu agarro o corrimão e começo a subir. Quando chego ao topo, claro, a janela está aberta alguns centímetros e desliza o restante facilmente quando a empurro para cima.

Quando começo a entrar, ouço o rangido baixo de madeira em algum lugar dentro do prédio e paro.

Merda.

Sou um cara estranho entrando por uma janela aberta.

E se eu estiver no apartamento errado?

Fico paralisado, meio dentro, meio fora, enquanto meus olhos se ajustam à iluminação fraca.

Não há muita coisa no cômodo. Uma cama. Uma mesa de cabeceira.

Há um corredor estreito que funciona como closet, com roupas penduradas em araras de ambos os lados, e uma porta que se abre para um pequeno banheiro com pia, chuveiro e vaso sanitário.

Sim. Definitivamente é o mesmo quarto no qual acordei, até os lençóis amarrotados.

Meu coração volta a bater em um ritmo mais tranquilo enquanto termino de entrar e observo o cômodo pela segunda vez nesta manhã.

Vasculho o armário e encontro alguns pares de calças jeans e algumas camisetas. O básico.

— Você não é nenhum fashionista, não é mesmo, Fletch? — digo, pegando um moletom cinza simples, que parece que me serviria perfeitamente. Mas o coloco de volta na arara, ainda não estou desesperado o suficiente para usar as roupas de outro cara.

Fico olhando para a cama por alguns segundos, dividido entre o desejo de arrumá-la e o desejo mais forte ainda de me jogar nela, com a esperança de que, de alguma forma, eu acorde em Toronto com uma história e tanto para contar. Mas ouço outro som — vindo do andar de baixo. Será que Brynn já desistiu da sua busca?

Faço o mesmo caminho que fiz essa manhã, saindo pela porta do apartamento para um segundo lance de escada que leva diretamente a um depósito aberto com um grande balcão em formato de U bem no meio.

O lugar parece ainda mais zoado agora que estou desperto o suficiente para dar uma segunda olhada. A iluminação é fraca, mas é suficiente para ver que o piso é de concreto polido cinza e as paredes são do mesmo tijolo vermelho do lado de fora. As janelas são grandes e arejadas, mas um vidro em cada três parece estar rachado. Não consigo enxergar através delas e não dá para saber se são intencionalmente foscas ou apenas precisam desesperadamente de uma limpeza.

Brynn não está em lugar algum.

— Oi. Tem alguém em casa? — chamo ao descer o último degrau. Minha voz ecoa nas paredes de tijolos.

Ninguém responde.

Quando acordei aqui esta manhã, tudo me lembrou tanto o antigo bar do meu pai que eu não suportei ficar aqui. Mas agora, ao dar uma olhada mais de perto e com mais atenção, percebo que, embora seja um bar gerido por uma família com um apartamento em cima, na verdade, não se parece em nada com o Buddy's.

O Buddy's também ficava à meia-luz, mas era um tipo de escuridão aconchegante. O bar ficava escondido em um beco e seus cantos escuros pareciam acolhedores. E, embora a decoração pudesse ser considerada um pouco antiquada, seus conjuntos de banquetas e mesas altas eram feitos de madeira de carvalho de qualidade, e as almofadas de couro verde eram limpas e hidratadas todas as noites. Aqui, a mobília é uma mistura de mesas e cadeiras que não combinam entre si, espalhadas sem nenhum padrão perceptível. Há um palco ao longo da parede mais distante, mas as cortinas de veludo, que imagino terem sido de um vermelho-vivo, agora são de um rosa desbotado, o que não faz mal, porque o palco está entulhado demais de decorações de Natal antigas para ser útil.

O Buddy's podia ter seus defeitos, mas o amor que meu pai dedicava ao bar era perceptível, desde as torneiras de chope perfeitamente polidas até as polaroids do meu pai e de todos os clientes habituais penduradas atrás do balcão, ao lado da prateleira de troféus dados a ele por todos os times esportivos infantis locais que patrocinava. O Buddy's tinha uma alma antiga. Esse bar não tem alma alguma.

Sento-me em uma das banquetas e passo as mãos sobre o balcão de madeira. Minhas mãos saem empoeiradas e tenho vontade de pegar um pano para limpá-las. Meu pai estava sempre limpando o bar.

Sinto falta dele.

Já se passaram quase cinco anos desde que ele faleceu repentinamente e cedo demais. Nunca tive a chance de me despedir. Em vez disso, me dediquei de corpo e alma ao Buddy's, seu outro bebê, na esperança de ser capaz de mantê-lo, assim como ele fez, como um lugar na comunidade para todos se reunirem. Um santuário para meu pai e para o grande homem que ele foi.

Em vez disso, aguentei seis meses inteiros.

Até que 2020 aconteceu.

Todos os eventos comunitários e ideias criativas que eu consegui ter para manter o lugar funcionando não foram páreo para uma pandemia. Minha mãe até vendeu a casa dela e do meu pai, na esperança de que isso pudesse cobrir o rombo até o pagamento do seguro de vida, mas tudo foi fechado. O dinheiro levou um ano inteiro para chegar às nossas contas e, quando chegou, eu já tinha vendido o bar para um restaurador de Toronto que tinha o fluxo de caixa necessário para esperar que as coisas melhorassem.

Foi a minha cagada.

Meu maior arrependimento, e agora estou preso neste lugar, imaginando que talvez seja algum tipo de penitência. Um lembrete.

Como se, a qualquer momento, meu pai fosse aparecer atrás de mim e dizer...

— Espero que você não esteja bebendo o uísque bom.

A voz estranha me assusta tanto que até dou um pulo.

Uma mulher está parada atrás de mim, com os braços cruzados e o cabelo prateado preso em um coque apertado no alto da cabeça. Ela é extremamente magra e deve ter um metro e cinquenta de altura, mas tenho a nítida impressão de que não gostaria de enfrentá-la em uma briga de bar.

— Você deve ser a tia Sherry.

Ela joga a bolsa sobre o balcão, depois passa por debaixo dele, aparecendo do outro lado.

— Você já começou a beber, Fletch? Sei que você esteve viajando pelo país nos últimos anos, mas as regras não mudaram. Nada de beber antes do meio-dia. Estou avisando: se você vai ficar no andar de cima sem pagar aluguel, com certeza não vai passar o dia vagabundeando como um babaca. Esse lugar estava por um fio antes de você sair por aí para se encontrar e ainda está por esse mesmo fio agora que você voltou. Preciso de ajuda, não de um sobrinho aproveitador.

Levanto as mãos, mostrando a ela que não estou escondendo bebida, bem ciente de como essa cena parece ser estranhamente semelhante à de quatro anos atrás, em casa. Isso me faz querer esclarecer algo logo de cara.

— Se você está preocupada que esse lugar vá falir, eu definitivamente não sou a pessoa certa para salvar o bar.

Ela faz uma pausa, me observando.

— Alguém falou alguma coisa sobre salvar o bar? — Ela me entrega um pano e um frasco de spray. — Só estou procurando uma pessoa pra limpar os banheiros.

Quase pego o frasco de spray. Isso se deve principalmente ao fato de que, apesar da sua pequena estatura, Sherry é uma mulher muito intimidadora, e também porque limpar banheiros pelo menos é algo que sei que consigo fazer. Mas então há outro rangido e, dessa vez, é a Brynn quem abre a porta da frente do Bronze e para quando vê Sherry e eu.

— Deixe-me adivinhar — diz Sherry, dirigindo-se a Brynn. — Você está procurando o Fletcher.

— Estou — diz Brynn. — Você se importa se eu o roubar um pouquinho? Preciso dele pra algo importante. — Seu tom é excepcionalmente doce.

— Que novidade. — Sherry revira os olhos e pega o frasco de spray em cima do balcão.

— Ei — chamo. — Eu posso fazer isso mais tarde.

Ela continua andando, mas se vira o suficiente para que eu possa ouvi-la pouco antes de desaparecer no banheiro.

— Se eu for esperar por você, Fletcher, tudo que eu vou conseguir é ficar mais velha.

10

BRYNN

— Isso não é um barco. É um pássaro.
Josh está de braços cruzados, olhando para o que tecnicamente é um barco, mas que se parece mais com um cisne gigante de plástico.
Quando Spencer sugeriu uma viagem à ilha, imaginei um pequeno barco de madeira. O ideal seria que Spencer e eu remássemos lado a lado, com nossos ombros se encostando a cada suave ondulação do mar. Quando chegamos à marina, fiquei tão surpresa quanto Josh ao ver dois pedalinhos amarrados ao cais. O azul discreto foi rapidamente reivindicado por Luce, para ela e Spencer, deixando o Cisnezilla para mim e Josh.
— Me fala de novo por que é que temos que fazer isso? — Josh se senta à direita e estende a mão para me ajudar a entrar.
— Concordamos em agir como a Sloan e o Fletch. — Ignoro sua mão e entro no cisne, estendendo os braços para me equilibrar. — É isso o que a Sloan e o Fletch fazem. Além disso, não vimos nem mesmo um vislumbre do Sheldon o dia todo. A gente bem que podia se divertir um pouquinho.
No momento em que digo isso, surge uma onda enorme. Ela balança tanto o pedalinho que preciso alcançar o pescoço do cisne para me firmar, mas meu pé escorrega e, em vez disso, despenco em direção à água. No último segundo, duas mãos encontram meus quadris e me puxam.

Voo para trás, minha queda interrompida por Josh quando aterrisso em seu colo.

— Você está bem?

Pisco para Josh, que está me observando com uma ruga de preocupação entre as sobrancelhas.

— Suas coxas parecem pedras.

Ele me olha fixamente.

— Eu geralmente me refiro a elas como quadríceps, vou considerar isso um elogio.

— Você faz academia?

Josh nega com a cabeça.

— Não, eu corro. Dez quilômetros todas as manhãs.

Hum. Eu não sabia disso.

— Por que você parece tão confusa? — pergunta Josh.

— Eu não sabia que você fazia coisas de manhã. Achei que você fosse uma pessoa noturna, trabalhasse à noite e dormisse o dia todo.

Ele revira os olhos.

— Sou um bartender, Brynn, não uma coruja. Eu faço muitas coisas enquanto você está no trabalho, não sabe da missa a metade.

Agora quero saber. Abro a boca para perguntar o que mais ele faz, mas Luce nos chama do seu pedalinho:

— Vocês dois estão bem por aí?

E isso me lembra de que minha bunda ainda está no colo de Josh.

Mais uma vez, ele estende a mão com um "tem certeza de que não precisa de ajuda?"

Eu não faço academia de manhã, nem em qualquer outro horário do dia. Minha resistência física abaixo da média me deixa com opções limitadas, então aceito a oferta e uso sua mão como alavanca para me içar de volta ao meu assento.

Luce e Spencer já estão nos esperando no meio da baía, fazendo círculos lentos e preguiçosos com seu pequeno pedalinho azul. Estou tão preocupada em observá-los que, quando estendo a mão para guiar o barco na direção deles, não vejo a mão de Josh fazendo a mesma coisa.

Coloco minha mão sobre a dele por uma fração de segundo depois que ele toca o controle. E, quando afasto minha mão, percebo que, em menos de dois minutos, já tivemos dois momentos dignos de uma comédia romântica. Todas as coisas que eu esperava viver esta noite estão acontecendo. Só que com o cara errado.

— Por que você não dirige? — sugiro, colocando minha mão sob a coxa.

Josh aceita e nos leva para a baía.

Nosso cisne é impulsionado por dois pares de pedais semelhantes aos de uma bicicleta e dirigido por um único controle entre os assentos. Seguimos Luce e Spencer enquanto eles passam por uma dezena de ilhas que se espalham pelas pequenas baías e enseadas ao longo da costa. Algumas são apenas pequenas pilhas de pedras. Outras têm densas florestas de cedro nas quais é possível se perder.

— Está vendo ali? — Aponto para uma das ilhas maiores com florestas à frente. — Tenho quase certeza de que é onde se passa um dos meus episódios favoritos de todos os tempos.

O olhar de Josh segue meu dedo.

— Vou tentar adivinhar: o elenco naufraga, vai parar na praia e tem que sobreviver o episódio inteiro com nada além de cocos?

Ignoro o sarcasmo no seu tom.

— Você não está tão errado, na verdade. A Sloan e o Spencer saem para remar em um barco muito comum e sem graça quando percebem algumas nuvens de tempestade a distância. Mas eles as ignoram, achando que ainda estão longe, e decidem que têm muito tempo para fazer um piquenique e voltar pra casa, mesmo que a tempestade chegue. No entanto, quando atracam, ambos supõem que o outro amarrou o barco. Enquanto estão comendo, percebem que o barco flutuou para o mar, levado pela correnteza. Eles estão presos. E, é claro, a tempestade começa a se formar e a se aproximar. É tudo muito cheio de suspense.

Josh diminui a velocidade das pedaladas.

— Vou adivinhar: eles são resgatados no último segundo possível.

Eu sorrio.

— Pelo pai do Spencer, que viu o barco à deriva da costa.

Josh concorda com a cabeça.

— Estou começando a entender o que você quis dizer quando falou que a série sempre se resolve.

Eu estendo os braços.

— Essa é a beleza de *Carson's Cove*.

— Mas não fica chato? — Ele para de pedalar, deixando nosso barco ser levado pelas ondas. — Você nunca desejou que acontecesse algo que não esperava, só pra animar um pouco as coisas?

Não sei como explicar a ele que o pior momento da minha vida foi quando algo que eu não esperava aconteceu. Como explicar que eu estava tão despreparada para a súbita mudança de opinião de Matt que planejei uma viagem para Cabo San Lucas, no México, a fim de surpreendê-lo no seu trigésimo aniversário. A viagem estava programada para exatamente uma semana depois que o advogado do Matt me entregou os papéis do divórcio. Eu tinha me esquecido, e era tarde demais para cancelar. Fui sozinha. Cheguei ao Hacienda Blanca Resort e Spa e tive que dormir em uma cama coberta de pétalas de rosas porque não avisei ao hotel que estava indo sozinha. Eles me chamaram de sra. Dabrowski a semana inteira. Eu morria um pouco por dentro todas as vezes, mas estava envergonhada demais para corrigi-los.

— Não. — Consigo manter minha voz uniforme. — Não acho nem um pouco chato.

Continuamos seguindo Luce e Spencer, que vão em direção a uma das ilhas maiores, cuja costa rochosa e irregular não parece muito amigável para pedalinhos, até virarmos a esquina de uma pequena baía com uma praia de areia amarela aninhada entre dois molhes de pedra.

— Não tem nenhum caís. — Aponto para a praia. — Como exatamente vamos colocar esse meninão em terra firme?

Como se estivessem respondendo à minha pergunta, Luce e Spencer aumentam a velocidade. Eles apontam o pedalinho diretamente para a costa, e o impulso os leva para a areia. A risada deles ao pararem abruptamente atravessa a água.

— Vamos ver do que a nossa garota é capaz? — Josh dá um tapinha carinhoso na lateral do cisne.

Ele não espera pela minha resposta e, em vez disso, usa suas coxas robustas para pedalar com mais força. Eu me junto a ele, e o nosso cisne ganha velocidade.

Quando estamos prestes a chegar à praia, vejo Luce inclinar a cabeça em direção à de Spencer — como se estivessem compartilhando um segredo —, e isso aciona um interruptor em um canto escuro do meu coração.

Ele não deveria estar com a Luce.

O Spencer é da Sloan.

Quando estamos prestes a chegar à areia, coloco minha mão sobre a de Josh e puxo o controle para a esquerda. Atingimos a praia logo atrás de Luce e Spencer, batendo no barco azul como se fosse um carrinho de bate-bate.

O impacto da batida nos joga para a frente. Josh estende o braço tentando me proteger, mas não é rápido o suficiente.

Meu rosto bate na parte de trás do pescoço do cisne com *tum* audível.

— Baralhooooooo!

Minhas mãos instintivamente voam para o nariz, enquanto meus joelhos se dobram contra o peito.

— Desculpe. — Minha voz é abafada pelas minhas mãos. — Eu não queria fazer isso. Bom, eu meio que queria, mas... — Olho para ele entre os dedos abertos. — Você está bem?

Josh parece ter saído ileso.

— Quando eu disse "vamos ver do que ela é capaz", você sabe que eu estava falando do cisne, né?

Eu sabia. Não sei o que deu em mim. Quero culpar o jet lag. Ou qualquer que seja o nome que se possa dar a essa sensação de estar completamente fora de mim.

— Ah, meu Deus, Sloan, você está bem? — Luce aparece à minha esquerda. — Você está sangrando. O que aconteceu?

Claro que, quando tiro as mãos do rosto, elas estão manchadas de vermelho.

— Uma abelha — minto. — Era grande. Eu odeio abelhas.

Luce concorda com a cabeça, como se evitar picadas de abelha fosse uma explicação lógica. Spencer vê o sangue e começa a fazer como se fosse vomitar.

— Ah, droga. — Sua mão cobre a boca. — Não me dou muito bem com sangue. Eu vou... — Ele não termina a frase, simplesmente volta para o barco.

Para ser sincera, fiquei um pouco surpresa com sua reação. Eu esperava que Spencer entrasse em cena e cuidasse dos meus ferimentos, talvez até me pegasse nos braços e me levasse para um lugar seguro, mas ele se mantém distante, com a cabeça virada para a direção oposta, enquanto Luce volta com um guardanapo de papel.

— Aqui. — Ela o entrega para mim. — Um pouco de pressão deve fazer parar, mas, se você não estiver se sentindo bem, provavelmente deveríamos voltar.

— Não. — Qualquer simpatia que ela possa ter conquistado com esse gesto gentil desaparece.

Não vou deixá-la sozinha com o Spencer.

— É superficial — insisto. — Eu vou ficar bem rapidinho.

Luce espera um momento e, quando se dá por satisfeita que o sangramento está sob controle, sai para ajudar Spencer a tirar as coisas do barco.

Quando seus ouvidos estão fora do nosso alcance, olho para Josh, sabendo que devo uma explicação a ele, se não um pedido de desculpas.

— Foi mal. Isso foi muito idiota. E quase homicida. Não sei o que eu estava pensando. É só que ele não deveria estar com a Luce, e eu odeio como ela sempre fica entre ele e a Sloan. Eu estava tentando dar uma pancada de leve. Só pra assustar os dois.

Josh ergue uma das sobrancelhas, achando graça.

— Eu não sabia que a Sloan tinha um lado tão sombrio.

Nego com a cabeça.

— Pois é, não era a Sloan. A Sloan teria ignorado, e depois desabafado com a Poppy. Isso tudo vai pra conta da Brynn. Ainda estou sangrando?

Tiro o guardanapo. Josh segura meu rosto gentilmente entre as mãos e o inclina para cima para ver melhor.

— Talvez você fique com um olho roxo amanhã, mas acho que vai sobreviver. Só, por favor, me avise da próxima vez que sentir vontade de mutilar alguém.

— Essa foi minha primeira e última tentativa — prometo, amassando o guardanapo manchado de sangue.

Quando saímos do cisne, Spencer e Luce já montaram um pequeno piquenique do outro lado do molhe de pedra. Há uma grande manta azul coberta de baguetes, queijos artesanais e o que parecem ser geleias caseiras.

A pedalada e a adrenalina do acidente me deixaram faminta, então me acomodo ao lado de Josh, que parte uma das baguetes ao meio e me entrega metade, que eu recheio com o que eu suspeito ser queijo de cabra e geleia de morango.

— Ah, meu Deus. — Eu gemo involuntariamente quando mordo. — Isso está incrível. Tem gosto de verão.

— Obrigada. — Luce abaixa a cabeça, suas bochechas ficando rosadas. — Já faz três anos que preparo geleias, mas a coisa do queijo é nova. Ainda estou pegando o jeito.

— Você fez isso? — pergunto, ainda sem entender direito.

— Ela é uma mulher de muitos talentos — responde Spencer, sorrindo para Luce de uma forma que faz o queijo de cabra coalhar no meu estômago.

— É. — Luce dá de ombros para o elogio. — Tem um lugarzinho esquisito na internet chamado CheeseTok. É incrível o tanto de coisas que dá pra aprender on-line hoje em dia.

Bonita. Legal. Faz queijos. Como eu posso competir?

— Então. — Tento mudar de assunto. — Faz muito tempo que a gente não fica junto assim, né?

Consegui cronometrar minha pergunta enquanto Spencer e Luce estavam no meio de uma mordida. Os dois fazem movimentos de boca cheia com as mãos e olham para Josh, como se estivessem atribuindo a ele o dever de responder.

— É — diz ele em voz baixa. — Não me lembro qual foi a última vez que vi vocês, pelo menos não pessoalmente.

Lanço um olhar de advertência, que ele rejeita com uma expressão que parece dizer, *Bom, o que mais você estava esperando?*

Luce, que terminou de mastigar, se volta para mim.

— Então, ouvi dizer que você vendeu sua empresa. Todo mundo na cidade estava falando disso. Você fazia vestidos, né?

Acho que sim. Sheldon mencionou algum tipo de negócio em Boston. Sloan usava muitos vestidos e sonhava em ser estilista, então acho que faz sentido.

— É, eu vendi para, hum, uma rede de lojas — minto. — Não gosto de entrar muito em detalhes. É tudo muito secreto.

— Muita espionagem na indústria de vestidos — lança Josh. — Todo cuidado é pouco.

— Bom, eu acho ótimo que você tenha conquistado isso — continua Luce. — Eu meio que imaginava que você já tivesse dois filhos e um golden retriever. É uma surpresa.

Não sei o que Luce está fazendo. Com intenção ou não, ela acabou de dizer a pior coisa possível. Tenho que cerrar os dentes e fazer outra baguete de geleia para evitar que meu queixo trema.

Já superei Matt. Foram necessários treze meses e a papelada do divórcio assinada para que eu parasse de querê-lo de volta.

A parte que eu nunca superei, porém, foi o sonho.

Eu tinha planos.

Nós tínhamos planos.

E, quando as crianças e o golden retriever imaginários de repente não existiam mais, fiquei de luto como se fosse uma morte, e não se supera completamente uma morte.

— Então, Luce. — Josh me entrega outro pedaço de queijo e de pão enquanto fala. — Quando foi a última vez que você saiu da ilha, e como exatamente você fez isso?

Lanço um olhar para Josh. Ele está sendo óbvio demais. Mas Luce não parece incomodada com a pergunta direta.

— Pra ser sincera — diz ela —, eu não consigo me lembrar de quando foi a última vez. Agora sou fazendeira e, como sou só eu lá na fazenda, é muito difícil sair daqui.

Quase engasgo com o pão.

— Você acabou de dizer que é fazendeira?

Ela ri.

— Entendo essa cara que você está fazendo. Também não era exatamente o que eu pensava que seria. Mas fiz um curso de agricultura aleatoriamente na faculdade estadual e fiquei viciada. Tenho uma fazenda no sul da ilha. Dois cavalos, três cabras e um monte de galinhas. — Ela segura o queijo. — Esse é das minhas cabras, Betty e Verônica. Você deveria vir conhecer a fazenda algum dia.

Spencer segura o pão.

— É realmente linda.

— Você já foi? — O gosto de queijo de cabra na minha boca fica amargo.

— Já. — Spencer concorda com a cabeça, respondendo à minha pergunta. — Luce me buscou mais cedo. A gente deu uma volta antes de encontrar vocês.

Um caroço de alguma coisa se forma na minha garganta. É como se um pedacinho de pão estivesse preso. Mas ele permanece entalado, não importa quanto eu tente engoli-lo.

Esta noite não está saindo como eu gostaria, de jeito nenhum.

Spencer não deveria estar se envolvendo com Luce. Ele deveria estar atrás de Sloan, esperando o momento perfeito para dizer a ela como se sente.

— Bom, o Fletch e eu também tivemos um ótimo dia. — Encosto a cabeça no ombro de Josh, tentando uma tática diferente.

Josh, porém, não entende o recado e desvia do meu movimento, de modo que minha cabeça escorrega.

— Estamos chamando aquilo de ótimo, é?

Sorrio como se ele estivesse brincando.

— Totalmente. Demos umas voltas de carro. Fomos à lanchonete do Pop.

Josh ri pelo nariz.

Tento dar um tapinha nas suas costelas com o dorso da mão. Porém ele antecipa o movimento, prendendo meus dedos nos dele antes que eu fizesse contato. Ele segura minha mão por um momento e a aperta, antes de colocá-la sobre a manta.

É um movimento que interpreto totalmente como um aviso. Uma mensagem firme, mas clara, *Veja lá o que você vai fazer, Brynn.*

Spencer, porém, vê outra coisa.

De repente, ele deixa de olhar para Luce com admiração e passa a encarar Josh.

— Então, Fletch. — Spencer se senta mais reto. — Você ainda está trabalhando no bar?

Josh dá de ombros.

— Aparentemente.

— E a Sherry ainda está comandando o show?

Josh concorda com a cabeça.

— Parece que sim.

— Aposto que você está louco pra sair de lá.

Josh dá uma risada lenta e baixa.

— Você não faz ideia, cara.

Isso é bom.

Exatamente o que eu esperava que acontecesse.

— O Josh é um ótimo bartender. — Eu dou a Josh o mesmo olhar que Spencer deu a Luce quando falou do queijo.

— Quem é Josh? — Spencer parece compreensivelmente confuso.

— Eu quis dizer Fletch — digo, voltando atrás. — Josh é só um apelido pelo qual eu o chamo às vezes.

Os olhos de Spencer escurecem.

— Vocês estão... juntos?

— Não, não, não. Somos apenas amigos! — respondo, depois percebo que gosto da maneira como ele está me olhando. — Mas quem sabe. — Mantenho meu tom leve. — Agora que estamos todos de volta a Carson's Cove, tudo pode acontecer.

— Acho que sim... — Spencer toma um longo gole de água e, ao fazê-lo, Josh se inclina e diz com a voz baixa.

— O que você está fazendo? — dispara ele no meu ouvido.

— Nada — respondo entre os dentes. — Só estou puxando papo.

Ele faz uma pausa para respirar novamente, como se estivesse pensando em dizer algo mais, mas, em vez disso, se afasta.

— E você, Spencer? — pergunto. — Gostou de morar em Los Angeles?

Spencer sorri, como se estivesse esperando que eu fizesse essa pergunta.

— Los Angeles tem uma vibração tão icônica. Pessoas icônicas. Cenário icônico. É realmente...

— Icônica? — satiriza Josh.

Spencer concorda com a cabeça, alheio ao deboche.

— É, mas eu senti falta daqui. Senti falta do cheiro da maresia. — Ele fecha os olhos e respira fundo.

— Los Angeles não fica no litoral? — pergunta Josh.

— Fica. — Spencer abre os olhos. — Mas é diferente.

Há uma pergunta que quero fazer a ele. Ele sentiu falta de Sloan como eu sei que ela sentiu dele?

— Tinha, hum, alguém especial na sua vida enquanto você estava lá? — Tento parecer indiferente. — Tipo, um animal de estimação? Ou uma namorada?

Spencer nega com a cabeça.

— Não sou o tipo de pessoa que se satisfaz com uma ficada superficial ou sexo sem compromisso. Acho que sempre fui o tipo de cara que acredita que, quando você se apaixona, não tem volta. Você se apaixona com força. Aposta todas as fichas. E aí, ou a paixão resiste ao teste do tempo ou o destrói.

Meu coração se aperta.

Josh ri pelo nariz.

Spencer o encara.

— Sei que já faz algum tempo que não nos vemos, mas acho difícil acreditar que, de repente, você se tornou um especialista em amor verdadeiro.

Josh parece achar graça.

— E por que você acha isso?

Spencer cruza os braços.

— Bom... Pra começar, o seu histórico. Você sempre preferiu o rápido e fácil a qualquer coisa duradoura ou significativa. Você montou aquela banda e nunca mais tocou depois do primeiro show. Você fez toda aquela campanha pra ser o rei do baile e nem apareceu. Mandy? Tammy? Qual era o nome daquela outra? Jolene? Quantas vezes você deixou o Bronze porque de repente surgiu algo melhor? Não estou dizendo que você seja um cara ruim, Fletch. Você só tende a priorizar seus impulsos em vez de compromissos de longo prazo.

— Qual é, Spencer. — Luce bate no braço de Spencer.

Ele a ignora.

— O quê? Você não concorda comigo?

— Não, você está certo — diz Josh, com uma cara séria. — O bom e velho... Fletch. E sabe de uma coisa? Estou sentindo agora mesmo o impulso de sair um pouco mais cedo desse piquenique. — Ele se levanta, tirando areia da bermuda. — Obrigado pelo jantar — diz, principalmente para Luce. — Vou dar uma volta.

Josh vai na direção da floresta.

Spencer parece ignorar a partida repentina de Josh, como se não passasse de Fletch sendo Fletch, mas Luce o observa sair. Quando ele está fora de vista, seu foco muda para o céu e o sol, que no momento não é mais do que um tom nebuloso de laranja no horizonte.

— Estou achando que deveríamos voltar logo — diz ela, mais para mim do que para Spencer. — Está ficando meio tarde, e o vento que vem do leste me faz pensar que o tempo vai virar.

Seus olhos se voltam para a floresta e depois para mim.

— Acho que vou buscar o Josh — comento, depois percebo meu erro. — Fletch. Eu vou buscar o Fletch.

Ela estreita os olhos, mas concorda com a cabeça.

— Obrigada. Vou guardar as coisas no barco.

Eu me levanto e sigo o caminho que Josh trilhou mais cedo.

Eu o encontro na extremidade da floresta, sentado em uma pedra, arrancando a casca de um galho que ele deve ter pegado no caminho.

— Qual é o seu problema? — Ele olha para cima ao ouvir minha voz.

— Qual é o meu problema? — Ele se levanta, jogando o galho no chão.

— É, o que foi isso? Você simplesmente saiu pisando duro.

Ele cruza os braços.

— O que você está fazendo, Brynn?

Levanto as mãos, me perguntando se não é óbvio.

— Estou vendo se você está bem.

Ele nega com a cabeça.

— Não. Quer dizer, o que você está fazendo hoje à noite? O que era aquele joguinho estranho que você estava fazendo?

— Não tem joguinho nenhum.

Ele dá um passo para a frente, com os olhos fixos em mim.

— Não sou estúpido. Você estava me usando pra deixar o Spencer com ciúme.

— Eu não estava... Eu não...

— É isso que você quer, não é? — Ele se aproxima um pouco mais. — Namorar o sr. Olhos Azuis dos Sonhos? Se apaixonar?

Meu instinto quer negar com algum comentário descompromissado, tipo *Eles são mais da cor da espuma do mar*, mas não consigo falar, nem isso, nem o motivo real.

Josh nega com a cabeça, como se soubesse que a resposta não viria, e começa a se afastar novamente.

— Tá bom, tá bom. — Eu o sigo. — Beleza. Pensei mais sobre isso, e talvez devêssemos dar à Sloan o final que ela merece.

— Inacreditável — zomba Josh e continua andando, mas ele não entende. Ele não compreende.

— Por favor, Josh. — Minha voz está embargada e, dessa vez, ele para. — É muito importante.

Posso ver o sobe e desce das suas costas enquanto respira, mas ele não se vira.

— Por quê? — diz ele finalmente.

— Por que o quê?

— Por que é tão importante?

Não sei o que mais ele quer ouvir.

Tenho muitos motivos, a maioria dos quais mal admiti para mim mesma, quanto mais disse em voz alta.

Que Sloan merecia mais. Que ela deu tudo a Spencer, e ele simplesmente foi embora sem pensar duas vezes. Sem nunca olhar para trás.

Josh fica impaciente e começa a se afastar novamente.

— É por mim também — chamo. — Eu preciso disso, Josh.

Não sei por que isso saiu. Mas, ao repassar as palavras na minha cabeça pela segunda vez, percebo quanto elas são verdadeiras.

— Isso provavelmente vai ser um choque pra você — continuo —, mas minha vida não tem sido exatamente como eu queria. — Minha voz vacila, e considero parar por ali, mas o resto sai antes que eu consiga parar. — Achei que tinha encontrado a minha pessoa, mas nunca chegamos à parte do felizes para sempre. O que significa que ou ele não era a pessoa com quem eu deveria ficar pra começo de conversa, ou que tudo que nos disseram sobre o amor é uma completa e total palhaçada. Porque, se esse for o caso, você pode encontrar sua alma gêmea, sua cara-metade, e ela pode acordar um dia e decidir: *Foi mal. Mudei de ideia. Isso não é mais pra mim.*

Josh se vira para trás lentamente, mas, quando seus olhos encontram os meus, eu me acovardo e deixo meu olhar cair para o tronco oco perto dos seus pés.

— E, embora eu ainda esteja um pouco de saco cheio quando se trata de amor — continuo —, não estou pronta pra começar a acreditar que não existe esperança. — Finalmente olho para ele de novo. — E é aí que entra a Sloan. Spencer é o cara pra ela. Ele sempre foi. Se o amor não der certo pra eles, em um lugar como esse, onde tudo acontece exatamente como deveria, bom, então o resto de nós está condenado.

Finalmente encontro coragem para olhar Josh nos olhos, mas sua expressão é tão indecifrável, que imediatamente me arrependo de ter contado tudo isso a ele.

— Uau. Isso virou um monólogo muito maior do que eu pretendia. — Tento, sem sucesso, deixar minha voz leve. — Desculpe o desabafo. Estou sendo estúpida, eu sei.

Ele dá um passo na minha direção.

— Você não está sendo estúpida, de forma alguma.

Sua voz é baixa e suave, e seus olhos são gentis quando ele estende a mão, como se fosse me puxar para um abraço, mas então ele para, deixando a mão cair ao lado do corpo.

— Obrigada — digo a ele.

Ele balança a cabeça, confuso.

— Pelo quê?

— Por não tirar sarro de mim.

Ele cruza os braços na frente do peito.

— Não sei exatamente o que você ou a Sloan veem no Spencer, mas vou ajudar no que eu puder. Até agir como esse tal de Fletch, o bartender bonito e charmoso que todo mundo secretamente adora, se for preciso.

Eu rio pelo nariz, e ele sorri, como se essa fosse a reação que ele estava esperando.

— Não sei se usei as palavras *bonito e charmoso*. — Eu ando em sua direção, diminuindo a distância que ainda resta entre nós. — Mas obrigada mesmo assim, agradeço de coração.

Ele estende o punho. Demoro um segundo para perceber que ele está querendo dar um soquinho.

Quando nossos punhos se tocam, uma brisa fresca sopra pela floresta, fazendo ecoar os estalos suaves de galhos se quebrando.

— Está ficando tarde. Acho que o Spencer e a Luce querem sair daqui a pouco. Você está pronto?

Ele concorda com a cabeça.

— Pronto como nunca.

Caminhamos em silêncio para fora da floresta.

Quando voltamos à praia, o piquenique desapareceu, e Luce e Spencer não estão em lugar algum.

— Para onde eles foram? — pergunto ao Josh quando noto que o pedalinho azul também não está lá.

— Talvez eles tenham decidido dar uma volta na ilha enquanto esperavam por nós — sugere Josh.

Suas palavras fazem sentido.

Eu, porém, sei que não é bem assim.

Nós nos sentamos no molhe de pedra e esperamos por cinco minutos, só para ter certeza, mas não aparece nenhum pedalinho azul fazendo a curva.

Luce.

Eu sabia.

Provavelmente esse era o plano dela o tempo todo. Esperar o momento perfeito e, em seguida, dar um jeito de ficar sozinha com Spencer.

— É melhor irmos embora. — Eu me levanto. — Acho que eles não vão voltar.

Josh olha para mim, com os olhos arregalados.

— Hum, Brynn. Você se lembrou de amarrar o nosso pedalinho?

O pânico inunda meu peito.

— Ah, meu Deus. Ah, meu Deus.

Meus olhos se voltam para o céu, procurando nuvens de tempestade, enquanto começo a correr para o local na praia onde deixamos o pedalinho.

— Ei, Brynn — chama Josh.

Diminuo a velocidade apenas o suficiente para olhar na direção dele. Ele está com um sorriso quase maníaco no rosto.

— Só estou tirando uma com a sua cara.

11

JOSH

— Isso é tão típico da Luce — resmunga Brynn pela terceira vez enquanto empurramos o cisne de volta para a água e pulamos dentro. — Ela provavelmente passou a noite planejando isso — continua Brynn. — Esperando a oportunidade perfeita para ficar sozinha com o Spencer.

Fico tentado a dizer que ela já tinha ficado sozinha com Spencer quando foi buscá-lo, mas acho que Brynn não quer ouvir isso.

— Ela está sempre no meio do caminho — insiste Brynn. — Sempre bagunçando as coisas, e eu estou cansada disso. Ela odeia a Sloan.

É aqui que Brynn e os eventos desta noite divergem. Entendo que Brynn tenha assistido muito a essa série, mas a Luce que eu conheci hoje à noite e a Luce que ela está descrevendo não são a mesma pessoa.

— Ela me pareceu muito simpática. Pode ter acontecido alguma outra coisa — tento. — Uma emergência familiar ou algo assim.

Brynn nega com a cabeça.

— Você vai ver, Josh, confie em mim.

Eu desisto. Essa é uma discussão que sei que não consigo ganhar.

Entramos e saímos das ilhas na nossa melhor tentativa de refazer o caminho percorrido mais cedo. Já escureceu desde que partimos e, embora a água esteja relativamente calma, a brisa quente do início da noite esfriou. Olho para a Brynn. A pele macia dos seus braços se eriça com uma onda de pequenos arrepios. Ela treme.

— Você está com frio?

Brynn esfrega a pele exposta dos braços com as palmas das mãos.

— Os modelos de vestido da Sloan podem estar na moda, mas não são tão funcionais assim.

Pela primeira vez, percebo que ela não está usando a mesma roupa de hoje de manhã.

— Onde você arrumou esse vestido?

Ela puxa a bainha para baixo em uma tentativa de cobrir os joelhos, o que é inútil, já que o vestido volta a subir a cada volta dos pedais.

— No armário da Sloan. Ela tem um monte deles. Mas os casacos estão em falta. Sério, eu procurei.

— Aqui. — Tiro o moletom. — Só um aviso, estou usando isso desde ontem à noite, mas vai deixá-la quentinha.

Ela nega com a cabeça, se recusando a pegá-lo da minha mão.

— Estou bem. Não precisa.

— Você está tremendo. — Eu o coloco nas suas mãos. — Só pegue.

Seus olhos se dirigem momentaneamente para meus braços antes de ela pegar o moletom.

— Beleza. Você ganhou. E obrigada.

Ela veste o moletom. Pedalamos por mais alguns minutos, e começo a me sentir cansado. Não por causa do exercício, mas por finalmente sentir a adrenalina do dia baixar, me deixando exausto.

— Que dia — digo, mais para o universo do que para Brynn, mas ela ri pelo nariz como se concordasse. — É estranho continuar achando que estou sonhando? — pergunto a ela. — Como se eu fosse acordar a qualquer momento?

Brynn inclina a cabeça em minha direção.

— Em um determinado momento da tarde, eu me convenci de que deveria estar em coma. De que meu corpo sem vida estava conectado a uma daquelas máquinas de respiração, e, quando eu abrisse os olhos, me encontraria em uma cama no Hospital St. Mike.

Deixo minha mão deslizar pela superfície da água. Quando a levanto de volta para o pedalinho, ela pinga pequenas gotas no meu colo. Gotas muito reais.

— É do jeito que você pensou?

As sobrancelhas de Brynn se unem.

— Como assim?

— Esse lugar — esclareço. — Você assistiu bastante à série. Presumi que tivesse uma ideia de como seria viver aqui. É tudo como você pensou que seria?

Ela inclina a cabeça para trás, contra o assento, e olha para o céu por um momento.

— Acho que sim. Parece a mesma coisa. Todo mundo está um pouco mais velho, obviamente, mas, sim, é Carson's Cove.

Pedalamos em silêncio por alguns minutos. A noite está tranquila e, se ignorar que estamos presos em uma realidade alternativa, meio que dá para se sentir em paz.

— Sei que essa é uma pergunta meio aleatória — diz Brynn, quebrando o silêncio. — Mas como é o quarto do Fletch?

Está tão longe da pergunta que eu estava esperando, que não sei como responder.

— Como assim?

Ela dá de ombros, e não sei se é porque meu moletom está grande nela ou porque está se encolhendo intencionalmente, mas ela quase parece envergonhada.

— É que eles nunca mostraram na série. Todos os outros personagens tinham várias cenas nos quartos, mas o Fletch nunca teve. Eu sempre fiquei... não sei... curiosa?

Penso no quarto do Fletch.

— Gostaria de ter detalhes mais interessantes pra contar, mas é bem básico. Cama. Mesa de cabeceira. Armário e banheiro. Na verdade, é assustadoramente parecido com meu antigo apartamento. Inclusive a escada que leva para o bar.

— Você morava em cima de um bar? — Brynn ergue uma das sobrancelhas, como se não acreditasse em mim.

— Morava.

— Sério?

Quando me mudei, dei à Brynn meus endereços e empregos anteriores, mas nunca tive certeza do quanto ela se aprofundou no assunto.

— Meu pai tinha um bar — explico. — Trabalhei lá e morei no andar de cima até ele falecer há alguns anos.

O rosto de Brynn se turva com aquele olhar familiar de pena.

— Sinto muito. Vocês eram próximos?

— Bastante — respondo com sinceridade. — Aquela coisa toda com o Spencer e o Bronze mais cedo... me deu gatilho de algumas coisas que pensei que já tivesse resolvido...

Ela estende a mão e toca meu ombro. É apenas uma leve pressão dos dedos, mas posso sentir o calor deles sob a manga da camiseta.

— Isso vai soar clichê, mas alguém me disse uma vez que o luto é um amor que não tem pra onde ir. Às vezes, ele surge nos momentos mais estranhos. — Ela me olha nos olhos enquanto fala. — Se quiser ouvir sobre uma reação exagerada, o meu ex, Matt, tinha uma camisa polo azul-clara que ele amava. Depois que nos divorciamos, automaticamente passei a odiar qualquer homem que usasse camisa polo azul-clara. Não importava se o cara ou a camisa fossem bonitos, minha reação era visceral. — Ela tira a mão do meu ombro. — Agora, eu não consigo nem entrar na loja da marca da camisa.

Ela ri, e eu me pego rindo também, até que um pensamento me ocorre.

— Ei, eu tinha uma camisa polo azul-clara, mas ela sumiu da secadora logo depois que eu me mudei.

Brynn vira a cabeça, mas não antes que eu a veja sorrindo.

— Sim, me desculpe por isso. Compro outra se a gente voltar.

— *Quando* a gente voltar. — Eu a corrijo.

Ela concorda com a cabeça e fecha os olhos, mas, quando os abre novamente, seu olhar se volta para algo à frente.

— Ainda não estamos em casa, mas pelo menos podemos dizer que voltamos para a marina. — Ela aponta para um conjunto de luzes amarelas a distância.

Conforme nos aproximamos, começo a distinguir o contorno da casa de barcos, depois o cais com um pedalinho azul-vivo amarrado ao lado.

Sigo o olhar de Brynn até a pessoa sentada na ponta da doca, com a calça cáqui enrolada até o meio da canela. Spencer acena quando nos aproximamos.

— Ei! Vocês chegaram. Eu estava começando a ficar preocupado.

Sua camisa aberta ondula com a brisa.

— Você tem certeza a respeito dele? — pergunto.

O sorriso de Brynn vacila por um segundo. Ou talvez seja apenas minha imaginação.

— Claro que tenho. Por que não teria? Ele é o Spencer Woods. É o cara dos sonhos. Quando ele e a Sloan finalmente ficarem juntos, vai ser... Não me julgue por usar essa palavra besta de garoto de fraternidade... Vai ser épico.

É isso que ela quer.

Não posso dizer que eu entenda.

Mas reconheço o olhar que ela me lançou mais cedo, quando disse, *Eu preciso disso*. É o mesmo olhar que vi no espelho logo após a morte do meu pai. Quando eu estava muito determinado a manter o bar e não deixar que seu legado morresse também.

Não consegui fazer dar certo.

Mas talvez eu consiga ajudar Brynn com isso.

Faço um último esforço para nos levar até o cais.

— Não dá pra discutir com o épico.

12

BRYNN

Spencer estende a mão para me ajudar a sair do barco e me puxa para a doca, onde minhas pernas tremem como gelatina, embora não fique claro se é por causa da sua proximidade repentina, ou devido ao fato de que minhas pernas ainda estão se recuperando de tanto pedalar.

— Que bom que vocês conseguiram voltar. Foi uma loucura. — Ele acena com a cabeça para o barco azul amarrado à doca em um ângulo estranho. — Começou a entrar água no barco assim que saímos da praia. Estava entrando devagar, mas não queríamos arriscar e achamos que era mais seguro voltar rápido para a marina. Acho que aconteceu por causa do nosso pequeno acidente de mais cedo.

Sinto um aperto no peito e meus olhos acidentalmente encontram os de Josh quando ele sai do cisne para a doca. Eu meio que esperava que ele me olhasse com um *Eu avisei* ou, no mínimo, que balançasse a cabeça para me lembrar de que não apenas minha loucura momentânea havia causado o problema, como de que eu também fiquei culpando a Luce.

Mas tudo que ele faz é assentir com a cabeça, como se estivesse concordando com a avaliação de Spencer.

— Que bom que vocês estão bem.

Dou uma olhada na marina vazia, que parece escura e fechada.

— Cadê a Luce?

Spencer aponta para algo no mar.

— Ela achou que uma tempestade estava chegando e queria ver como estavam os animais. O cavalo Westley se assusta com trovões. Mas eu achei melhor esperar até você voltar. Estava pensando que poderíamos caminhar juntos pra casa, já que somos vizinhos. — Ele olha de relance para Josh. — A menos que você tenha outros planos.

Meu coração acelera com uma agitação que eu não sentia há anos.

— Planos? Por que eu teria...

Josh.

— Por que vocês dois não vão na frente? — responde Josh, como se estivesse percebendo meu dilema. — Vou voltar pra casa. Preciso de uma boa noite de sono.

— Tem certeza?

Josh sustenta meu olhar.

— Aham, vou nessa. Estou ansioso pra chegar em casa.

O duplo sentido não passa despercebido. Ele não está apenas me ajudando aqui. Ele está *nos* ajudando.

Observamos Josh atravessar o estacionamento em direção à estrada que leva à cidade. Ele é um pequeno ponto a distância quando Spencer oferece o braço com um "Vamos?"

Eu aceito, amando o fato de estarmos finalmente sozinhos enquanto começamos a caminhar lentamente pelo cais e passamos pela marina até chegar à estrada.

Ao contrário do pavimento imaculado da rua principal, essa estrada é feita de cascalho rústico. Os postes de iluminação estão muito distantes uns dos outros, deixando espaços sem iluminação entre eles. Chegamos a um trecho escuro, e meu pé escorrega em um buraco considerável, torcendo meu tornozelo e me empurrando para a frente. Mas, pouco antes de cair no chão, duas mãos fortes me seguram.

— Ei. Ei. — Spencer me levanta e me coloca de pé. — Quase deixei você escapar.

A luz do poste atinge seus olhos em um ângulo que os faz brilhar, e sinto um leve cheiro de floresta de cedro.

— Eu não gostaria que isso acontecesse de novo. Senti muito sua falta, Sloan. — Ele coloca uma mecha de cabelo atrás da minha orelha, e sua mão permanece na minha bochecha.

— Eu também senti muito a sua falta, Spencer.

Nem preciso atuar. Eu *senti* falta dele e da maneira como me sinto agora. Confortável nesse ambiente familiar. Segura.

Seu dedo traça a bainha do meu moletom.

— Queria ter dito isso mais cedo, você estava tão bonita naquele vestido.

Olho para baixo, para o moletom.

Não.

Não é meu moletom.

É do Josh.

Eu quero ser como ela. Aquela garota doce e agradável que Spencer e o resto da cidade adoram.

A ponta dos meus dedos encontra a bainha e a puxa. Quando o moletom passa pela minha cabeça, percebo que não era Spencer que tinha cheiro de floresta.

Era o moletom.

— Ah. — Spencer o pega das minhas mãos. — Essa é a minha garota.

Ele segura minha mão.

Eu esperava dedos quentes, um zumbido ou um formigamento. O que recebo é uma palma fria e úmida. E, enquanto caminhamos, a sensação sobe pelo meu braço e desce pelo meu peito até se instalar no meu âmago.

Estou com frio.

E meio que quero o moletom de volta.

Continuamos a caminhar. A noite fica um pouco mais escura à medida que as árvores se adensam, formando uma cobertura, até que há uma abertura na floresta e o céu se abre novamente, revelando a praia.

Porém, sem árvores para nos proteger, a brisa fica mais forte.

Sinto meus braços se arrepiarem, desencadeando uma batalha interna entre Brynn e Sloan. A praticidade em busca do calor versus o desejo de ser exatamente o que Spencer quer.

No começo, eu resisto, dizendo a mim mesma que é apenas uma brisa. Frio é psicológico.

Mas então meus dentes começam a bater, tão alto que fico chocada com o fato de Spencer não dizer nada.

— Então... — Tento me distrair do frio. — Fale mais de Los Angeles. Foi tudo que você esperava que fosse?

Spencer sorri.

— Los Angeles era Los Angeles, mas não era Carson's Cove. — Ele diminui a velocidade da caminhada. — Há algo especial aqui. Não existe nenhum lugar no mundo como esse, e estou muito feliz por estar de volta. Especialmente estando com você.

Meu coração se enche de uma esperança descarada.

Nossos chalés estão à vista.

— Parece que estamos em casa.

Spencer acena com a cabeça para a própria casa, depois para a casa de Sloan ao lado, que está toda escura, exceto pela luz amarela da varanda.

— Foi ótimo ver você de novo. — Ele me puxa para um abraço. Minha bochecha pressiona sua clavícula, e sinto cheiro de alguma coisa. Definitivamente não é cedro. Mas, antes que eu possa identificar o que é, ele se afasta. — A gente deveria fazer isso de novo.

Ele não se move. Nem chega mais perto. Nem mesmo se afasta. Ele apenas permanece ali.

Eu faço o mesmo, enraizada no meu lugar na rua.

É nesse momento que a coisa acontece. Quando a balança pende para um lado ou para o outro. Onde decidimos dar um passo adiante ou ir dormir.

Está tudo perfeito. A luz da lua. O som das ondas. Tudo que eu preciso fazer é estender meus braços. Mas, por algum motivo, não o faço.

Ele se afasta primeiro.

— Bom, estou exausto. Vou entrar. Mas a gente se vê amanhã? — Ele fala como uma pergunta, e eu acabo concordando com a cabeça.

— Claro, é, eu também. Sabe como é, pedalamos demais.

Ele começa a caminhar em direção a seu chalé, mas para no meio do caminho, virando-se lentamente para me encarar, e eu penso: *Aí está. É agora. O momento que eu estava esperando.*

— Ei, Sloan.

Ele faz uma pausa, e minha mente completa a frase de centenas de formas diferentes:

Eu sempre te amei.

Finalmente percebi que somos almas gêmeas.

Eu me arrependo de ter ido embora há quinze anos sem nunca ter dito como eu me sentia.

Ele respira fundo e eu sei que o que ele vai dizer em seguida vai mudar minha vida.

— Eu me esqueci de devolver seu moletom.

Ele me joga o moletom do Josh, depois acena e entra na casa ao lado da de Sloan.

Quinze anos, e ele ainda não entendeu.

13

BRYNN

Acordo com o som de batidas à porta, cada vez mais altas e agitadas. Com a graça de um bezerro recém-nascido, rolo para fora da cama e, em seguida, tropeço pelo corredor e pela escada, com os olhos turvos e o cabelo bagunçado. Passo pela cozinha até a porta dos fundos, onde paro com os dedos na fechadura, meus instintos de garota da cidade esquecendo por um momento onde estou.

— Quem é?

Há o som de um suspiro profundo do outro lado da porta.

— Apenas a melhor coisa que já aconteceu com você.

É uma voz feminina.

Uma voz que eu reconheceria em qualquer lugar.

Abro a porta com tudo.

— Poppy?

Ela está parada com as mãos na cintura.

— A primeira e única.

Mais uma vez, sinto aquela emoção já familiar de ver em carne e osso um rosto a que assisti na TV durante anos. Poppy era — e aparentemente ainda é — a melhor amiga de Sloan Edwards. Elas se conheceram no nono ano, quando o pai de Poppy foi promovido e a trouxe junto com seu irmão gêmeo, Peter, de Minnesota para a ilha. Ela conhece todos os segredos de Sloan e é sua companheira para o que der e vier (com exceção da primeira metade da segunda temporada, quando ela teve um breve relacionamento com Spencer).

— É tão bom ver você. — Eu a observo. — Você está...

Ela ergue o dedo.

— Escolha suas palavras com sabedoria, mulher. Só existe uma maneira correta de terminar essa frase.

— Igualzinha.

Ela está. Poppy Bensen continua tão icônica quanto aos dezesseis anos. Seu cabelo agora está cortado na altura dos ombros, mas ainda mantém sua marca registrada, o vermelho-cereja, mesmo tom do seu batom, aplicado com maestria e de modo tão meticuloso quanto o visual luxuoso, porém discreto, com sua jaqueta Chanel.

Ela cruza os braços e suspira novamente, mas há um sorriso satisfeito nos seus lábios.

— Eu estava pensando em *absolutamente fabulosa*, mas vou aceitar o que você disse.

— Sério. — Meus olhos percorrem sua pele perfeitamente lisa. — Você não envelheceu nadinha.

Poppy passa por mim e entra na cozinha de Sloan com uma risada.

— Bom, caso você fale a respeito disso com Chad, o motivo é pilates e o fato de que sessenta por cento da minha dieta é caldo de osso, mas, cá entre nós, meninas, o dr. Martin está aplicando Botox nos fundos da loja dele. Você deveria dar uma passada por lá. — Ela segura meu queixo com a mão, a ponta do polegar alisando o ponto entre minhas sobrancelhas. — Ele é muito bom.

Ignoro o que pode ter sido um insulto, muito surpresa pelo anel de diamante que noto no seu dedo.

— Ah, então você e o Chad ainda estão...

Poppy estende a mão, mexendo os dedos.

— Dezesseis anos de felicidade conjugal e tal.

— Uau! — Tento controlar meu choque. — Isso é ótimo.

A relação de Poppy e Chad foi uma grande controvérsia dentro e fora da série. Depois do incidente do Festival da Melancia com Luce e Spencer, Poppy voltou a perder o interesse e terminou com Chad pela segunda vez. Em vez de simplesmente confessar seus sentimentos como qualquer ex faria, Chad a pediu em casamento. Dois episódios depois, eles se casaram em uma cerimônia muito elaborada na praia, com a tenra idade de dezessete anos. O canal que transmitia a série recebeu tantas ligações furiosas de pais insatisfeitos que evitou qualquer história que fizesse referência direta ao casamento deles, e fingiu que ele nunca aconteceu durante toda a última temporada.

Eu e a maioria dos fãs do fórum de *Carson's Cove* presumimos que eles teriam se separado imediatamente após o ensino médio. Aparentemente, estávamos todos errados.

— Então. — Poppy se senta em um dos bancos da cozinha. — Eu não ia dizer nada, mas você me conhece, não tenho filtro algum. — Ela se inclina para a frente, me encarando fixamente. — Já faz vinte e quatro horas que você chegou à cidade e ainda não tinha me ligado, mandado mensagem, visitado ou enviado um pombo-correio. Estou começando a achar que você está me evitando. Você está me evitando?

— Não. De forma alguma. Eu ia...

— Ótimo — interrompe ela antes que eu possa terminar. — Porque o Chad disse que eu estava agindo como uma psicopata, e que você provavelmente ainda estava se acomodando, mas eu precisava vir logo pra esclarecer isso. Porque Poppy e Sloan estão de volta! E na hora certa. Você não vai acreditar nas coisas com que eu ando tendo que lidar por aqui ultimamente. — Ela ergue a mão feita pela manicure e a examina.

— Tipo o quê?

Poppy continua a estudar as unhas.

— Ah, você sabe. Pessoas sendo irritantes e não se colocando no próprio lugar. Mas hoje eu vou precisar de um Zolpidem a menos pra dormir, porque minha parceira voltou. — Ela estende os braços. — Eu senti falta da gente, meu amor.

Dou a volta na bancada e a envolvo com os braços.

— Também senti falta da gente.

Ela se afasta, segurando meus ombros.

— Tem, tipo, um milhão de coisas que a gente precisa fazer agora que você está de volta. Você não tem planos pra hoje, né?

Meus olhos se voltam automaticamente para a janela e para o chalé azul ao lado.

— Ah, querida. — Poppy segue meu olhar. — Não vai me dizer que você ainda está nessa, né? — Ela estende a mão e segura minha bochecha. — Ah, você está. Eu não entendo. Quer dizer, eu entendo, você sempre foi do tipo romântica, mas eu pensei que você já tivesse superado isso.

Tenho um flashback da noite passada. De como tudo estava perfeito até não estar mais.

— Talvez eu devesse? Pode ser mais fácil.

Poppy faz um muxoxo.

— Ele continua sem juntar lé com cré, né? Isso não me surpreende. Imagino que você já tenha conversado com ele, então?

Concordo com a cabeça.

— Sim, fomos para as ilhas ontem à noite.

— Um encontro?

Nego com a cabeça.

— Não. Só passamos um tempo juntos.

Ela inclina a cabeça para o lado e me observa.

— Mas pareceu que ele pudesse estar a fim de você?

Meu estômago se retorce em um nó familiar.

— Eu não sei. Não houve exatamente muita química. No começo, ele não parecia interessado em mim, depois, no caminho pra casa, achei que sim, mas não aconteceu nada. Estou com a impressão de que ele só quer ser meu amigo.

Ela cruza os braços por cima do peito.

— Você e eu sabemos que Sloan Edwards e Spencer Woods deveriam ser muito mais do que amigos. Por mais que eu odeie admitir isso, vocês dois são almas gêmeas. Quando a gente ainda estava na escola, sempre havia alguma coisa impedindo algum de vocês, mas agora que vocês dois estão de volta à cidade, parece que estava escrito. Como se fosse a vez de vocês.

— Pode ser.

— Ah, querida. — Ela acaricia minhas costas em círculos lentos e confortantes. — Talvez ele só precise de um empurrãozinho. Vocês dois são amigos há muito tempo. Ele ainda a vê como a vizinha boazinha que ele conhece desde sempre. Esse sempre foi o seu problema. Precisamos mostrar a ele que você é uma mulher agora. — Ela passa o braço ao redor do meu pescoço, puxando minha cabeça para perto da dela. — E eu sei exatamente como vamos fazer isso.

— O salão de beleza?

Poppy estende os braços de uma forma que só poderia ser adequadamente acompanhada pela expressão *tcharam*!

— Aonde mais a gente iria? — Ela me pega pela mão. — Se você quer que o Spencer finalmente perceba que está apaixonado por você, você tem que resolver o problema mais óbvio. — Ela dá tapinhas carinhosos na minha cabeça, mas seus dedos ficam presos nos meus cachos.

— Meu cabelo?

Ela concorda com a cabeça.

— E alguns outros probleminhas. Só confie em mim.

O Curl Power é o único salão de beleza de Carson's Cove. Era cenário comum dos episódios dada a tendência da série em promover um número desproporcional de eventos formais, desde bailes de formatura até competições de dança, desfiles de moda e concursos de beleza.

Poppy abre a porta da frente, presumindo que estou confiando nela, e acena para Lois, a proprietária do salão e cabeleireira-chefe, que está de pé atrás de uma cadeira giratória de couro marrom como se já nos esperasse.

— Lois, temos uma emergência. — Poppy joga sua bolsa em uma cadeira vazia. — A Sloan está precisando de terapia capilar. Desesperadamente.

Eu me sento e tento não me ofender com o uso da palavra *desesperadamente* ou com a maneira como Lois franze a testa ao pegar um dos meus cachos escuros entre os dedos e depois deixá-lo cair.

— Estou pensando no pacote completo — diz Poppy, enquanto Lois me cobre com um avental de vinil. — Mais loiro, mais liso, talvez até algumas extensões, e você poderia fazer algo a respeito do... — Poppy aponta para o espaço entre minhas sobrancelhas, ao que Lois responde com um "Claro".

Lois prontamente puxa um carrinho organizador cheio de secadores de cabelo, ferramentas de modelagem e recipientes cheios de líquido azul-vivo. Ela vai até a prateleira de baixo e tira um mostruário de papelão com pequenas mechas de cabelo em vários tons de loiro. Ela o entrega a Poppy, que aponta para uma amostra que eu poderia jurar que se chama Nascer do Sol em Malibu, mas não tenho como confirmar, porque Lois rapidamente pega o mostruário e o guarda.

— Cancelei todos os outros compromissos da manhã — diz Lois para Poppy, me fazendo perguntar por que ainda não fui incluída nessa conversa. — Acho que vou precisar de algumas tentativas pra me livrar disso tudo — Ela estica uma mecha de cabelo e depois a deixa voltar a ser um cacho. — Talvez um relaxante. Com certeza um descolorante. Também vou aquecer a cera.

Ela se movimenta para sair, mas eu ergo a mão.

— Espere aí. — Meu coração está acelerado. — Descolorante parece um pouco drástico, não? Eu estava pensando mais em tirar umas pontinhas. Ou quem sabe algumas mechas?

Eu me olho no espelho, enquanto Lois e Poppy trocam olhares às minhas costas.

— Querida. — Poppy se inclina para a frente e nivela sua cabeça com a minha. — Você sabe que eu a acho linda, não sabe?

Ela concorda com a cabeça e me olha fixamente até eu concordar também.

— Ótimo. O que estou sugerindo é que façamos com que sua beleza exterior combine com sua beleza interior, para que todo mundo na cidade possa ver como você é linda. — Ela se inclina chegando ainda mais perto, com os lábios bem próximos da minha orelha. — Especialmente o Spencer.

Fosse a intenção dela ou não, ela disse as palavras mágicas.

E, como em um passe de mágica, fecho os olhos, concordo com a cabeça e até vou me convencendo de que quero essa transformação radical enquanto Lois começa a pintar meu cabelo.

Uma hora depois, estou com a cabeça coberta de papel-alumínio.

— Sorria. — Lois cutuca meus lábios franzidos. — Daqui a pouco você vai ficar linda. — Ela ajusta o último papel-alumínio, depois puxa a secadora e coloca a cúpula sobre minha cabeça. — Não é o sonho de toda garota entrar no salão e sair dele como uma mulher totalmente nova, pronta pra arrasar o quarteirão?

Sua pergunta permanece retórica conforme ela aciona o interruptor do secador e toda a conversa é abafada pelo zumbido baixo.

Ela não chega a estar errada.

Essa história do patinho feio que se transforma em um belo cisne é mais velha que minha avó.

Especialmente em um lugar como esse, onde as mudanças de visual operadas pela Lois sempre pareciam estar no centro de qualquer enredo do tipo garota-que-precisa-se-reinventar. Foi o que aconteceu com a Poppy.

Quando se mudou para Carson's Cove, Poppy era uma completa desconhecida com grandes ambições, mas seu cabelo loiro genérico fazia com que fosse difícil se destacar em uma cidade onde todos eram lindos. Até o dia em que ela entrou no salão da Lois, onde tingiu o cabelo de um vermelho-ardente que virou sua marca registrada. A partir daí, todos começaram a notá-la. Sua mudança de visual a deixou confiante. Foi o catalisador para uma jornada de superações no ensino médio: capitã da equipe de torcida, rainha do baile e namorada do Chad Michael.

Talvez Poppy esteja certa, e é exatamente disso que Sloan precisa.

Três horas depois, minha determinação começa a se esvair. Ainda estou na cadeira da Lois. Fui desfiada, cortada, alisada, descolorida e aplicada, e passei a entender melhor por que as transformações de visual nos filmes são sempre mostradas por meio de montagens. Estou exausta e perdi completamente a sensibilidade da nádega direita, então, quando Lois pergunta, "Você está pronta para ver?", meu "Sim" ofegante é dito mais por desespero para sair da cadeira do que por empolgação. Mas, quando ela me vira para o espelho, ouço um suspiro e percebo que o som está vindo da minha própria boca, porque a mulher que está me encarando de volta no espelho é inegavelmente linda.

São necessárias mais três piscadas para que caia a ficha de que o reflexo é, de fato, meu.

Meus cachos escuros se foram, substituídos por ondas suaves e sedosas da cor do mel.

Minhas sobrancelhas estão impecáveis.

Meus cílios estão longos e escuros.

Estou deslumbrante.

Pareço a Sloan.

Como a Lois disse, deveria ser um sonho que se tornou realidade, mas...

— Você não amou? — Poppy joga os braços ao meu redor e me aperta. — Ah, meu Deus, Lois, você a fez chorar.

Poppy se afasta e coloca umas das mãos no peito. Meus dedos passam pelas minhas bochechas e, conforme o esperado, saem molhados, mas eu não diria que estou transbordando de felicidade.

— Você está absolutamente adorável — diz Lois, enxugando a própria lágrima. — Ah, meu Deus, parece uma princesa.

— Não — diz Poppy, negando com a cabeça. — Parece uma rainha.

Há uma pausa notável enquanto Poppy e Lois trocam outro olhar pelo espelho. Dessa vez, é apenas um breve olhar, o mais leve mexer de queixo em um aceno de cabeça, mas sinto arrepios nos braços.

— Então, Sloan, querida. — Poppy se senta no braço da minha cadeira, seu tom de voz excepcionalmente agudo. — Não sei se mencionei isso mais cedo, mas eu e a Lois estamos copresidindo o concurso este ano. Como você provavelmente já sabe, é o septuagésimo quinto aniversário; um ano muito importante. Então, como você deve imaginar, é fundamental que as nossas candidatas tenham uma certa imagem. Agora, eu sei que da última vez que você participou... — Ela troca outro olhar com Lois. — Bom, não saiu como você esperava, mas Lois e eu estávamos pensando que, com o seu cabelo novo e todo o visual, talvez esse ano seja o seu ano...

Ela continua a falar, mas suas palavras se transformam em um indecifrável *lero, lero* enquanto eu decifro o que acho que ela está sugerindo.

O concurso Miss Festival da Lagosta foi o clímax do último final de temporada de *Carson's Cove*. Era para ser a chance de Sloan mostrar a Spencer e ao resto da cidade que ela não era mais a garota quietinha e inocente que eles conheciam. Ela havia crescido, se tornado uma força a ser reconhecida, e estava pronta e disposta a enfrentar o mundo, começando pelo garoto da casa ao lado.

Seu plano começou de forma tão perfeita. Ela se transformou de uma despretensiosa garota comum em uma verdadeira rainha da beleza usando tutoriais de maquiagem do YouTube e um penteado bem executado. Ela até encontrou o vestido que sua falecida mãe usou quando foi coroada, vinte anos atrás, e ele serviu perfeitamente.

Durante o concurso, Sloan impressionou os juízes na rodada de perguntas. Seus anos de estudo e seu amor pelos livros culminaram em respostas bem pensadas que abordavam questões importantes da época, sem ofender ninguém. Próximo da rodada do vestido de gala, a coroa estava quase na sua cabeça.

A competição havia sido reduzida a Sloan e três outras garotas: Poppy, Luce e uma líder de torcida aleatória que nunca teve um nome oficial. Mas, quando Sloan foi se trocar, o vestido não estava em lugar algum. Então, quando ela tentou subir ao palco com sua roupa casual, Lois a desqualificou.

A partir daí, tudo desmoronou.

Sloan perdeu a confiança. Não contou a Spencer como se sentia, e ele foi para Los Angeles sem nunca saber seus verdadeiros sentimentos.

— Então. — Poppy cutuca meu braço, me lembrando de que ainda estamos no meio de uma conversa. — O que você acha? — pergunta ela. — Quer participar?

Aquele concurso foi o momento mais sombrio de Sloan e, imagino, seu maior arrependimento. No entanto, a ideia de participar de um concurso de beleza causa arrepios no meu coração feminista.

— Não sei. — Olho para cima, com a intenção de ver os olhos de Poppy no espelho, mas há outra pessoa olhando para mim.

Ele está usando uma camiseta da Curl Power rosa-choque um tamanho menor, e ela se estica contra seu peito enquanto ele lava o cabelo de uma mulher na pia. Seu cabelo, normalmente selvagem, está comportado em um penteado com gel e uma mecha rosa combinando com a camiseta que definitivamente não estava lá ontem. Talvez eu nem o tivesse reconhecido se não fosse pelos seus olhos: verde-claros e penetrantes.

— Sheldon?

Ele não diz nada, continua lavando o cabelo, mas seus olhos permanecem em mim.

Como se estivesse esperando...

O concurso.

Eu quase me esqueci.

Ele quer que a Sloan ganhe.

É a peça fundamental do seu plano meticulosamente elaborado. Ganhar o concurso. Conquistar Spencer. Brynn e Josh podem ir para casa.

— Então, o que você acha? — Poppy desvia minha atenção de Sheldon por um momento.

— Do quê? — pergunto a ela, tendo perdido metade da conversa.

— Do concurso — diz ela. — Quer participar?

Eu a ignoro e olho novamente para a pia, mas, dessa vez, Sheldon não está mais lá.

Os meus olhos examinam as pias e o resto das cadeiras. A porta. Não há sinal de Sheldon em lugar algum.

— Eu preciso ir.

Eu me movo para ficar de pé, mas Poppy me empurra de volta. Para uma pessoa tão pequena, ela é estranhamente forte.

— Sloan, qual é.

— Podemos conversar sobre isso mais tarde? — Faço uma segunda tentativa, muito mais bem-sucedida, de me levantar, mas, quando me dirijo à porta, Lois e Poppy bloqueiam meu caminho.

— Não, isso é importante.

Preciso encontrar o Sheldon.

— O que você quiser, Poppy. É só me falar, que eu faço.

Seu sorriso é imediato. Suas mãos encontram as minhas e ela dá um grito.

— Ah, meu Deus, vai ser muito divertido. Como nos velhos tempos.

Arranco a capa de vinil do pescoço e me dirijo com rapidez até a porta da frente. Quando a abro, ouço Poppy gritar:

— Sloan Edwards, a próxima Miss Festival da Lagosta de Carson's Cove.

Olho para baixo, para meus braços, e eles estão arrepiados.

14

JOSH

Sherry pode estabelecer a regra de não beber antes do meio-dia, mas definitivamente não a pratica. É isso ou os guaxinins daqui têm um excelente gosto para uísque.

Encontro uma garrafa de Dalmore dezoito anos aberta em cima do balcão, junto com dois copos de vidro que parecem ter sido enchidos e depois esvaziados. Não há nenhum outro sinal de Sherry — ou de qualquer outra pessoa — no bar esta manhã, mas consigo ouvir vozes baixas que vão ficando mais altas quando uma das portas que eu acho que leva até o estoque se abre e duas pessoas entram. A primeira é Sherry, com o cabelo puxado para trás como ontem, usando calça jeans e uma camiseta azul-clara com o logotipo do Bronze bordado no peito. Reconheço o uniforme apenas porque combina com a camiseta que roubei do armário do Fletch hoje de manhã. Fazemos um breve contato visual, mas ela me ignora enquanto segura a porta para um homem de meia-idade com barriga de cerveja e uma barba impressionantemente espessa. Ele está carregando uma grande escada de alumínio. Sua camisa diz Larry Iluminação em letras pretas e grossas, que eu leio enquanto ele encosta a escada no balcão para se servir de um segundo copo de uísque bem generoso. Presumo que Sherry não tenha oferecido mais essa dose, o que deduzo apenas pelo rosnado baixo que sai de sua garganta em direção a Larry.

— Que bom que você vai consertar as lâmpadas. — Tento manter uma conversa agradável. — Estava ficando difícil enxergar aqui dentro.

Seu rosnado, que agora está bem direcionado a mim, fica mais alto.

— Você vai ter que aprender a viver com as lâmpadas que temos, já que eu acabei de vender nossa escada para o Larry.

Como se ilustrasse o ponto de Sherry, Larry coloca o copo, agora vazio, no balcão com um tilintar, pega a escada em questão e nos dá um aceno amigável antes de carregá-la porta afora.

— Babaca — murmura Sherry em voz baixa.

— Por que você vendeu a escada pra ele, então? — pergunto, e imediatamente me arrependo, porque Sherry me lança um olhar que posso jurar que atravessa até a parte de trás do meu tronco.

— Porque ele pagou cinquenta dólares por ela. — Ela passa por debaixo do balcão e pega a garrafa de uísque aberta para colocar a tampa de volta.

Nego com a cabeça, ainda confuso.

— Lâmpadas são inúteis quando você não consegue pagar a conta de luz, Fletch. — Sherry revira os olhos, como se estivesse decepcionada por ter que dar mais explicações. — Você sabe como eu me sinto sobre coisas inúteis. — Ela não faz questão de esconder o fato de que, dessa vez, está se referindo a mim. E, embora eu saiba que ela esteja tentando amenizar a situação, não consigo ignorar a agitação familiar que sinto.

Eu apostaria que, se perguntassem a ela, Sherry insistiria que nós dois não temos nada em comum. Mas eu já estive no lugar dela. Aquele em que temos que escolher entre pagar a conta de água ou o garçom. Essa decisão nunca é fácil.

Sherry sai de trás do bar, percorrendo o mesmo caminho que Larry momentos antes até a porta da frente.

— Aonde você vai agora? — chamo.

Ela para, mas não se vira. Em vez disso, suspira.

— Se o senhor tivesse gastado um pouco menos de tempo com sua aparência e um pouco mais com o seu cérebro, minha vida poderia ter sido diferente. Vou pagar a conta de luz. Mas só Deus sabe o porquê. Esse lugar poderia até fazer algum dinheiro se você não conseguisse enxergar o que está a um palmo do seu nariz.

— Há alguma coisa que você quer que eu faça enquanto estiver fora? — pergunto. — Provavelmente já descartamos qualquer coisa que envolva uma escada, mas, fora isso, eu sou muito bom com as mãos.

Sherry se vira. Sua sobrancelha esquerda está fazendo um arco impressionante.

— Acho que é melhor pra todo mundo se você segurar essas mãos. Só não bote fogo em tudo enquanto eu estiver fora, ok?

Ela desaparece antes que eu possa prometer que não vou.

Fico parado por alguns instantes, apenas olhando para o bar vazio.

Ele tem seus defeitos. É sujo e mal iluminado. Há pichações em algumas das paredes, e não são do tipo intencional que diz *esse lugar é descolado*.

Qualquer pessoa que entrasse diria que é uma causa perdida, mas...

O bar gigante em formato de U no centro é feito com um tipo de marcenaria que não se vê mais. Há uma grande variedade de cervejas nas torneiras — algumas artesanais e locais ao lado das grandes marcas que todo mundo adora. A seleção de destilados também não é muito ruim. Há algumas garrafas de primeira linha. Outras que deixam qualquer um bêbado gastando muito pouco. Todas elas estão misturadas na mesma prateleira, simplesmente passando um tempo juntas.

Este lugar poderia ser muito melhor com alguns pequenos ajustes.

Antes de me dar conta do que eu estou fazendo, me vejo passando para trás do balcão, em busca de um pano. De forma racional, digo a mim mesmo que estou devendo o quarto e a alimentação à Sherry, e que estou compensando isso com trabalho duro.

A poeira e as marcas de respingos são fáceis de resolver. Foi preciso metade de um frasco de produto de limpeza e um pouco de força no braço, mas qualquer que fosse a característica genética do meu pai que o fazia limpar compulsivamente o bar, claramente foi passada para mim, porque duas horas depois o balcão está brilhando tanto que ele ficaria orgulhoso.

Encontro um depósito embaixo da escada com mais alguns materiais de limpeza, barris de cerveja extras e um tanque, onde enxáguo os panos e limpo as mãos. Quando volto para a área principal do bar, há uma mulher loira sentada em uma das banquetas, esperando.

— Desculpe, mas estamos fechados — aviso.

Ela vira a cabeça.

— Sou amiga do bartender. Atravessamos um continuum de tempo-espaço juntos. Isso nos uniu de maneiras estranhas e maravilhosas.

Suas palavras e sua voz chegam ao meu cérebro de uma forma muito familiar.

— Brynn?

Ela vira o resto do corpo para me encarar.

É a Brynn com certeza, mas ela está diferente. Seu cabelo escuro e selvagem desapareceu. Ela está usando maquiagem, eu acho. Tudo nela está perfeitamente polido.

— Você está loira.

Ela revira os olhos enquanto se abaixa para ajustar um dos sapatos de salto alto.

— E você precisa caprichar mais nos elogios.

Nego com a cabeça, todas as palavras certas fugindo da cabeça.

— Desculpe, eu não esperava.... O que aconteceu? O que você fez com o seu cabelo?

Ela passa os dedos pelas mechas, o sorriso de antes desaparecendo dos lábios e, mais uma vez, me arrependo da escolha de palavras.

— Isso se chama transformação, Josh. Ou talvez você esteja mais familiarizado com *dar um tapa no visual*, sabe? Uma transformação radical para destacar o que estava escondido dentro de você o tempo todo? — Ela desce da banqueta do bar e começa a caminhar em direção à porta. No meio do caminho, ela dá meia-volta e ergue um único dedo. — Na verdade, nem é por isso que estou aqui. Vim contar que vi o Sheldon agora de manhã.

Meu coração dispara.

— O que ele disse? Ele disse alguma coisa importante?

Suas bochechas ficam vermelhas.

— Eu estava fazendo o cabelo. Não consegui falar com ele a tempo. Em um minuto, ele estava no salão, no outro, foi embora antes que eu pudesse falar com ele.

— Onde ele está agora?

Ela olha para a porta.

— Essa é a pergunta que não quer calar. Procurei em todas as lojas no caminho pra cá, mas o cara sumiu. Ele é um sorrateiro de merd... aaaargh — resmunga ela.

Precisamos encontrá-lo.

— A gente devia continuar procurando. Vamos lá.

Pego sua mão.

Voltamos para a rua principal. É outro lindo dia de céu azul. O dono do armazém está regando seus vegetais novamente. A mulher está passeando com seus goldendoodles.

O ambiente pitoresco é quase irritante.

Meus olhos examinam a rua. A farmácia. A loja de doces. Até mesmo a escada que dois funcionários da prefeitura usam para pendurar no poste crustáceos de plástico gigantes com a faixa do concurso de Miss Festival da Lagosta.

Nenhum sinal de Sheldon.

Até que avisto um músico de rua loiro do lado de fora do armazém.

— Ali — digo a Brynn e corro em sua direção.

— Eu alcanço você — grita ela. Quando me viro para ver por que ela não está me seguindo, ela ergue um dos pés no salto alto. — É como andar sobre dois palitos de dente. O melhor que você vai conseguir de mim é uma caminhada rápida.

Eu a abandono e corro para o outro lado da rua, mas, assim que chego ao local onde vi Sheldon, percebo que no breve momento em que desviei meu olhar para os sapatos de Brynn, ele, de alguma forma, conseguiu desaparecer.

— Pra onde ele foi? — Brynn me alcança um minuto depois, com a respiração fraca e ofegante.

— Eu não sei. — Examino a rua uma última vez. — Ele não pode ter ido longe. Talvez tenha se escondido lá dentro?

O sino acima da porta do armazém toca quando eu a abro. Há um homem de bigode atrás do balcão, cobrando os itens de uma mulher alta. Nenhum dos dois olha para cima quando entramos, então nos dirigimos para os fundos, percorrendo toda a seção de alimentos congelados, verificando cada um dos corredores.

Os dois primeiros estão vazios e, quando verifico o terceiro e o quarto, eles também.

— A gente pode perguntar para o sr. Wilder. — Ela acena com a cabeça para a frente. — Ele é o cara atrás do balcão.

Começamos a descer o corredor em direção à frente da loja, onde o homem de bigode está ensacando as compras da mulher. Eles mantêm as cabeças baixas, conversando. Mas, quando ela se inclina para o outro lado do balcão, ouço claramente, "Já estava na hora de dar um jeito naquele lugar", e algo no tom de voz da mulher faz os pelos da minha nuca se arrepiarem.

Eu paro. Brynn também, inclinando a cabeça em minha direção com um olhar curioso enquanto eu estico o pescoço para ouvi-los melhor.

— Aquele lugar está decadente há anos — continua a mulher. — Eu, particularmente, vou ficar feliz em vê-lo fechar.

O sr. Wilder nega com a cabeça.

— É, mas a Sherry Scott é uma boa pessoa. Só parece que ela nunca mais conseguiu atrair as pessoas pra lá depois do acidente. É triste. Não lembro quando foi a última vez que um negócio faliu nessa cidade.

Sherry.

Eles estão falando sobre o Bronze.

Tenho aquela sensação repugnante de ácido subindo pela garganta.

Eu sei que o Bronze não é o Buddy's.

Não chega nem a ser um bar de verdade.

Mas, ainda assim, parece que o passado está se repetindo e, mais uma vez, não consigo impedir.

Brynn coloca suavemente a mão no meu antebraço, quase como se pudesse sentir a confusão na minha cabeça.

— Você sabe do que eles estão falando? — sussurro, de repente precisando saber mais. — O acidente que ele mencionou. O que aconteceu?

Ela concorda lentamente com a cabeça.

— Acho que eles estão falando da quinta temporada. — As sobrancelhas de Brynn se juntam a ponto de quase se tocarem. — Toda temporada de *Carson's Cove* sempre parecia ter um episódio trágico. Em geral, era uma palestra velada sobre os perigos do consumo de álcool por menores de idade, ou do uso de drogas. O cenário geralmente era uma festa maluca e fora de controle. Algum personagem menor de idade enfiava o carro em uma árvore ou caía de um penhasco, e o resto do elenco, que geralmente também estava bebendo, aprendia uma lição valiosa sobre os perigos do álcool ou das drogas. Na quinta temporada, o elenco foi ao Bronze com identidades falsas e, embora o Fletch soubesse que eles eram menores de idade, serviu bebidas alcoólicas. Um cara... Não consigo nem lembrar o nome dele, mas ele entrou no carro, mesmo com o Spencer dizendo que era pra ele não dirigir, e matou um inocente a caminho de casa.

Meu estômago embrulha.

— O que aconteceu depois disso?

Brynn faz uma pausa, como se estivesse pensando.

— Para ser sincera, nada. Todos ficaram muito chateados durante o resto do episódio, mas então ele terminou e todo mundo já tinha superado o problema no episódio seguinte. O Fletch precisou fazer serviço comunitário. Teve uma cena dele usando um macacão e recolhendo lixo, mas foi só isso. Mas, pensando melhor, não teve mais nenhum episódio no Bronze depois disso.

E agora o bar está falindo.

Racionalmente, sei que não é minha culpa. Eu não estava lá. Não sou o Fletch. Aconteceu em um programa de TV fictício. Mas este lugar está mexendo com minha cabeça. E, por alguma razão, sinto como se fosse responsável.

— Você está bem? — Os dedos de Brynn roçam de leve a parte interna do meu pulso.

— Estou. — Balanço a cabeça. — Só queria que tivesse algo que eu pudesse fazer.

— Eu não me estressaria muito. — Brynn dá uma olhada no balcão. — O sr. Wilder é um pouco fofoqueiro e, mesmo antes do acidente, o bar estava bastante largado. É uma dessas coisas que são lamentáveis, mas provavelmente inevitáveis.

Isso não parece muito com "felizes para sempre".

— É melhor a gente ir. — Brynn inclina a cabeça em direção à porta.

Eu concordo, repentinamente precisando de ar.

Caminhamos em direção à saída, mas, quando Brynn alcança a maçaneta, a porta se abre antes que ela a toque.

— Oi, Spencer! — Brynn congela quando Spencer entra.

— Oi, Sloan. Uau! — Os olhos dele percorrem todo o corpo dela. — Você está linda. Esse vestido é novo?

Brynn dá uma voltinha, a parte de baixo da saia voando ao seu redor em um círculo.

— É. E obrigada por notar. — Ela me lança um olhar, como se dissesse, *Está vendo? É assim que se deve elogiar uma mulher.* Fosse essa sua intenção ou não, isso leva o foco de Spencer para mim.

— Ah, oi, Fletch. Não vi você aí. Vocês dois estão indo pra algum lugar?

Brynn lança um olhar de pânico em minha direção.

— Não... Quer dizer, sim... Quer dizer, não, não estou indo a lugar algum com o Fletcher especificamente, e sim, eu estava comprando... — Ela pega um pacote de pilhas AA. — Isso.

— Pilhas? — Ele une as sobrancelhas, confuso.

Brynn olha para o pacote em suas mãos.

— É, eu estava trocando as pilhas das minhas lanternas. Nunca se sabe quando vai cair uma tempestade.

Spencer concorda com a cabeça.

— Nunca se sabe.

Ele começa a tirar as pilhas das mãos dela, mas faz uma pausa.

— Você fez alguma coisa diferente no cabelo? Seja lá o que for, eu gostei.

Brynn enrola uma mecha solta no dedo.

— Fiz, fui ver a Lois no salão. Estava a fim de uma mudança.

Ele sorri para ela.

— Ficou bem em você.

Ele lança um olhar em minha direção antes de voltar sua atenção para ela.

— Ei, você se lembra do antigo observatório no alto da colina?

Brynn prende a respiração.

— Sim, é claro.

— Bom, eu estava pensando em ir até lá pra dar uma olhada. Você gostaria de vir comigo? Só nós dois.

Não consigo ver o rosto de Brynn, mas percebo que sua voz sobe uma oitava quando diz:

— Hum, aham. Eu adoraria.

Mais uma vez, ele olha em minha direção.

— Que tal hoje à noite? Posso buscar você às sete.

Observo a nuca de Brynn enquanto ela concorda com a cabeça.

— Sete está ótimo.

Ele abre a porta da frente para ela.

— Ótimo. Está marcado.

Ela sai, abandonando a mim e as pilhas.

— Combinado.

Fico parado por um momento, sozinho no corredor, até que o cara atrás do balcão pigarreia.

— Fletcher. Eu normalmente não vejo você por aqui. Precisa de ajuda com alguma coisa?

Os meus olhos examinam as prateleiras. Por um momento, considero a possibilidade de pegar as pilhas da Brynn, mas há uma caixa de luzes industriais ao lado delas em promoção.

Elas me dão uma ideia.

Como a Brynn chamou? Um *tapa no visual*? Uma transformação radical para destacar o que estava lá o tempo todo. Não sei se consigo ser radical, mas, por outro lado, não tenho nada além de tempo no momento.

Levanto a caixa.

— Só isso aqui.

Quando volto para o Bronze, vou direto para o depósito, onde encontro os materiais de limpeza.

Quando dá uma da tarde, já estou com o chão varrido e lavado. Às três, todas as janelas estão limpas. Às cinco, meus braços estão me matando, e eu definitivamente não estou cheirando a Lenhador de Madeira de Cedro, mas consegui limpar quase todo o palco, deixando espaço suficiente para uma banda.

Está longe de ser uma transformação milagrosa, mas o lugar está muito melhor. Em seguida, começo a trabalhar nas luzes que comprei no armazém, amarrando-as por entre as vigas até criar um dossel completo de pequenas luzes.

Parece um cobertor de estrelas, lançando um brilho laranja suave sobre o bar, o que faz com que todo o lugar pareça aconchegante e convidativo. Estou tão absorto no meu projeto que não ouço Sherry voltar até que ela esteja bem atrás de mim.

— O que é que aconteceu aqui?

Eu pulo, mais uma vez, com o som da sua voz.

— Você chega de fininho assim com todo mundo? Ou só faz isso comigo?

Ela ignora minha pergunta e, em vez disso, dá uma volta completa, avaliando o bar.

— Eu não tinha nada pra fazer hoje — tento explicar. — Então comecei a limpar o bar e depois continuei, eu acho.

Ela inspira longa e profundamente pelo nariz. Ainda não consigo decifrar se está com raiva ou satisfeita.

— Você usou drogas? — pergunta ela, finalmente.

Ótima pergunta.

— Ainda é definitivamente uma possibilidade, mas acho que não.

Recebo um lento concordar de cabeça, e outra volta completa.

— Bom... Ficou legal. Quem sabe? Talvez mais algumas pessoas entrem agora que dá pra realmente ver o que estão bebendo. Acho que vamos descobrir na sexta-feira.

Sexta-feira. Certo. Quando estava limpando as janelas, percebi que o horário de funcionamento é apenas sexta e sábado à noite.

Talvez seja o fato de ver o quão longe cheguei hoje, ou talvez seja o conforto de estar na vida de outra pessoa, mas tenho um desejo súbito de ver do que esse lugar é capaz.

— Existe algum motivo pra você só abrir aos fins de semana?

Ela se vira para o bar, pega o uísque de antes e se serve de uma dose.

— Eu só tenho energia pra convencer você a trabalhar na sexta e no sábado, Fletch. No domingo, já estou velha e cansada demais. — Ela bebe a dose em um único gole.

— Sei que é domingo, mas e se eu abrisse hoje à noite? Só pra ver se alguém aparece.

Ela dá uma olhada no bar e depois dá de ombros.

— Fique à vontade. Só não espere muita coisa.

15

BRYNN

Ouço um *toc toc toc* suave à porta da cozinha, exatamente às sete horas.

Olho pela janela e vejo Spencer do lado de fora, pronto para nosso encontro no observatório, usando uma calça caqui recém-passada e uma camisa de linho macia com as mangas arregaçadas, e preciso me segurar na bancada da cozinha enquanto meu coração bate tão forte que, por um momento, acho que vou desmaiar, isso é, até perceber a bicicleta atrás dele.

Achei que, quando ele disse mais cedo "pego você às sete", ele queria dizer que vinha de carro. Mas neste momento, enquanto olho pela janela, percebo que Spencer está segurando sua bicicleta, e minha tontura se transforma em pânico, porque eu não ando de bicicleta.

Ou pelo menos não desde o ensino médio e, mesmo naquela época, minhas habilidades eram questionáveis.

Imediatamente, meu cérebro procura uma desculpa. Machucado? Clima? A convicção de que é quase impossível ficar bonita pedalando?

Mas, quando chego lá fora, Spencer já está dentro da garagem de Sloan, tirando sua bicicleta verde-menta.

— Está uma noite tão bonita. — Ele vem com a bicicleta em minha direção. — Pensei em darmos uma volta. Sei quanto você gosta de pedalar.

Olho para baixo, para minha roupa. Hoje é um conjunto de duas peças combinando, feito de tecido rosa-claro com flores amarelas: uma blusa de cintura franzida e uma saia rodada que vai até o joelho. Ninguém em sã consciência olharia para ele e pensaria que se trata de um traje de ciclismo.

Exceto Sloan.

Essa era a praia dela.

Pedalar pela cidade com seus vestidos lindos, o cabelo esvoaçante com a brisa.

E agora a praia dela é minha praia. Então, dou meu melhor sorriso de Sloan Edwards e agarro o guidão.

— Parece divertido.

Divertido talvez seja uma palavra ambiciosa demais.

Quase caio três vezes antes mesmo de chegarmos ao final da rua de Sloan.

Então, eu caio.

Quando estou virando à esquerda, minha sandália escorrega do pedal e minha queda é aparada por um arbusto de hortênsias que cresceu demais.

Quando Spencer vem me ajudar, culpo um buraco inexistente.

Depois do arbusto, as coisas melhoram um pouco.

Quando saímos da área central da cidade, começo a pegar o jeito da coisa. Estou até tendo pensamentos perigosos, como: *Talvez a frase "É como andar de bicicleta" não esteja tão errada assim.*

Então chegamos ao morro.

O problema dos observatórios é o seguinte. Eles funcionam melhor com uma visão desobstruída do céu. O que significa que os topos dos morros são os melhores locais para se construir um. O que significa que é preciso subir cerca de três quilômetros em mais uma estrada de manutenção duvidosa.

— Buraco filho da fruta — xingo, enquanto evito por pouco outro incidente com hortênsias.

Spencer passa ao meu lado e dá um sorriso fácil. Ele não está suando, xingando nem lutando por oxigênio.

— O que você disse?

— Só estou admirando a vista — ofego entre respirações difíceis, acenando com a cabeça para um campo com cavalos.

Há duas éguas marrons pastando na grama ao lado da cerca.

— Você está bem? — Ele se inclina para a frente para ter uma visão melhor do meu rosto. — Está ficando meio roxa.

Também estou começando a ver pequenos pontos pretos na minha visão periférica. Não fui feita para fazer tanto cardio.

— Estou ótima. — Respiro fundo uma quantidade necessária de oxigênio.

— Ótimo. — Ele se levanta do assento, ganhando velocidade. — Vamos ver quem chega primeiro, então.

Ele dispara antes que eu possa dizer que essa é, sem dúvida, a pior ideia que eu já ouvi. Alguns minutos depois, ouço um "uhuuul" alto vindo lá de cima e rezo silenciosamente para que seja ele reivindicando vitória.

Quando chego ao topo, ele já estacionou a bicicleta e está tirando a mochila das costas.

Paro na beira do estacionamento, principalmente porque estou sem fôlego e preciso recuperá-lo antes de tentar conversar novamente, mas também para apreciar a paisagem.

O observatório fica em uma extensão de rocha plana cercada por grama e arbustos baixos. Há uma vista desobstruída de toda a ilha e do oceano até o horizonte. O observatório em si é um grande cilindro feito de pedra cinza, com hera escura subindo pela lateral e um grande globo branco se projetando do teto.

Foi o cenário de um dos episódios mais icônicos e emocionantes de *Carson's Cove — de todos os tempos*. Ele continha o tipo de momento que faz com que você deseje ter uma amnésia temporária e específica para que possa assisti-lo pela primeira vez de novo e de novo.

Curiosamente, esse momento de apertar o coração não foi nem mesmo entre Spencer e Sloan, foi entre Fletch e Maya Colletti.

Durante a maior parte da terceira temporada, Fletch teve problemas com drogas. Ele corria pela equipe de atletismo do Ginásio Carson's

Cove e esperava conseguir uma bolsa de estudos — até que foi reprovado em biologia. Ele começou a comprar Ritalina para estudar. Ao longo da temporada, se tornou cada vez mais viciado na droga. O clímax aconteceu quando ele deu um soco em uma parede na casa de Poppy Bensen em uma festa pós-formatura e tentou cobrir o estrago com a pintura *A última ceia* do sr. Bensen. Ninguém falou com ele por semanas.

Entra a garota nova: Maya Colletti. Muito bonita. Muito teimosa. Um pouco grávida. Seu status de em-breve-mãe-adolescente fez dela uma excluída instantânea, então Fletch e ela se tornaram amigos rapidamente. Ela o ajudou a ficar limpo com um amor firme e um monólogo épico no meio de uma tempestade. Então, quando os pais dela descobriram sobre o bebê e tentaram mandá-la para um abrigo de mães solo, Fletch a pediu em casamento.

Ele não era o pai. Mas levou Maya ao observatório, o encheu de velas, ajoelhou-se e prometeu que, se ela se arriscasse com um fracassado como ele, poderia ter certeza de que alguém cuidaria dela e do bebê para sempre.

Os Estados Unidos ficaram passados e apaixonados.

Maya disse não.

Sua recusa deixou Fletch mal-humorado e arrasado durante a maior parte da terceira temporada, e Maya deixou a série (possivelmente porque a atriz que a interpretou conseguiu um papel em uma franquia de filmes de ação).

Por mais que eu saiba que é irreal esperar luz de velas e declarações de amor eterno, tenho grandes expectativas para meu encontro com Spencer.

O que recebo é a mesma manta azul da noite anterior estendida no chão e uma playlist de sucessos do John Mayer tocada no iPhone do Spencer.

— Preparei um piquenique pra gente. — Spencer tira vários potinhos da mochila. Ao contrário do piquenique de ontem à noite, com os queijos e pães caseiros de Luce, esse banquete inclui algumas garrafas de vidro marrom, alguns potes pequenos e uma caixa de algo que parece ser pão integral.

— Deixe que eu ajude.

Eu me sento ao lado dele, repreendendo-me por estar sendo boba. Obviamente, ele se esforçou bastante para esta noite. Eu deveria aprender a controlar minhas expectativas.

— O que é isso? — Abro um pote de plástico e dou uma cheirada. O fedor quase me faz vomitar, o que disfarço com uma tosse, fechando a tampa e jogando o recipiente para longe da manta. — Acho que deve estar estragado.

Spencer o recupera com uma risada.

— Se chama kefir. Todo mundo em Los Angeles come. É ótimo pra digestão.

Minha digestão é ótima por conta própria. E mantenho minha opinião de que algo deu muito errado dentro daquele recipiente, mas ignoro e, em vez disso, volto minha atenção para o frasco prateado que Spencer está me entregando.

— Aqui. Experimente esse. Eu trouxe uma caixa inteira quando voltei de Los Angeles. É impossível conseguir fora da Califórnia. Acho que você vai adorar.

Tomo um gole. Acho que há uma parte de mim que foi enganada pelo frasco e esperava álcool. Então, quando o gosto de maçãs podres chega ao fundo da minha garganta, parece duas vezes pior.

— O que você achou do kombucha? — pergunta.

Tem gosto de tristeza.

Não digo isso a ele, claro. Principalmente porque minha boca ainda está cheia e não consigo e nem quero engolir.

Em vez disso, respiro fundo pelo nariz, dizendo a mim mesma que, quando eu contar até três, vou forçar para baixo.

Um...

Dois...

É tarde demais.

Minha ânsia de vômito supera minha força de vontade. Em vez de engolir, eu solto tudo pelo nariz. Como em um desenho animado de sábado de manhã. Por toda a manta do piquenique.

— Desculpe! — Bato no peito com o punho. — Acho que desceu pelo lugar errado.

Spencer se aproxima e coloca uma mecha de cabelo encharcada de kombucha atrás da minha orelha.

— Demora um pouco pra gostar de kombucha, mas não se preocupe, eu trouxe um monte de outras coisas pra você experimentar.

Observo enquanto ele tira vários outros potes da mochila, cada um acompanhado por uma longa e meticulosa explicação de como o item é moderno, saudável ou difícil de encontrar. Durante todo o tempo, só consigo pensar em como meu cabelo está melecado e molhado atrás da orelha, e em como quero desesperadamente soltá-lo. Sinceramente, acho que esse encontro não pode piorar.

Então ele piora.

— Experimente isso. — Spencer segura um dos potinhos, então observa com entusiasmo genuíno enquanto eu experimento seus chips caseiros de couve, seguidos por uns discos marrons que ele jura serem biscoitos, mas que mais parecem amontoados de alpiste que grudam tanto na parede da garganta que eu quase, quase considero tomar outro gole de kombucha só para fazê-los descer.

— Está gostando do piquenique? — pergunta Spencer, enquanto eu forço a última mordida no biscoito de alpiste.

— Mmmmm hummm. — É tudo que eu consigo pensar em responder, porque, embora eu tenha passado anos querendo que Spencer e Sloan finalmente tivessem um encontro, não consigo lidar com essa comida. Simplesmente não consigo.

Estou procurando minha próxima desculpa. Estou satisfeita. Sou alérgica. Estou sentindo o início de uma dor de estômago. Mas, antes que eu possa pensar em algo plausível, Spencer enfia a mão na mochila e tira mais um recipiente. Esse é um saco de papel pardo com o logotipo do armazém de Carson's Cove na lateral.

— Trouxe uma coisa pra você. — Ele estende a sacola.

Eu hesito, apavorada com a possibilidade de ter mais comida dentro. Mas Spencer continua a estendê-lo até que eu cedo e o pego das suas mãos.

— Mais cedo, quando a encontrei na loja, você disse que estava lá para comprar pilhas para suas lanternas, mas depois você se esqueceu de comprar — explica ele. — Achei melhor comprar algumas. Sei como você odiava o escuro.

De fato, quando olho na sacola, não há comida dentro. Apenas duas lanternas pequenas. Elas são simples e prateadas e, ainda assim, me fazem derreter. Esse é o Spencer que eu estava esperando. O cara que conhece profundamente a melhor amiga. Que se lembra de que na noite em que os pais da Sloan morreram, faltou luz e ela passou anos com um medo irracional do escuro.

— Spencer, isso é muito fofo. Estou emocionada. Obrigada.

Spencer abaixa a cabeça para esconder o leve rubor nas bochechas. Ele se aproxima e tira uma das lanternas da sacola, acende para provar que funciona, e a coloca de volta.

— Sei que o escuro não a incomoda tanto quanto antes, mas achei que você deveria ter algumas, por precaução. Já volto.

Ele se levanta e desaparece atrás de uma porta e, um momento depois, ouço um zumbido alto semelhante ao de uma máquina. De repente, o teto se abre e o céu acima se enche de um milhão de luzes cintilantes. É espetacular. Ele se acomoda na manta ao meu lado. Nenhum de nós diz uma palavra. Ficamos apenas olhando. Existindo. Aproveitando o lembrete de como somos insignificantes. Ao olhar para o brilho suave da Via Láctea, eu sinto. Aquele aperto no peito. Aquela certeza de que, de alguma forma, Spencer me conhecia e sabia quanto eu adoraria este momento. Aquela certeza de que tudo isso está, de algum modo, destinado a acontecer.

Quando finalmente desvio os olhos, encontro-o olhando para mim com uma expressão indecifrável no rosto.

— Obrigada por isso. — Meus olhos se voltam para o céu. — É lindo, amei.

Spencer se ajeita, aproximando-se mais um centímetro, de modo que nossas mãos quase se tocam.

— Preciso perguntar uma coisa pra você. — Sua voz é tão profunda que praticamente consigo senti-la.

— Pode perguntar.

— Você e o Fletch estão...? — Ele deixa a frase no ar. Demora um pouco para eu entender que ele está perguntando se o Fletch e eu estamos juntos.

— Não. Com certeza não.

Ele solta um suspiro de alívio.

— Ótimo. Achei que estava rolando alguma coisa entre vocês ontem à noite e, quando vi vocês juntos hoje... Bom, quis ter certeza.

— Nós somos apenas... — Amigos? Colegas de casa? Vítimas da mesma trama perturbada de Sheldon? — Não estamos juntos.

Seus olhos se suavizam com minha resposta.

— Bom, fico aliviado em ouvir isso. — Ele abaixa a cabeça e uma mecha de cabelo loiro cai sobre sua testa. Por instinto, estendo a mão para afastá-la. Ele olha para cima e segura minha mão.

Ele me puxa em sua direção. E, de alguma forma, eu sei exatamente o que está prestes a acontecer. Já vi esse olhar antes. Assisti repetidamente quando minha própria vida estava desmoronando.

— Isso é muito bom. Porque, se vocês estivessem, eu não poderia fazer isso.

Eu me preparo para as estrelas. Fogos de artifício. A sensação de que estou caindo. De que estou voltando para casa.

Seus lábios pressionam os meus com força, batendo dente com dente.

Sua língua abre meus lábios.

É molhada. E gira. E tem gosto de kombucha.

E continua girando.

Meu estômago não se contrai. Não perco a cabeça. Quando muito, estou bem ciente da textura áspera de sua língua de lixa.

E então acaba.

Ele se afasta.

— Uau, Sloan. Isso foi...

Ruim.

Muito, muito ruim.

Quero dizer a ele que foi sem querer. Que ainda não estávamos devidamente sintonizados. Estivemos separados por muito tempo. Ainda não voltamos ao ritmo de Sloan-e-Spencer.

Ele estende a mão e pega a minha.

— Isso foi incrível.

Fico olhando para ele, atônita, procurando no seu rosto algo que explique por que o beijo que acabei de experimentar e o beijo que ele descreveu não combinam. Mas seus olhos estão grandes, azuis e são absolutamente sinceros.

— Odeio dizer isso, mas é melhor voltarmos. — Ele estende a mão para me ajudar a ficar de pé. — Está ficando tarde.

Eu o ajudo a guardar as coisas do piquenique, dissecando o beijo na cabeça.

Será que ele está mentindo?

Ou é educado demais para admitir que o beijo foi terrível?

Porque *foi* terrível.

Definitivamente não foi o clímax épico de cinco longas temporadas de tensão sexual.

Então, qual foi o problema?

Foi ele? Não pode ter sido ele. Ele é Spencer Woods.

Deve ter sido minha culpa, e o fato de eu não ser a Sloan.

Ou pior, o fato de que, no fundo, não sou mais capaz de dar um beijo de causar frio na barriga.

Eu já suspeitava, muito antes de chegar a Carson's Cove, que o relacionamento com meu ex havia me quebrado mais do que eu pensava. Que talvez tenha algo de errado comigo. Que todos os encontros fracassados foram culpa minha, e que esse gosto amargo na boca, que eu nunca consigo engolir, é porque não sou mais capaz de sentir aquela faísca. Que eu tive minha chance no amor e estraguei tudo, e é assim que estou agora, presa naquele lugar triste onde eu sei como é o amor, mas ele está no topo de uma grande colina, e minhas pernas não têm mais resistência para alcançá-lo.

Estou tão perdida em pensamentos no caminho de volta à cidade que desço a colina assustadoramente escura sem nenhum problema. Estou tão dentro da minha cabeça, tentando descobrir exatamente onde errei esta noite, que tenho que desviar quando Spencer para inesperadamente na entrada da cidade.

— O que está acontecendo ali?

Ele aponta para o Bronze, que está todo iluminado. As pessoas estão se aglomerando do lado de fora da porta e, pelo que posso ver, há mais gente lá dentro também.

Spencer se aproxima com a bicicleta. Consigo ouvir o som de rock clássico toda vez que alguém abre a porta.

— Pensei que aquele lugar estivesse praticamente fechado. O que será que aconteceu? — pergunta ele, encontrando meus olhos pela primeira vez desde o incidente do beijo.

Uma sensação estranha se instala no meu peito.

Acho que sei.

16

JOSH

— Ei, amigo, me vê uma... Hummmm... Ééééé...
Um rapaz baixo com óculos de armação preta e grossa aperta os olhos para a fileira de garrafas atrás de mim.

— Precisa de ajuda? — pergunto, me afastando para dar a ele uma visão melhor.

Ele olha para cima e pisca duas vezes.

— Na verdade, preciso. Não sei o que pedir. Não fui a muitos bares.

— Bom, então vamos começar com o seu documento.

Espero enquanto o cara tira a carteira do bolso de trás e desliza uma carteira de motorista de Massachusetts pelo balcão do bar. A foto corresponde ao rosto. Danny Strong. Nascido em 1994.

— O que tem em uma batida? — pergunta ele, lendo algo no celular.

— Não sou muito de beber.

Pego um copo de cerveja.

— Por que não começamos com uma cerveja, então? Uma boa lager, fácil de beber, e vamos ver se você gosta.

Ele concorda com a cabeça, e sinto uma onda de orgulho quando abro a torneira.

O bar está movimentado. Excepcionalmente movimentado, se comparado ao público que eu estimo que ele receba em uma noite normal.

As luzes fazem uma grande diferença. Agora, parece descolado e descontraído. Todo mundo que entrou aqui esta noite estava um pouco apreensivo no começo. Mas, assim que coloquei uma bebida em suas mãos, seus rostos se tornaram relaxados e felizes.

Quer dizer, todos, menos um.

Brynn se joga em uma banqueta na minha frente no momento que entrego a cerveja para Danny.

— O. Que. Você. Fez?

Ela está fazendo uma careta, com os braços cruzados na frente do peito. E, embora eu tenha entendido o que ela quis dizer, me faço de desentendido.

— Fiz? Não sei se entendi.

Ela estende as mãos.

— Tem pessoas aqui dentro. Bebendo. Dançando.

— É um bar. — Dou de ombros. — Você me disse que eu precisava atuar como o Fletch, então estou atuando. Estou sendo um bartender.

Ela solta o ar pelo nariz.

— Eu não... Eu não quis dizer... — Ela solta um grunhido de derrota, recostando-se no assento. — Como você fez isso? Não me lembro de ter visto esse lugar tão cheio.

O bar está ainda mais cheio do que da última vez que olhei em volta, com mais pessoas entrando pela porta da frente.

Aponto para o cara com um violão no palco, cantando versões acústicas de músicas pop antigas.

— Eu o encontrei tocando do lado de fora da loja de ferragens. Fui atrás dele, achando que era o Sheldon de novo. As coisas ficaram constrangedoras, até que ele disse que era uma banda de um homem só e sem palco. Eu disse a ele que era um cara com um palco que precisava de uma banda de um homem só. As coisas se desenrolaram a partir daí.

— Tiro um panfleto de uma pilha no balcão. — Então fiz um monte desses e distribuí pela cidade.

Ela pega o papel das minhas mãos.

— Quem são Seth e os Dingos Famintos?

Aceno com a cabeça para o músico de rua.

— Bom, aquele é o Seth. Não tem dingos de verdade. Acrescentei essa parte porque *Só Seth* me pareceu simples demais.

Ela o observa tocar por um momento.

— Ele não é ruim.

— Ele também não é bom, mas parece que ninguém se importa.

É verdade. No momento em que digo isso, duas mulheres se levantam e empurram a mesa para o lado, abrindo espaço para uma pista de dança. Elas dançam ao som da melhor tentativa de Seth de cantar uma música antiga de Carly Rae Jepsen. Pelo canto do olho, vejo Danny bebendo o último gole de sua cerveja. Ele bate o copo vazio na mesa, respira fundo e vai dançando até as mulheres. Por um momento, não tenho certeza de como sua atitude ousada vai se desenrolar, mas então elas abrem a roda, e a festinha das duas vira um ménage.

Brynn, que aparentemente estava assistindo à mesma cena, apoia a cabeça nas mãos e geme.

— Está tudo bem? — Pego outro copo de cerveja, o encho com uma ipa e o coloco à sua frente.

Ela olha para cima.

— Estou bem. É só que está tudo de ponta-cabeça. — Ela toma um longo gole. — Aquele cara dançando é o Danny Strong. Ele era o capitão da equipe que treinava para a olimpíada de matemática em um episódio em que o Fletch entra só para evitar a detenção e descobre que é secretamente talentoso com os números. O Danny não deveria estar dançando com líderes de torcida. — Ela olha para Danny, depois de volta para mim, mas então desvia o olhar novamente e sua atenção se concentra em uma mesa do outro lado da pista de dança. — Espere, aquela é a sra. Chuang, a bibliotecária, e o dr. Martin, o farmacêutico? — Ela se levanta no assento, inclinando-se sobre o bar para ver melhor. — Eles também não deveriam estar juntos. E você! — Ela se vira para mim e me olha fixamente.

— O que eu fiz?

— O Fletch não deveria ser o bartender sexy e popular que está sendo secado pela antiga professora de inglês.

— Quem é minha antiga professora de inglês?

Brynn aponta para o outro lado do salão. Vejo uma mulher loira mais velha olhando para mim do canto. Quando nossos olhares se encontram, ela pisca.

Desvio meu foco dela.

— Espere, você acabou de dizer que eu sou sexy?

— Não. — Brynn revira os olhos. — Bom, tecnicamente, sim, mas você entendeu o que eu quis dizer.

Tento esconder o sorriso.

— Não entendi, você vai ter que explicar.

Ela rosna.

— Deixe isso pra lá. O que quero dizer é que o Bronze não deveria ser o lugar mais badalado da cidade, e Spencer e Sloan não deveriam ser...

O resto do pensamento é interrompido quando ela suspira profundamente dentro do copo.

— Posso me arriscar e supor que o seu encontro dos sonhos com o Ken de Malibu não rolou?

Ela olha para cima.

— Não, não exatamente. Eu não sei. — Ela se inclina para o lado, apoiando o queixo na palma da mão. — Talvez eu tenha criado expectativas muito altas? Ou talvez as coisas estejam indo exatamente como planejado, e eu só precise ser paciente e deixar nossa história se desenvolver um pouco mais. Acho que eu só esperava que nosso primeiro encontro fosse mágico. Faíscas instantâneas, sabe?

Ela bebe o que resta no copo e o coloca sobre o balcão. Eu o pego ao mesmo tempo em que ela o empurra na minha direção, fazendo com que nossas mãos se toquem. Há uma forte descarga elétrica entre nós.

— O que foi isso? — Ela afasta a mão, segurando-a contra o peito.

Eu chacoalho a minha.

— Será que essa não é a faísca que você está procurando?

Brynn revira os olhos.

— Você disse que queria magia. — Esfrego os pés no chão e dou outro choque em seu braço.

— Magia? Ou ciência? — Ela se levanta e imita o movimento de esfregar os pés que eu tinha acabado de fazer. — Abracada...

Brá.

No momento que o dedo de Brynn encosta no meu antebraço, ouve-se um estalo alto vindo de algum lugar do bar.

Depois, escuridão total.

— Ahhhhh!

O bar se enche de gritos, inclusive os de Brynn. Mas, quando nossos olhos se ajustam à nova escuridão e o barulho começa a diminuir, pego Brynn sussurrando:

— Por favor, diga que não fui eu que causei isso.

— Não — respondo, sabendo exatamente o que aconteceu. A sensação muito familiar de fracasso sobe pela minha garganta.

Isso é loucura.

É como se fosse um déjà-vu.

Um pesadelo vivo que fico relembrando de novo e de novo.

A conta de luz.

Sherry deu a entender que o pagamento estava atrasado, mas eu esperava que fosse uma piada. Seu senso de humor afiado. Mas agora eu sei que as contas não estão sendo pagas e, se estão cortando a eletricidade, logo vai ser a água. Aí o banco vai começar a ligar, se é que já não ligou. Não há nada que eu possa fazer. Fui estúpido de pensar que algumas noites boas poderiam mudar as coisas. Esse lugar já não tem salvação. É...

— Ei. — A mão de Brynn atravessa o bar e me cutuca entre as costelas. — Você sabe onde fica o quadro de energia?

O quadro de energia?

— Acho que é no estoque. Mas esse não é o problema, Brynn, a coisa é muito pior...

Um feixe de luz surge embaixo do queixo dela. Ele a ilumina por baixo, dando ao seu rosto um brilho laranja assustador.

— Fique com essa. — Ela vira a lanterna e a entrega para mim. — Tenho outra na bolsa. — Como se quisesse confirmar, ela enfia a mão na bolsa e tira uma segunda lanterna. — O estoque fica ao lado do banheiro, né?

Abro a boca para dizer que provavelmente vou ter que encerrar as atividades por hoje. O bar já não tem mais jeito. Mas ela desaparece, abrindo caminho entre a multidão em direção ao estoque. Não tenho escolha a não ser seguir sua luz bruxuleante até o fundo do bar.

— Lá dentro? — pergunta ela, apontando o feixe da lanterna para a porta fechada do estoque.

— É, mas... — digo, enquanto ela abre a porta, me ignorando. Seu feixe de luz percorre as paredes até pousar em uma pequena caixa cinza. Eu a sigo até lá e a observo abrir a tampa. Dentro, há uma dezena de interruptores pretos. Apenas um está na direção errada. Brynn estende a mão e o aciona com um clique alto.

O bar emite uma comemoração coletiva, seguida pelo som de um violão dedilhado e da voz de Seth, amplificada pelo microfone.

— Acho que isso pede um cover de "Dancing in the Dark", vocês não acham?

Há outra onda de comemoração quando Seth toca as notas iniciais. Ao contrário do bar do lado de fora, o estoque permanece escuro.

— Crise evitada. — Brynn coloca a lanterna debaixo do braço e usa as duas mãos para fechar a porta do quadro de energia. Ela se fecha com um clique suave, que é seguido por um "ah, meleca" quando a lanterna escorrega, bate no chão com um ruído metálico e rola para debaixo de uma estante de alumínio cheia de produtos de limpeza.

Eu direciono meu feixe de luz para onde vimos a lanterna pela última vez.

— Aqui. — Tento entregar minha lanterna a ela. — Deixe que eu pego.

— Não, relaxa. — Ela se ajoelha e estende a mão sob a prateleira de baixo, depois retrai a mão rapidamente, trazendo a lanterna perdida para o peito.

Estendo a mão para ajudá-la a se levantar.

— Você sempre carrega várias lanternas na bolsa?

Ela segura minha mão e me deixa puxá-la para se levantar. De repente, parece que há muito menos ar aqui dentro.

— Acho que talvez eu devesse começar. Carson's Cove parece adorar quedas de energia...

Sua voz vai sumindo, mas sua mão permanece junto à minha.

O calor dela se mistura com o aroma de morango do seu shampoo.

Ela está tão perto, que posso ouvir sua respiração suave ao expirar.

E, apesar de estarmos no escuro, é como se uma luz se acendesse dentro da minha cabeça e, de repente, eu estivesse vendo tudo de maneira diferente.

Brynn estremece e puxa a mão para si.

— Acho que levei outro choque, agora mesmo. Você deveria fazer algo em relação ao piso.

Não acho que os pisos sejam o problema.

Balanço a cabeça, afastando o início de um pensamento que ainda está rolando na minha mente.

Quando voltamos para o bar, há um fluxo constante de clientes sedentos querendo aplacar sua experiência dramática de apagão com mais cerveja.

Se, no início da noite, eu ainda conseguia parar para conversar ou fazer uma recomendação de cerveja, no momento estou servindo bebida após bebida, sem tempo de fazer uma pausa entre elas.

Seth continua tocando um hit após o outro.

A pista de dança está tão cheia, que não consigo nem ver o palco.

E quanto mais as pessoas dançam, mais sede parecem sentir.

E por mais rápido que eu esteja servindo, não consigo dar conta.

Chego ao ponto em que considero seriamente encontrar uma maneira de localizar Sherry para vir me ajudar, porque os rostos felizes estão ficando cada vez mais irritados enquanto esperam pelas próximas rodadas. Nem percebo que fico sem copos até que vou pegar uma caneca e minha mão volta vazia.

— Aqui. — Brynn coloca uma bandeja com copos limpos ao meu lado no balcão.

— De onde veio isso?

Ela aponta para a lava-louça.

— Coloquei pra lavar enquanto você estava servindo doses de uísque. Estavam acabando.

Quero agradecê-la, mas o bar se enche novamente e as pessoas começam a ficar mais insistentes.

— Fletcher, enche meu refil de Coca Diet quando tiver um segundo?

— Você sabe como fazer dry martíni?

— Gostei daquela cerveja que você recomendou mais cedo. Como era o nome mesmo?

— Duas Buds, pode ser, Fletch? — pede um cara alto, com jeito de jogador de futebol americano.

Antes que eu possa pegá-las, Brynn já abriu a geladeira e tirou as tampinhas.

— O que você está fazendo?

Sua resposta é pegar um copo de cerveja e abrir a torneira para servir uma ipa local.

— Ajudando você. — Ela olha para o bar lotado. — Essa cidade gosta muito mais de cerveja do que eu imaginava. Estou com um pouco de medo de ver o que vai acontecer se faltar.

Ela entrega a cerveja para o cliente que está esperando e, em seguida, pega uma garrafa de rum barato.

— Além disso. — Ela vira a garrafa em um giro completo de trezentos e sessenta graus e a pega de volta —, não quero me gabar nem nada, mas passei dois verões inteiros trabalhando no bar do Applebee's.

Ela joga a garrafa de rum novamente e tenta pegá-la com o dorso da mão. Ela erra a mira, e a garrafa bate nos nós dos dedos e cai no chão, onde atinge a borda do tapete e rola, ainda intacta, em direção à lava-louça.

— Reflexos de gato — diz ela ao se curvar para pegá-la e depois voltar a servir o rum.

Felizmente, as duas horas seguintes passam sem grandes desastres. Nada de apagões. Muitos copos limpos. Brynn é um borrão na minha visão periférica, servindo cerveja, conversando com os clientes e sorrindo.

Teria sido bom contar com ela no bar do meu pai. Não que as noites insanamente movimentadas fossem um problema, mas gosto da sensação de que posso contar com ela. Do fato de que temos essa capacidade de nos comunicar sem dizer nada.

Entrego a vodca que ela está prestes a pedir. Ela me passa a cerveja maltada que meu próximo cliente ainda nem sabe que vai querer.

Ela me passa um pano para limpar onde o último cliente derramou cerveja.

— Ei, tem uma cerveja acabando...

— A Moosehead. Eu sei. Já pego.

Quando tiro o barril do estoque e o conecto à torneira, já são duas da manhã. O bar já esvaziou um pouco, mas há vinte e tantas pessoas ainda terminando de beber ou dançando lentamente ao som da playlist que Seth deixou tocando depois da última música.

Toco o velho sino de bronze pendurado no canto do bar.

— Por hoje é só, pessoal. Vão pra casa dormir e voltem amanhã pra gastar seu dinheiro. Se precisarem de alguma ajuda pra voltar pra casa, venham falar comigo. Caso contrário, boa noite.

Vinte minutos depois, o bar está basicamente vazio.

A única outra pessoa que restou está caída ao lado das torneiras, com um braço estendido em direção a um copo vazio. Ela prendeu o cabelo em um coque suado, mas deixou uma mecha de fora, que está colada no pescoço. Até gosto do loiro, mas ela fica melhor assim, com menos cabelo cobrindo o rosto.

— Não sei como você faz isso todas as noites. — Ela levanta a cabeça o suficiente para poder olhar para mim. — É tão exaustivo. Minhas bochechas estão doendo de tanto sorrir. Minhas pernas estão doendo de tanto agachar e minhas emoções estão doendo de tanto ser simpática com todo mundo.

— Obrigado — digo a ela, engolindo a súbita onda de emoção que se instala na minha garganta.

Ela olha para cima, um pouco surpresa, como se tivesse percebido.

— Pode contar comigo, Josh Bishop. — Ela sorri. — Você pode me pagar com devoção eterna e uma cerveja grátis.

— Fechado.

Adorei tudo que aconteceu esta noite. Se eu pudesse copiá-la mil vezes e repeti-la dia após dia, provavelmente o faria.

Abro a geladeira, pego duas garrafas geladas e estendo minha mão livre para ela.

— Se você conseguir ficar de pé por mais dois minutos, vou mostrar uma coisa bem legal pra você. Vai valer a pena. Eu prometo.

Brynn resmunga, mas pega minha mão. Eu a levanto e a conduzo escada acima, até o quarto do Fletch.

Ela fica parada na porta.

— Hum, Josh... A coisa legal que você ia me mostrar, não é... — Seus olhos se desviam para a cama.

Atravesso o quarto até a janela.

— Não, é aqui fora.

Levanto a janela e saio para a escada de incêndio. Mas, em vez de descer até o nível da rua, eu subo, esperando por ela no topo do edifício, observando seu rosto enquanto ela sobe no terraço e descobre o que eu encontrei no início da tarde.

— Baralho. Olhe isso.

Sua reação foi a mesma que tive quando descobri este lugar. É um terraço comum na maior parte. Tem um piso simples de concreto e um beiral de tijolos de um metro de altura que circunda o perímetro. Há algumas saídas de ar e o que parece ser um sistema de climatização. Mas a vista é incrível. Dá para ver toda a rua principal e as luzes cintilantes das casas de praia ao longe. Depois, se olhar para cima, há um céu cheio de estrelas.

— Então, essa foi uma descoberta minha? — pergunto a ela. — Ou você está prestes a me contar sobre algum episódio de *Carson's Cove* que aconteceu aqui em cima?

Ela nega com a cabeça.

— Eu nunca tinha visto esse lugar. Nossa, dá pra ver a cidade inteira. — Ela apoia os braços no muro e se inclina para a frente. — E até o apartamento do dr. Martin. Uau... Acho que ele e a sra. Chuang estão definitivamente juntos, e não... — Ela dá um passo rápido para trás. — Eu definitivamente não queria ter visto isso. — Ela se vira para mim, sem perceber que eu a segui até a beirada. Nossa proximidade repentina a faz hesitar, e seus braços se apoiam no meu peito.

Ela não se afasta nem tira as mãos, e juro que posso sentir a batida do seu coração na ponta dos dedos.

— Então, a noite foi boa? — Sua voz está excepcionalmente aguda.

— Foi.

— Nós trabalhamos bem juntos.

— É, trabalhamos.

Sinto algo no peito: um estalo entre as costelas.

A boca de Brynn se abre em surpresa, como se ela também tivesse sentido, e é como se algo mudasse. Como se o ar se deslocasse entre nós.

Não consigo ler sua expressão.

Não sei dizer se o que estou sentindo é coisa da minha cabeça ou se ela sente o mesmo.

Para ser sincero, eu nem sei exatamente o que quero que aconteça.

Seus olhos encontram os meus e ela inspira como se estivesse prestes a dizer algo. E eu me pego prendendo também a respiração.

— Beijei o Spencer. — Sua confissão sai apressada.

Ok, isso definitivamente não era o que eu queria que acontecesse.

— Mais cedo, no observatório — continua ela. — Estávamos olhando as estrelas e eu o beijei. Ou talvez ele tenha me beijado. Enfim, definitivamente rolou um beijo.

Toda aquela confusão de um momento atrás se torna meticulosamente clara. Ela está aqui por Spencer. Seu protagonista. Eu sou apenas o bartender, complicando tudo.

— Bom, isso é bom, né? Não era o que você queria?

Ela finalmente se afasta, retirando as mãos e deixando o local onde me tocou subitamente frio.

Ela caminha até uma saída de ar e se senta na borda de concreto.

— *Era* o que eu queria, só que... — Ela olha para cima, mas seus olhos parecem se concentrar em algo no horizonte. — Não foi exatamente um beijo bom.

Meu coração dispara, me sinto um pouco aliviado. E, embora eu odeie ver Brynn chateada, fico feliz que o beijo deles tenha sido ruim, e acho que isso diz muito sobre mim como pessoa.

— Eu sei que tenho essa tendência a criar coisas na minha cabeça. — Os olhos de Brynn encontram os meus novamente. — Eu analiso demais. Mas acho que não estou fazendo isso agora. Josh, foi muito ruim.

Eu me junto a ela na saída de ar.

— Primeiros beijos podem ser ruins. Há muita coisa em jogo. Tenho certeza de que vocês só deram azar.

Ela nega com a cabeça.

— Mas e se não for? — Ela se vira para mim de modo que seu joelho pressiona minha coxa. — Quando o meu ex, o Matt, terminou comigo, fiquei preocupada que isso... tivesse me quebrado. E não quero dizer daquele jeito metafórico que as pessoas usam demais, se referindo a situações difíceis. Eu mudei, Josh. Naquele momento, decidi que nunca mais deixaria ninguém me machucar como ele fez, e agora estou me perguntando...

Ela olha para as estrelas por tanto tempo que eu não tenho certeza se vai completar a frase.

— Fico me perguntando se causei um dano permanente. Como se meu coração tivesse ficado confuso e, enquanto se protegia para não se partir novamente, tenha também danificado a parte que me permite sentir alguma coisa.

Ela fecha os olhos e respira fundo.

— Desculpe... Você me trouxe aqui pra passar um tempo e tomar uma cerveja, e eu transformei em uma sessão de terapia. Não queria descarregar isso tudo em você. — Ela nega com a cabeça.

— Está tudo bem. Eu sei exatamente como você se sente.

Ela levanta seus olhos grandes e redondos.

— Você sabe?

Não quero falar disso agora. Prefiro esquecer o assunto. Se existisse uma droga que apagasse um ano inteiro da minha vida, eu provavelmente a tomaria. Aquele período logo depois da morte do meu pai me deixou muito mal, de uma forma que nunca vou conseguir explicar. Mas Brynn compartilhou algo muito pessoal comigo esta noite, e não quero que ela pense que eu não entendo como é difícil se abrir.

— Eu contei que meu pai tinha um bar. Era um lugar muito importante pra ele, e eu o herdei depois que ele morreu, mas não consegui mantê-lo.

— Isso é uma droga, Josh, eu sinto muito.

Pode ser o álcool, mas gosto da simplicidade da sua resposta. Quando aconteceu, parecia que todo mundo tinha uma desculpa. A pandemia. A empresa de seguros. Ninguém disse simplesmente "Porra, isso é uma merda", e era a única coisa que eu precisava ouvir.

Ela fecha os olhos e balança a cabeça.

— O que foi? — pergunto, imaginando o que ela está pensando.

— É só que eu tinha uma ideia muito diferente de você na minha cabeça... até essa noite. — Ela abre os olhos e olha para mim. — Você passa essa imagem de que nada o perturba. Você está sempre sorrindo e é muito confiante. Cheguei a ter inveja de como as coisas pareciam... ser fáceis pra você.

— Que nada. Eu só aprendi a esconder. Abrir um sorriso de quem está com a vida ganha. Um bartender não tem problemas. Ele precisa ouvir os problemas dos outros.

— Você é muito bom nisso. — Ela estende a mão e a coloca sobre a minha.

— Em parecer feliz?

— Em ser bartender. Quer dizer, em parecer feliz também, mas eu estava falando lá de baixo. Você comandou aquele show hoje à noite. As pessoas estavam adorando.

Ela poderia ter dito mil coisas diferentes, mas esse é, de certa forma, o elogio perfeito.

— A noite foi muito boa. Na verdade, fazia tempo que não me sentia bem assim. Estou te devendo uma. Eu não teria conseguido sem você.

Ela começa a tirar a mão da minha, mas para de repente.

— Ei, Josh. — Ela vira todo o corpo para me encarar. — Isso vai parecer estranho, mas preciso que você faça algo por mim.

— Claro — respondo automaticamente. — Do que você precisa?

Sua atenção se volta para meus lábios.

— Você poderia... me beijar?

Fico paralisado, certo de que entendi errado.

— Você vai ser sincero comigo — continua ela. — Não sei o que deu errado, o beijo ou eu, e preciso de alguém que me responda isso com sinceridade.

Ela vira a cabeça para o outro lado novamente. Não consigo ver seu rosto, apenas o perfil de seus cílios piscando rapidamente. Isso dá um momento para que minha cabeça entenda o que acabou de acontecer.

— Ei, Brynn, não acho que seja uma boa ideia.

— Por favor, Josh.

Há uma súplica em sua voz e, quando ela se vira para mim, posso dizer, pela forma como a luz da lua bate nos seus olhos, que foram lágrimas que a fizeram piscar há pouco.

Porra. É difícil dizer não para uma mulher que está chorando. É impossível dizer não para uma Brynn que está chorando.

— Tudo bem. — Minha boca toma a decisão antes do meu cérebro. — Um beijo.

O que estou fazendo?

Já beijei muitas mulheres, mesmo assim, estou com dificuldade de iniciar.

Meus dedos roçam sua bochecha e tocam sua mandíbula. Sua pele é muito macia. Aproximo seu rosto do meu até sentir novamente o leve aroma do seu shampoo de morango.

Eu o usei uma vez sem querer.

Um dia, quando estava tomando banho, peguei o frasco errado. Desde então, toda vez que como um morango, automaticamente penso nela, e agora me pergunto o que mais ela vai estragar para mim quando eu a provar.

Aproximo a boca da dela. Apenas um simples pressionar de lábios.

Chocolate.

Por alguma razão, ela tem gosto de chocolate.

E cerveja. Droga. Minhas duas coisas favoritas.

Seus lábios se separam e, embora eu tenha planejado um beijo rápido e casto, deslizo a língua para dentro de sua boca. Ela solta um gemido suave, e qualquer determinação que eu pudesse ter tido um momento antes desaparece.

Eu me aproximo mais, segurando a nuca dela com a mão, inclinando seu rosto para trás para que eu possa beijá-la ainda mais profundamente.

Antes que eu perceba, o que era para ser um único beijo se transforma em dois. Depois em três. Depois em algo diferente.

Esqueci por que não achava que fosse uma boa ideia.

Até que ela se afasta, com os olhos arregalados, como se também estivesse processando tudo que acabou de acontecer.

— Uau.

— É.

Ainda estou recuperando o fôlego.

Ela pisca para mim. Aqueles malditos lábios estão inchados, carnudos e beijáveis.

Eu quase a beijo novamente.

Mas então ela se afasta, colocando espaço entre nós.

— E aí, qual é veredito?

Eu penso em muitas coisas.

— Não se preocupe, Brynn. Definitivamente, não é você o problema.

17

BRYNN

Acordo em algum momento da noite.

O quarto da Sloan está escuro, mas consigo ouvir o som das ondas do mar e sentir a brisa suave que entra pela janela.

O quarto está silencioso, mas tenho um pressentimento. Um formigamento que sobe pela minha espinha e me alerta de que há mais alguém aqui.

Josh?

Não. Não pode ser o Josh.

Nos despedimos há horas.

E, se fosse o Josh, eu não sentiria esse pânico no estômago, esse aperto no peito que faz meu coração bater tão rápido que sinto que existe uma forte possibilidade de estar prestes a infartar.

— Quem está aí? — sussurro.

Ninguém responde. Não que eu esperasse uma resposta. Minha mão alcança a luminária da cabeceira, mas, assim que meus dedos encontram a correntinha, uma mão se fecha na minha boca.

Eu grito.

O som é abafado.

Mas também puxo a correntinha com força, e o quarto se enche de uma luz amarela suave.

Meu agressor está todo de preto. Com uma balaclava na cabeça. Mas há uma mecha de cabelo aparecendo pelo buraco do olho. É um tom inconfundível de vermelho, e sei exatamente quem está pairando sobre mim.

Tiro a mão de cima da minha boca.

— Poppy?

Ela ri e tira a balaclava da cabeça.

— Você deveria ter visto a sua cara. Clássico.

— O que você está fazendo aqui?

Ela se levanta, cruzando os braços por cima do peito.

— Se vista. Preciso da sua ajuda.

Pisco algumas vezes só para ter certeza de que ela é real e de que isso não é um sonho bizarro. Mas Poppy não poderia ser mais Poppy quando se dirige ao meu armário e o abre.

Observo enquanto ela vasculha as prateleiras de roupas e tira um par de calças cargo pretas e um body preto de mangas compridas que tenho certeza de que foi usado no episódio de Halloween em que Sloan e Poppy se vestiram de gatinhas sensuais.

— Acho que isso vai ter que servir. — Ela joga as roupas na cama. — Rápido. Precisamos chegar lá em cima antes de o sol nascer, e eu tenho que estar de volta à prefeitura ao meio-dia.

Pego as roupas e as visto, ainda sem a menor noção do que estamos fazendo.

Quando desço a escada, encontro Poppy segurando a porta dos fundos com o pé. Ela sapateia no chão com ansiedade enquanto calço o único par de sapatos sem salto de Sloan. Quando me levanto, ela coloca uma touca preta de esqui nas minhas mãos.

— Você pode esperar a gente chegar lá pra colocar isso.

Eu a coloco no bolso de trás da calça.

— Você vai me dizer pra onde estamos indo?

Poppy sorri maliciosamente.

— Isso é um NPP.

Um NPP era o código de Poppy e Sloan para *Eu preciso de você, mas não pergunte para quê*. Eu sempre achei que o *P* no final, depois de *não* e *pergunte* significasse *porra*. Agora que estou aqui, não tenho tanta certeza. De qualquer forma, NPP era um código que podia ser usado em momentos de extrema necessidade. Sloan o usou uma vez quando precisou da ajuda de Poppy para roubar a prova de biologia da sala do sr. Nguyen, quando ela teve que trabalhar turnos dobrados durante todo o fim de semana para pagar a fiança de seu meio-irmão delinquente. Poppy o usou quando precisou de ajuda para roubar a fantasia do mascote do time de futebol americano rival de Carson's Cove — uma atitude ousada que acabou garantindo seu posto como capitã da equipe de torcida no primeiro ano.

Era um pacto de sangue.

Você não faz perguntas, só ajuda.

Ainda não estou totalmente acordada quando entro na BMW prata de Poppy. Ela não dá mais nenhuma pista sobre aonde estamos indo ou o que estamos fazendo enquanto dirigimos pelas estradas secundárias escuras e sinuosas, longe da cidade. Pelo menos quinze minutos de viagem se passam antes de entrarmos em uma estrada de terra e avistarmos uma pequena fazenda. Quando ela encosta o carro atrás de um grande arbusto no final da entrada de carros, sinto meu estômago afundar.

— Preciso que você seja minha vigia. — Poppy coloca o carro em ponto morto e desliga o motor. — Acho que tenho pelo menos trinta minutos.

Mesmo no escuro, posso dizer que esse lugar não era um cenário da série. Porém, apesar da falta de familiaridade, tenho a suspeita de que sei onde estamos.

— De quem é essa fazenda?

Poppy parece não se incomodar com minha pergunta.

— Da Luce, claro.

Merda.

— E por que estamos aqui exatamente?

Poppy pega um saco plástico branco no banco de trás.

— Luce tem andado pela cidade a semana toda dizendo às pessoas que vai participar do meu concurso. Vou simplesmente lembrar a ela que a coroa foi feita para outra cabeça. Basicamente, a sua.

Ela encosta na ponta do meu nariz antes de pegar sua bolsa e tirar duas latas de tinta spray.

— O que você vai fazer? — pergunto, já suspeitando qual seria a resposta.

Poppy chacoalha as latas, as bolinhas tilintando contra o alumínio.

— Relaxe. Só vou deixar um recado. Nada que já não tenhamos feito antes.

Certo. Poppy e Sloan eram conhecidas por serem justiceiras com uma marca própria. Jogaram papel higiênico na casa de Chad Michael quando ele levou Luce ao baile de formatura em vez de Poppy. Jogaram ovo no carro da sra. Garret quando a Sloan foi reprovada em química, o que abaixou sua média.

Aquelas pegadinhas podem ter sido engraçadas na época da série, quando Sloan e Poppy estavam no ensino médio, mas essa era uma daquelas peculiaridades de *Carson's Cove* que não envelheceu bem.

— Poppy, não acho que isso seja uma boa ideia.

Ela me ignora e sai do carro. Eu a sigo pela entrada escura em direção ao celeiro.

— Tudo que você precisa fazer é ficar ali. — Ela aponta para um pequeno galpão entre o celeiro e a casa branca da fazenda. — Me dê um sinal se vir a Luce chegando. É só isso.

— Um sinal?

— É, um aviso. Pie que nem uma coruja ou alguma coisa assim.

Não estou gostando disso.

É errado.

Mas Poppy também é a melhor amiga de Sloan. Ela apoia Sloan em tudo. Fico sem escolha.

Além disso, é só um pouco de tinta spray.

— Tá bom, mas vai logo.

Eu me esgueiro até o galpão e dou uma olhada na casa pela quina. É uma pequena construção branca de dois andares, com vigas verticais e uma varanda de madeira. É bonita. Posso imaginar Luce morando aqui.

Fico observando as janelas escuras por alguns minutos, esperando algum sinal de Poppy indicando que já terminou e podemos ir embora.

Mas então uma luz se acende, iluminando uma pequena cozinha branca e uma pessoa que é definitivamente Luce bocejando na frente da cafeteira, com uma caneca na mão.

Meu coração bate forte contra as costelas enquanto um alarme silencioso na minha cabeça grita: *Abortar missão, abortar missão, abortar missão.*

Coloco a mão em volta da boca. "Oooooooo-ooooo, oooooo-oooooo!" Minha melhor tentativa de imitar uma coruja atravessa o quintal.

Meus olhos examinam a extensão da fazenda ao redor do celeiro. Poppy não está onde a deixei. Tampouco está na entrada de carros ou perto do galpão.

Não há sinal algum dela.

Meus olhos se voltam para a casa.

Não consigo mais ver Luce na cozinha.

Meu coração, que já estava batendo forte, dispara mais uma vez e tenho a sensação de que as coisas estão prestes a dar muito errado.

Ouço galhos estalando atrás de mim.

E, assim como eu sabia que havia alguém no meu quarto essa manhã, eu sei que, quando me virar, não vou estar sozinha.

Eu me viro.

Assustadoramente devagar enquanto meu cérebro pede, de novo e de novo: *Por favor, seja a Poppy. Por favor, seja a Poppy. Por favor, seja a Poppy.*

Não é a Poppy.

A criatura bufa.

Também não é a Luce.

Sempre achei que os cavalos fossem criaturas dóceis. Mas esse abre as narinas como se soubesse por que estou aqui e não parece feliz com isso.

Ao lado dele, há um segundo cavalo com manchas pretas e brancas, duas cabras e uma galinha.

— Olá, criaturas amigáveis do celeiro. — Faço o possível para parecer gentil, mas esses não são os animais de fazenda doces e fofos que apareciam nas cenas de *Carson's Cove*. Estou olhando para um bando de animais furiosos, e todos eles estão me encarando com a mesma expressão: *Intrusa.*

— Então... vou passar rapidinho por vocês, se não se importam. — Tento me mover ao redor deles.

Mas eles se importam.

Eles se importam muito.

Assim que dou o primeiro passo, a galinha grasna e bate as asas. Isso assusta a cabra, que bate na lateral do primeiro cavalo, que, por sua vez, bufa tão alto que irrita o outro cavalo, que se levanta sobre as patas traseiras, soltando um *iiirrrí* alto.

Meu coração dispara, liberando um fluxo de adrenalina bombeado para todo o meu corpo.

Corro a toda velocidade para longe do celeiro e dos cavalos, e das galinhas, e das cabras, descendo a entrada de carros em direção ao local onde deixamos o carro.

O som dos cascos galopando atrás de mim só me estimula a correr mais e mais rápido. Como se minha vida dependesse disso.

O cavalo preto e branco me ultrapassa assim que faço a última curva no final da entrada de carros para a estrada.

Mas só porque paro de repente quando percebo que o carro de Poppy desapareceu.

— Volte aqui! — grito, sem saber ao certo se estou falando com Poppy ou com o cavalo, que agora está descendo a estrada em direção à cidade.

Nenhum dos dois volta, e sou deixada sozinha no meio da estrada, tentando entender o que acabou de acontecer.

Os animais de Luce estão vagando livremente pelo campo.

Poppy definitivamente desapareceu.

Não está totalmente claro se esses dois eventos estão diretamente ligados. Tampouco se Poppy me abandonou intencionalmente ou se fugiu com medo.

— Ok, não precisa entrar em pânico — digo para ninguém além dos pássaros.

O sol já nasceu o suficiente para que eu consiga enxergar sem uma lanterna, o que é ótimo, porque parece que deixei a minha cair.

Começo a caminhar, seguindo o mesmo caminho do cavalo em fuga.

É um trecho longo e plano de estrada rural que serve como um lembrete de que tenho uma caminhada muito, muito longa pela frente.

Passo os primeiros trinta minutos apurando os ouvidos para ouvir o som de pneus sobre o cascalho, certa de que Poppy vai voltar para me buscar a qualquer momento.

Passo os trinta minutos seguintes a xingando, porque *quem caralhos ela pensa que é* para me arrastar da cama e me abandonar daquele jeito?

Os últimos trinta minutos são um borrão.

Estou com calor.

Estou desidratada.

Estou exausta e meu estômago está roncando porque nossa agenda matinal de crimes não incluiu tempo para o café da manhã.

Meu Deus, eu daria meu braço esquerdo por um McMuffin de ovo agora.

Começo a cambalear.

Em determinado momento, juro que sinto o cheiro de ovos e bacon.

Mas a estrada à frente parece ficar ainda mais longa a cada passo.

O calor faz com que o horizonte fique embaçado.

Quando um homem aparece no meu campo de visão, tenho certeza de que é uma miragem.

Seu corpo brilha no sol da manhã, enquanto seus braços e pernas se movem no ritmo do meu coração.

Tum-tum. Tum-tum.

Ele está sem camisa.

Correndo.

Eu me encho de uma sensação de euforia.

Spencer.

Nosso encontro ontem à noite pode ter sido um pouco ruim, mas talvez eu estivesse me precipitando. Com expectativas demais.

Talvez essa, aqui, seja a história para a qual fomos destinados. Vou desabar nos seus braços de pura exaustão. Ele vai me contar que Poppy foi à sua casa de praia, desesperada porque se perdeu de mim, e que ele, louco de preocupação, não teve tempo nem de vestir uma camisa antes de sair pela porta da frente para me salvar.

O sol atrás dele lança um brilho nebuloso que forma uma aura angelical ao redor de sua pele queimada de sol.

Ele parece um deus.

Um deus bronzeado.

Só que Spencer nunca seria descrito assim.

Ele é do tipo de cara que usa protetor solar com fator de proteção cinquenta.

Uma cor suave de creme em um dia de verão.

O corredor se aproxima e percebo que não é Spencer que está vindo me resgatar.

Não tem nada a ver com Spencer.

— Josh?

Ele tira um fone do ouvido enquanto diminui a velocidade da corrida para uma caminhada.

— Brynn, o que está fazendo aqui?

Não quero responder a essa pergunta.

— Eu estava prestes a perguntar a mesma coisa.

Ele puxa uma garrafa de água da cintura e a esguicha na boca aberta. A água escorre pelo peito, e eu tenho que me conter para não o atacar e lamber as gotas.

Por motivos de desidratação.

— Dez quilômetros. Toda manhã. Lembra? — Ele limpa a testa com o dorso da mão.

— Eu também — minto. — Pensei que, já que estamos presos aqui, eu deveria aproveitar a oportunidade para fazer mais cardio.

Josh concorda com a cabeça, não percebendo a mentira ou educado demais para me pegar no pulo.

— Eu estava prestes a dar meia-volta. — Ele aponta para a estrada atrás dele. — Quer voltar correndo comigo?

Meu Deus, não.

— Eu iria, mas... — Aperto a cintura. — Estou com uma cãibra aqui na lateral. Não consigo me livrar dela.

Ele se aproxima de mim.

— Deixe que eu ajudo.

Antes que eu possa pensar em outra desculpa, sua mão está deslizando pela minha cintura. Sua palma está quente e juro que sua voz está excepcionalmente rouca quando ele diz:

— Levante o braço acima da cabeça.

Eu obedeço. Sem hesitar.

Ele agarra minha mão erguida pelo pulso e a puxa com força o suficiente para que minha lateral fique esticada, permitindo que ele se incline sobre mim e faça círculos firmes com o polegar, massageando os músculos que estavam ótimos para começo de conversa.

Uma imagem surge na minha mente.

Josh segurando minhas mãos acima da cabeça.

Firme, mas gentil, enquanto ele paira sobre mim.

A euforia retorna rapidamente, seguida de uma sensação de tontura.

— Isso está muito bom — gemo. E juro que a mão de Josh se detém por um momento antes de ele pigarrear.

— Respire. Continue respirando.

Não tenho certeza se ele está falando comigo ou consigo mesmo.

Meus joelhos cedem. Mentalmente, culpo minha manhã de exercícios não planejados enquanto me inclino em sua direção. Minha mão está apoiada no seu ombro e meu peito pressiona seu bíceps.

— Está se sentindo melhor? — pergunta.

Não consigo encontrar palavras, então, em vez disso, concordo com a cabeça. Meu estado de entorpecimento só é quebrado quando ele me solta e se afasta.

— É melhor a gente ir com calma e voltar caminhando, tudo bem? — Ele aponta para a estrada.

Novamente, tudo que consigo fazer é concordar com a cabeça.

— Você pode continuar correndo, se quiser. Eu estou bem pra voltar sozinha.

Josh nega com a cabeça.

— Não, está tudo bem. Eu provavelmente vou ter tempo pra correr de novo mais tarde.

Eu aplaudo sua resistência.

Começamos a caminhar em direção à cidade.

Nossas mãos se chocam acidentalmente a cada poucos passos, percebo que não estou andando em linha reta e tento me corrigir. Mas, depois de mais alguns passos, me encontro colidindo com ele novamente.

Culpo os tênis na moda, mas pouco funcionais de Sloan.

No começo, Josh não diz nada. Mas depois da terceira batida de mãos, ele olha para mim.

— Você não disse uma palavra em quinze minutos. Isso está começando a me assustar um pouco.

— Sério? — Balanço a cabeça para dissipar um pouco da névoa. — Desculpe, acho que eu só estava pensando.

Josh concorda com a cabeça.

— Alguma coisa que queira conversar?

Acho que ele não quer ouvir que estou desejando sentir a mão dele na minha cintura novamente. Ou que a fantasia que inventei dele pairando sobre mim está gravada na minha mente. Ou que toda vez que esbarro nele, acho que parte de mim está secretamente esperando que eu tropece e tenha que me apoiar em seu peito novamente. Ou que eu gosto do cheiro de seu suor.

Mantenho os olhos na estrada e tento afastar os pensamentos que não deveria estar tendo sobre Josh e seu corpo suado. Parte de mim está empolgada por estar novamente sentindo aquela onda de desejo, o que confirma que não estou, de fato, quebrada. Mas há um problema muito real no fato de que esses sentimentos estão voltados para Josh, e não para Spencer e, por mais agradável que seja desejar Josh, isso não vai nos levar para casa.

O trecho monótono de poeira e cascalho é uma distração bem-vinda, até que um pontinho aparece à frente e, à medida que se aproxima, assume a forma de uma bicicleta.

Os braços pálidos e familiares do seu condutor quase refletem a luz do sol.

— Spencer?

Josh, que ainda não notou o ciclista, nega com a cabeça.

— Você quer falar sobre o Spencer?

— Não. O Spencer. — Aponto para a bicicleta e sinto o pânico tomando conta de mim. — Ele está vindo. Rápido! A gente precisa se esconder.

Procuro qualquer tipo de esconderijo na beira da estrada. Há um grande arbusto florido. Mas, quando tento mergulhar nele, Josh bloqueia o caminho.

— Espere, por que a gente está se escondendo?

Ele não entende.

Ontem à noite eu disse a Spencer que não tinha nada rolando entre mim e Fletcher, mas, se ele nos vir juntos aqui, tão cedo e sozinhos, com o Josh todo suado e parecendo o Josh, ele vai achar que menti para ele.

— Ele nos encontra juntos o tempo todo. Vai pensar que tem alguma coisa acontecendo.

— Tenho certeza de que está tudo bem...

— Não! — Recebo minha segunda descarga de adrenalina da manhã. Essa é exponencialmente mais poderosa. Pretendo empurrar Josh para fora do caminho, me sinto forte como o Hulk e faço força contra seus ombros. Ele dá um passo para trás, mas a estrada dá lugar a uma leve inclinação e isso é o suficiente para ajudar com o impulso. Juro que ouço um forte e sincero "merda" quando ele cai no meio de um arbusto, galhos floridos o engolindo.

Não era minha intenção, mas gera o resultado que estava procurando. Quando Spencer se aproxima, é como se eu estivesse sozinha.

— Sloan, ei. Achei que fosse você.

Spencer tira o capacete vermelho. Combina com seu macacão de ciclismo de elastano vermelho e preto. Ele tira os óculos de sol espelhados do rosto e os pendura no decote V profundo criado pelo zíper meio fechado. Não posso deixar de comparar o branco pálido da sua pele suada com o Josh de alguns momentos atrás, em toda sua glória.

Spencer me vê examinando seu peito e o estufa como um pavão. Ele se inclina sobre o guidão da bicicleta para que fiquemos no mesmo nível e me dá o sorrisinho pelo qual Spencer Woods é famoso.

— Eu realmente não deveria estar parando. — Sua voz parece intencionalmente grave. — Eu gosto de atingir noventa por cento da frequência cardíaca ideal por pelo menos quatro quilômetros pra entrar na minha zona de aptidão máxima, mas eu tinha que dizer que não parei de pensar em você nem no nosso beijo desde ontem à noite.

Essa declaração me surpreende de uma forma que não consigo explicar.

— Sério?

O arbusto começa a se mover. Spencer vira a cabeça para investigar, mas eu pulo na frente, bloqueando sua visão.

— Tem um guaxinim aí. — Tento contorcer o corpo para cobrir ao máximo o arbusto. — Eu vi mais cedo. Tenho certeza de que está hibernando. Possivelmente está com raiva. Definitivamente não quer ser incomodado. Vamos ignorar. Você estava dizendo alguma coisa sobre o nosso beijo?

Spencer fica corado.

— Vou ser sincero. Achei que poderia ser estranho. Somos amigos há tanto tempo. Não esperava que fosse tão, tão, tão...

Eu espero pelo pior. Que depois de uma noite dormida ele tenha chegado à mesma conclusão que eu tive ontem à noite. Foi terrível.

— Foi épico! — diz Spencer. — Acho que pode ter sido o melhor beijo da minha vida.

Ignoro o *épico* e deixo que suas doces palavras me dominem. Esse momento é exatamente o que eu estava esperando.

Meu estômago deveria estar se revirando agora. Meu coração deveria estar martelando com força contra o peito. Eu deveria estar sentindo coisas. Imaginando nossos futuros filhos. Ou nossas cadeiras de balanço combinando na nossa varanda acolhedora. Mas, no momento que Spencer diz *beijo*, me imagino no terraço na noite passada. Beijando Josh.

— Ahhhhh. — Spencer estende a mão e acaricia minha bochecha. — Você está imaginando também? Bom, eu diria pra gente tentar de novo agora mesmo, para ter certeza de que não foi um golpe de sorte, mas eu tenho números para atingir. — Ele aponta para um elaborado relógio fitness. — E você — diz ele, estendendo um dedo e batendo de leve no meu nariz — tem que participar de uma reunião do concurso.

— Tenho?

Spencer me olha como se não tivesse certeza se estou brincando.

— Tem, a reunião do Miss Festival da Lagosta para todas as participantes. Vi a Poppy na sua casa quando estava saindo. Ela disse que estava lá pra buscar você. — Ele verifica o relógio novamente. — Ela mencionou que a reunião começaria ao meio-dia em ponto. Talvez seja melhor você ir andando.

Essa nova informação sobre Poppy só aumenta minha confusão, mas todos os pensamentos sobre ela são temporariamente suspensos quando Spencer se inclina e, por um momento aterrorizante, acho que ele vai me beijar.

Para meu alívio, em vez disso, ele estende a mão e aperta meu ombro.

— Encontro você mais tarde. — Ele abaixa a cabeça para que seus olhos fiquem no mesmo nível dos meus. — Tenho planos para a gente, Sloan. Grandes planos. — Ele dá uma piscadela antes de montar novamente na bicicleta. Eu o observo pedalar pela estrada, tentando me forçar a sentir algo por ele.

Assim que Spencer desaparece de vista, corro para o lado da estrada e afasto os galhos do arbusto.

Josh está deitado de costas, com as mãos cruzadas atrás da cabeça. Ignoro como meus olhos são atraídos para seus lábios, seu sorriso idiota no rosto e a forma como sua postura descontraída flexiona seus bíceps e, em vez disso, direciono minha atenção para o fato de que ele está olhando para mim, sem fazer nenhum esforço para se mexer.

— Você me empurrou em um arbusto. — Seu tom não é de raiva, mas de constatação.

Estendo a mão.

— Tecnicamente, eu o empurrei, e depois você caiu no arbusto.

Ele ergue as sobrancelhas, ignorando minha mão.

— Desculpe — digo a ele, com toda sinceridade. — Eu entrei em pânico. Sério, não tive intenção de empurrar com tanta força.

Ele concorda com a cabeça, como se aceitasse minhas desculpas, e pega minha mão, mas, em vez de deixar que eu o levante, ele dá um puxão forte e rápido, e eu vou para a frente, os galhos do arbusto apenas retardando minha queda conforme caio diretamente sobre ele.

Ele está sorrindo para mim como se me convidasse a reagir e, embora meu instinto seja sair dali imediatamente, eu me pego estudando os pontinhos verdes nos seus olhos.

— Agora foi você quem me empurrou no arbusto.

Ele sorri.

— Tecnicamente, eu a puxei. É muito agradável aqui. Achei que você deveria experimentar em primeira mão.

Ele está tão perto, e seu aroma de cedro se mistura com a delicada doçura das flores, me levando a um transe em que eu quase considero enterrar meu rosto naquele lugar entre o queixo e a clavícula dele e ficar aqui por um tempo.

Em vez disso, encontro força de vontade para me jogar no monte de terra ao lado dele. Ramos de flores roxas perfumadas se espalham ao nosso redor.

— Você estava certo — digo ao Josh. — Para um arbusto, é surpreendentemente confortável. Estou quase tentada a ficar aqui por um tempo.

Josh levanta a mão, pega uma flor do caule e a cheira lentamente antes de oferecê-la a mim.

— Então por que não ficamos? Não tenho nenhum lugar onde preciso estar.

Eu tenho. Se Spencer estiver certo, eu deveria estar a caminho de alguma reunião do concurso, e ainda estamos longe da cidade.

Pego a flor dos dedos de Josh e a cheiro como ele fez há pouco. Sua fragrância é tão doce e veranil, que nem percebo que fechei os olhos até abri-los novamente e encontrar Josh me observando.

Sinto seu olhar por todo meu corpo. Ele passa por mim como um choque elétrico.

— Aqui. — Enfio a flor de volta na sua mão, e a sensação no meu peito muda do que quer que fosse para uma sensação de pânico. — É melhor a gente ir. — Eu me sento um pouco rápido demais, sentindo a visão escurecer. — Tenho que ir a uma reunião do Festival da Lagosta.

Josh se movimenta em uma fração da minha velocidade, apoiando-se nos cotovelos.

— Me lembre de novo, qual é o lance com as lagostas?

— É um concurso de beleza. A Sloan precisa vencer, lembra? O Spencer estava falando de uma reunião importante de que eu deveria participar.

— Parece sério. — Josh me olha rapidamente, depois se levanta em um único e suave balanço. Ele estende a mão. — Vamos?

Ele me puxa para fora do arbusto e continua segurando minha mão enquanto saímos do buraco e voltamos para a estrada. Quando ele finalmente me solta, meus dedos formigam, me enchendo de vontade de tocá-lo novamente.

— Ei, Brynn. — Josh chega mais perto. Sua mão se aproxima do meu rosto e seu polegar passa pela linha da minha mandíbula, como se, de repente, ele também estivesse sentindo falta do contato. Por um momento, acho que ele vai acariciar meu rosto e me beijar novamente.

Fico parada.

Mas sua mão alcança meu cabelo e puxa algo dele. Uma pequena hortênsia. Ele a segura e a gira entre os dedos.

— Uma lembrança do nosso tempo no arbusto. — Ele coloca a flor atrás da minha orelha, mas, antes que eu possa dar uma resposta apropriada, ele se vira e sai correndo.

— Ei! Você não vai me esperar? — chamo.

Ele se vira e começa a andar de costas, sorrindo.

—Achei melhor ficar dez passos à frente. Não quero que ninguém nos veja juntos e tenha uma ideia errada. — Ele dá uma piscadela. — Tenho que proteger a reputação da Sloan. Ela tem uma coroa para ganhar, e parece que a gente... Bom, parece que a gente estava rolando em um arbusto.

18

JOSH

Parece que o Bronze foi saqueado.

Ou, pelo menos, que foi palco de uma festa e tanto.

Depois de um longo banho, visto outro conjunto de roupas do Fletcher e começo a limpar a bagunça da noite passada. O ritmo familiar de endireitar as cadeiras e limpar as mesas é tão automático, que demoro umas três tentativas para perceber que alguém está me chamando.

— Fletch. Fletch. Fletcher.

O som vem da porta da frente.

Abandono meu projeto atual — dobrar o tamanho da pista de dança existente no Bronze — e limpo as mãos na calça jeans, me perguntando quanto tempo vou levar para responder automaticamente quando alguém me chamar de Fletch, espero que nunca.

— Um segundo. Já estou indo — digo para a pessoa do outro lado da porta, enquanto giro a fechadura e puxo a maçaneta.

Mas, quando a porta se abre, não há pessoa nenhuma do outro lado. Está mais para um animal.

— Oi... cavalo.

O animal me olha fixamente, mexendo as orelhas marrons.

Estico o pescoço apenas o suficiente para ver a rua principal, mas não há mais ninguém por perto. É apenas um cavalo, sem sela ou dono, parado no meio da rua.

— Era você que estava me chamando?

Reconheço plenamente que estou falando com um animal, mas também não estou totalmente certo de que ele não possa responder.

Tem sido uma semana maluca.

— O que é que você está fazendo, Fletcher?

A voz não é do cavalo.

Eu me viro na direção oposta para ver Sherry na porta dos fundos do bar, abrindo-a com um barril em um carrinho, me encarando como... bom, como se eu estivesse falando com um cavalo.

— Estou falando com este garotão. — Eu me afasto para mostrar o animal, mas a porta está vazia e o cavalo não está em lugar algum.

Sherry me olha, desconfiada e com razão.

— Bom, se você já terminou seja lá o que você acha que está fazendo aí, eu preciso da sua ajuda.

Deixo a porta da frente se fechar enquanto corro até o fundo do bar para tirar o barril das mãos de Sherry. Quando o levo até o lugar, Sherry desaparece e reaparece alguns minutos depois com uma grande caixa de papelão cheia do que presumo serem garrafas de bebida.

— Você teve uma noite e tanto ontem. — Ela coloca a caixa no balcão e retira uma garrafa de whisky Jim Beam, substituindo a que acabou na metade da noite passada.

— Parece que a cidade gosta de dançar. — Aceno com a cabeça para a nova e melhorada pista de dança.

Sherry descarrega o resto da caixa e depois dobra o papelão ao meio.

— E, aparentemente, eles ficam com bastante sede enquanto dançam. — Ela inclina a cabeça na direção do novo barril que trouxe. — Seja útil e encaixe o novo pra mim, vai.

Pego o carrinho e levo o barril novo até o final do bar, deixando-o ao lado do antigo. Desligo o CO_2, tiro a pressão dos tubos e, em seguida, pego uma chave inglesa para desconectá-los. É um processo que já devo ter feito, facilmente, centenas de vezes. Meu pai passou a me obrigar a fazer assim que tive força o suficiente para levantar um barril. Definitivamente, antes que eu tivesse idade para fazê-lo. Os movimentos práticos de limpeza e enxágue dos tubos são estranhamente relaxantes. Acho que posso até dizer que senti falta deles, ou pelo menos senti falta da maneira como eles me proporcionavam alguns momentos para espairecer e pensar. Hoje, me pego pensando em Brynn. Pensando sobre aquele beijo e sobre o fato de eu estar pensando nele muito mais do que deveria.

— Ei, Sherry, que história é essa de rainha da lagosta?

Brynn não foi muito clara em relação ao que precisa fazer.

Sherry responde bufando alto.

— Quando você diz "história", quer dizer: por que eles ainda estão organizando essa coisa, já que é uma farsa antiquada e fabricada? — Ela ergue as mãos. — Quem é que sabe? Quem é que sabe por que a cidade faz metade das coisas que faz? Sua amiga Ruiva é quem dá as ordens agora.

Vasculho meu cérebro em busca dos resumos de Brynn sobre a série.

— Você quer dizer a Poppy?

Sherry dá de ombros como se não pudesse se importar menos.

— Acho que é essa aí, sim. O concurso vai acontecer no próximo fim de semana. Como você já deve ter deduzido, eu não vou. Mas, se quiser ir, a gente provavelmente consegue fechar o bar por uma noite. Mesmo que ontem não tenha sido um golpe de sorte, ninguém vai aparecer aqui na noite do concurso, mesmo que seja uma sexta-feira.

Sexta-feira. Verdade. Se o tempo continuar correndo na vida real da mesma forma que aqui, o que presumivelmente está acontecendo, a próxima sexta-feira é também a noite do leilão do bar do meu pai.

Não sei o que está acontecendo com minha cabeça — se ainda estou sob o efeito da adrenalina do sucesso de ontem à noite ou sei lá —, mas estou sentindo vontade de tentar ver o que mais posso fazer com esse lugar.

Interrompo os pensamentos o suficiente para perceber que Sherry está me encarando. Sua boca está pressionada na linha habitual de quem não se impressiona, mas há uma leve elevação na sua sobrancelha esquerda, como se ela achasse algo ligeiramente divertido sobre mim.

— Você acha que vai abrir de novo hoje à noite? — pergunta ela.

Eu sabia a resposta para essa pergunta no momento em que o primeiro cliente entrou aqui ontem.

— Vou, sem dúvida — e ela acena bruscamente com a cabeça e bate duas vezes no balcão antes de se virar para a porta. — Só espero que a fiação elétrica segure o tranco dessa vez.

Sherry se vira novamente, com as linhas entre as sobrancelhas se aprofundando.

— Como assim "segurar o tranco"? Nunca tive problemas elétricos. E já tivemos algumas festas loucas aqui no passado. — Ela franze os olhos e sua expressão se torna momentaneamente nostálgica. — O bom e velho Axle. O que será que ele está fazendo hoje em dia?

Deixo que sua pergunta continue retórica.

— É, foi muito estranho, então. Queimamos um fusível ontem à noite. O bar inteiro ficou sem luz.

Sherry olha para mim como se não estivesse acreditando totalmente na minha história.

— Não é possível desligar o bar inteiro de uma vez. São vários disjuntores. Dá para desarmar um deles, mas nunca todos ao mesmo tempo. Será que não foi alguma coisa que você fez?

Abro a boca para argumentar, mas, em vez disso, faço uma pausa, uma sensação estranha se instalando embaixo das minhas costelas.

E se foi algo que eu fiz?

— Estranho. Vou ficar de olho nisso. E talvez eu comece a trancar o estoque.

19

BRYNN

— Sloan, querida. — Poppy acena para mim do outro lado do auditório da prefeitura. — Onde você estava? Estava começando a ficar preocupada.

Ela se movimenta com uma velocidade considerável, apesar dos saltos de dez centímetros que fazem barulho no piso de madeira quando ela atravessa o auditório para me encontrar. Ela se desfez da roupa preta de hoje de manhã e está usando um vestido verde-esmeralda. Seu cabelo parece ter sido recém-cacheado e seu clássico batom vermelho está intacto. Quando me alcança, ela me pega pelo braço e me puxa para um canto tranquilo da sala. Um grande quadro branco com rodinhas nos protege dos olhares curiosos das outras participantes.

— Por que você não trocou de roupa? — sussurra ela em um tom que parece desnecessariamente agudo.

— Hum, não tive tempo. — Respiro fundo pelo nariz. — Você se esqueceu de mencionar a reunião do concurso hoje. Eu só soube que precisava vir aqui porque encontrei o Spencer enquanto fazia uma longa caminhada voltando da casa de Luce, onde você me abandonou. — As duas últimas palavras saem nítidas e irritadas.

Poppy, aparentemente imperturbável, levanta a mão e alisa meu cabelo.

— Do que você está falando? Primeiro, eu contei da reunião. Eu disse que tínhamos que estar de volta meio-dia em ponto e, segundo, eu não abandonei você. Você fez o barulho de coruja. Era o sinal para abortar a missão. Eu não tinha ideia de onde você tinha se metido, mas imaginei que poderia se virar sozinha.

Mais uma vez, não sei como responder.

— O que você estava fazendo hoje de manhã na casa da Luce?

Poppy ergue a palma das mãos como se a resposta fosse óbvia.

— Ajudando você a ganhar o concurso.

Quando nego com a cabeça, ela revira os olhos.

— Hoje é o dia de inscrição para o concurso, não é?

Eu concordo com a cabeça, tendo obtido essa informação na faixa gigante do lado de fora.

— Bom, se o nome da Luce não estiver na folha de inscrição até o fim da reunião, ela não vai poder participar do concurso. Eu só criei um pequeno problema que exigiria atenção imediata. E duvido que alguém vá colocar o nome dela. — Ela junta as mãos. — Problema resolvido.

Ela estende a mão e tira a flor roxa de trás da minha orelha, esmagando-a antes de deixar as pétalas caírem no chão.

— Mas eu gostaria que você tivesse arranjado tempo pra se trocar. — Ela suspira alto. — Bom, a gente não pode fazer muita coisa agora, né?

Ela sai de trás do quadro branco antes que eu tenha a chance de responder, me deixando sozinha para encontrar um lugar em uma das muitas fileiras de cadeiras de alumínio.

A prefeitura está lotada. Parece que todas as mulheres solteiras de Carson's Cove estão presentes.

Todas, menos Luce.

— Ok, meninas, é hora do show.

Nos breves minutos que ficamos separadas, Poppy encontrou um megafone. A estridência natural da sua voz, amplificada por cinquenta watts, é o suficiente para fazer com que todas se acomodem em seus assentos.

— Temos muita coisa para falar hoje.

Uma apresentação de slides aparece na tela atrás de Poppy. Ela mostra uma foto dela com sua coroa e faixa de Miss Festival da Lagosta. É de sua primeira vitória, aos dezesseis anos de idade. Reconheço o vestido de paetê azul-meia-noite.

— Meninas. — Poppy largou o megafone, e sua voz natural é facilmente transmitida pelo salão silencioso. — Esse é o septuagésimo quinto aniversário do concurso de Miss Festival da Lagosta. E vocês sabem o que isso significa? Que essa edição precisa ser tudo que a cidade representa: beleza, perfeição, atenção meticulosa aos detalhes. Tudo deve ser executado de forma absolutamente impecável. Não há espaço para erros.

Poppy continua a falar.

Meu estômago começa a se agitar, como se eu tivesse comido alguma coisa estragada.

Olho para as mulheres à minha esquerda e à minha direita. Elas estão concentradas em Poppy e em cada palavra que sai da sua boca, concordando com a cabeça enquanto ela expõe o que espera de cada uma de nós.

Eu lembro que amava os episódios dos concursos. Os vestidos. O drama. Ver as personagens se transformarem de suas personalidades comuns do dia a dia em glamorosas rainhas da beleza. Mas, uma vez que estou aqui sentada, ouvindo tudo, de repente me sinto diferente. Talvez eu esteja mais velha ou mais sábia. Talvez o mundo tenha evoluído tanto que agora esse concurso pareça ultrapassado e nojento. Ou talvez sempre tenha sido, e eu nunca tenha percebido.

— Vou passar as folhas de inscrição agora.

Poppy acena para Lois, que entrega uma prancheta para cada lado do salão.

— Se seu nome não estiver nessa lista até o final da reunião, você não vai poder participar do concurso. Sem exceções. — Os olhos de Poppy se voltam para algo no fundo da sala.

Sigo seu olhar. Ela está olhando para a porta. Não há ninguém lá.

A agitação no meu estômago começa a borbulhar. Cada vez mais alto, ela sobe, queimando meus pulmões e rastejando até minha garganta.

Acho que vou vomitar.

— Aqui, Sloan. — A mulher à minha esquerda, de cabelo escuro e mais jovem que não reconheço, me passa uma prancheta, assim como a mulher à minha direita. Tenho duas listas de nomes em mãos.

Rabisco a assinatura de Sloan em uma delas, selando meu próprio destino.

Vou vencer esse concurso.

Spencer vai me ver como mais do que apenas a garota da casa ao lado.

As coisas acontecerão exatamente como deveriam acontecer.

Essa será minha passagem de volta para casa. E a do Josh também.

Porém, quando estou prestes a passar as pranchetas, noto um espaço vazio na outra lista.

É nítido e branco. Um lembrete de que algo está faltando.

Alguém está faltando.

Minha caneta paira sobre a página.

Talvez Poppy nunca perdoe Sloan pelo que estou prestes a fazer.

Mas talvez eu nunca me perdoe se não o fizer.

Rabisco o nome de Luce na outra folha, fazendo o possível para disfarçar minha caligrafia, porque, embora eu esteja tendo uma crise de consciência, ainda tenho um pouco de medo de Poppy.

Meu estômago se acalma instantaneamente.

A reunião continua por mais uma hora.

Sessenta minutos inteiros sobre a maneira adequada de pentear o cabelo e escolher o traje de gala. Há inclusive uma sugestão de plano de refeições para a próxima semana. O cardápio praticamente elimina todos os carboidratos, açúcar e alegria.

A presença nos ensaios é obrigatória.

Ouvir tudo isso é duas vezes mais exaustivo do que minha caminhada não planejada desta manhã, então, quando Poppy pega o megafone e proclama com uma voz que percebi ser anormalmente irritante: "Vocês estão dispensadas", saio correndo da prefeitura antes que ela tenha a chance de me encontrar.

Decido voltar para casa pela praia.

Principalmente para evitar que Poppy me localize, mas também porque é outro dia lindo.

O resto de Carson's Cove pode estar mostrando suas falhas, mas o sol está quente e o som das ondas é relaxante. Eu me pego parando para fechar os olhos e virar o rosto na direção do sol, apreciando o calor e a sensação de serenidade.

Até que abro os olhos e encontro um par de olhos castanhos familiares olhando de volta para mim.

— Ahhhhh — grito ao reconhecer o cavalo de hoje pela manhã.

Desta vez, ele não empina.

Nem foge.

Apenas me encara, com as orelhas se movimentando e as narinas dilatadas até soltar uma bufada do tamanho de um cavalo, me cobrindo de meleca.

Limpo o rosto com a manga da camisa.

— Tudo bem, eu entendo. Provavelmente mereci isso.

O cavalo vira a cabeça e vejo Luce subindo a praia em um cavalo preto e branco malhado.

— Desculpe pela Buttercup — diz Luce em minha direção. — Ela é uma garota curiosa e não tem noção de espaço pessoal. — Luce se aproxima de Buttercup, sussurra um suave "calma, menino" para o próprio cavalo, depois se abaixa para pegar as rédeas de Buttercup.

— Precisa de uma carona?

— A cavalo?

Luce revira os olhos.

— Não, estou me oferecendo pra levar você nas costas. É claro que a cavalo. Vou passar na frente da sua casa.

Essa não é uma boa ideia. Não apenas tenho um passado complicado com essa égua, como ainda não tenho certeza se Luce sabe que eu estive na fazenda durante a manhã.

— Tudo bem, eu estou bem. Eu estava querendo andar um pouco.

Luce olha para a praia, na direção da casa de Sloan.

— Tem certeza? Sua casa fica a uns bons nove quilômetros.

Ela está certa. E eu já estou sentindo as bolhas se formando nos meus pés.

Olho para a égua.

— O que você acha?

Não sei como esperava que a égua respondesse, mas fico surpresa quando ela cutuca minha mão com o focinho. Fico igualmente surpresa comigo mesma quando acaricio sua pelagem com a palma da mão e descubro que, definitivamente, não estou odiando a forma como as orelhas de Buttercup balançam, como se ela também tivesse virado a página.

— Quer saber de uma coisa? Por que não? — Digo tanto para a égua quanto para Luce. — Uma carona seria ótimo.

Preciso de várias tentativas para subir na sela. Luce é surpreendentemente gentil, me mostrando onde colocar os pés e como segurar as rédeas. Quando estou pronta, começamos a galopar pela praia.

— Eu jamais diria que você é uma garota que gosta de cavalos — diz Luce quando Buttercup começa a ganhar velocidade. — Mas olhe só pra você. Tem um talento natural.

Não preciso ter, Buttercup é uma égua cheia de opiniões. Ela ignora meus toques de calcanhar e meus "calma, menina", e continua a descer lentamente a praia no ritmo dela e pelo caminho que ela quer.

Eu respeito isso.

Há uma brisa fresca vinda da água, mas o sol está quente e começo a suar. No começo, culpo o fato de ainda estar vestida de preto da cabeça aos pés, mas também suspeito que meu corpo não esteja lidando bem com a culpa.

Seguro as rédeas com uma das mãos e uso a bainha da camisa para limpar a testa. A manobra atrai um olhar curioso de Luce.

— Escolha curiosa de roupa para um dia quente de verão. Acho que eu nunca vi você toda de preto antes.

Não consigo decifrar seu tom. Não há nada nele que indique se o comentário é apenas sobre minha roupa ou se ela suspeita de que essa não é primeira vez que encontro seus cavalos.

— É, bom, já se passaram quinze anos. Talvez eu tenha mudado?

Ela inclina a cabeça levemente, sem tirar os olhos dos meus.

— Talvez você tenha.

— Então... Hum... Você sempre leva dois cavalos pra passear?

Observo sua linguagem corporal, em busca de pistas, mas ela não revela nada.

— Às vezes. — Ela arrasta as palavras. — Mas hoje foi uma circunstância especial. O Westley aqui — e ela acaricia o cavalo preto e branco em que está montada — escapou hoje de manhã e foi embora. Passei o dia inteiro procurando por ele.

Merda.

Acho que uma pequena parte de mim estava torcendo para que a pegadinha da Poppy não tivesse funcionado como ela esperava. Que talvez Luce nunca fosse participar do concurso, para começo de conversa, e que os acontecimentos desta manhã não fossem tão malvados ou tão terríveis quanto pareciam na minha cabeça.

— Então, acho que você perdeu a inscrição para o concurso?

Ela concorda com a cabeça.

— É engraçado como isso aconteceu. Mas decidi encarar como um sinal do universo de que esse ano não era pra mim. Quer dizer, não é como se eu tivesse chance de ganhar de qualquer jeito.

— Do que você está falando? É claro que você tem.

Luce sempre esteve entre as cinco finalistas.

Ela me olha de soslaio, como se eu tivesse perdido a cabeça.

— Qual é, Sloan. Na melhor das hipóteses, eu ficaria entre as três primeiras. Mas a coroa nunca chegaria perto da minha cabeça.

— Talvez chegasse.

Luce revira os olhos.

— Eu sei que faz tempo que você não mora aqui, mas não tem como você ter esquecido como as coisas funcionam. A coroa sempre pertence à linda líder de torcida. — Ela olha para meu cabelo loiro. — Talvez, de vez em quando, ela acabe ficando com a igualmente linda, mas despretensiosa garota da casa ao lado, mas só depois de uma ida transformadora à Lois.

Conscientemente, coloco uma mecha atrás da orelha, mas paro quando, de repente, entendo o que ela quer dizer.

— Isso não é... Não era pra...

— Está tudo bem, Sloan — interrompe Luce. — Você e eu sabemos que existe um padrão aqui em Carson's Cove. Você não tem culpa de se encaixar nele, assim como eu não tenho culpa de não me encaixar. As coisas são como são.

Abro a boca para argumentar, mas descubro que não tenho nada a dizer, porque Luce está certa. Existe um padrão para este lugar. Jovem. Atraente. Com defeitos mínimos que ainda permitam às pessoas gostarem de você. Se você não se encaixa, é designado para outro papel. Forasteiro. Problemático. Garota má.

— Por que competir, então? — É a peça que ainda não se encaixa.

Luce puxa as rédeas e seu cavalo interrompe o passo. Buttercup faz o mesmo sem comando. Observo Luce inspirar e depois fazer uma pausa, como se estivesse escolhendo as próximas palavras.

— Porque eu sou uma força incrível a ser reconhecida — diz ela finalmente. — Mas ninguém aqui se importa. Eu tinha o sonho de subir naquele palco e chegar à rodada de perguntas e, quando o mestre de cerimônias me perguntasse por que eu queria ser eleita Miss Festival da Lagosta, eu falaria sobre a fazenda. Como estou promovendo mudanças reais. Práticas sustentáveis. Com baixo impacto ambiental. Eu poderia mostrar às pessoas dessa cidade como sou inteligente e bem-sucedida. E, pela primeira vez, as coisas certas seriam comemoradas. Mas o dia de hoje foi um lembrete grosseiro de como esse lugar está parado no tempo. É a mesma merda, de novo e de novo, e de novo. Então, talvez seja hora de aprender minha lição e ser grata por pelo menos não ter que colocar um vestido.

Eu amo Carson's Cove desde que me entendo por gente. Spencer Woods era o namorado por quem eu queria me apaixonar e Poppy Bensen era a melhor amiga que eu queria encontrar. Mas agora que estou aqui, vivendo as transformações e os concursos, estou começando a repensar tudo.

— Sua fazenda parece incrível.

Luce concorda com a cabeça, mas não sorri.

— É incrível. Você deveria ir visitar algum dia... se é que já não foi.

Nos últimos minutos, esqueci o que fizemos com Luce pela manhã. Mas agora a culpa volta em uma onda rápida e furiosa. Abro a boca, ainda incerta se vou explicar o que aconteceu ou se vou simplesmente implorar por perdão, mas Luce faz um muxoxo e seu cavalo se afasta da água em direção às grandes áreas de gramado em frente à casa de Sloan.

Eu faço o mesmo, mas Buttercup não se mexe.

— Vamos lá, garota. — Eu bato com os pés de leve. Puxo as rédeas. Sussurro palavras doces em suas grandes orelhas marrons. É inútil. Ela não se move nem um centímetro.

Sem ter para onde ir, as acusações de Luce começam a me inundar, e me lembro dos episódios de *Carson's Cove*, especialmente os primeiros.

Poppy e Sloan não eram exatamente legais com Luce. Elas esconderam seu uniforme de líder de torcida para que Poppy pudesse tomar o lugar de Luce no topo da pirâmide, o que acabou garantindo seu lugar no topo, tanto literal quanto metaforicamente. Elas espalharam rumores verdadeiros, mas pessoais, sobre a vida sexual de Luce para que Chad Michael terminasse com ela e voltasse a ficar com Poppy. Tudo parecia tão justificado na época em que eu assistia. Sloan e Poppy eram quem eu aspirava ser. Eu queria que elas ganhassem. Que saíssem por cima. Acho que nunca pensei no custo disso.

A égua bufa.

— É, eu sei. — Acaricio os pelos da crina de Buttercup. — Vou me redimir com ela, eu prometo.

A égua balança a cauda, mas depois se vira e segue Luce em direção à casa.

— Ei, espere — chamo.

Luce puxa as rédeas, diminuindo a velocidade do cavalo para que eu possa alcançá-la.

Respiro fundo em uma tentativa de colocar tudo para fora de uma só vez.

— Preciso contar duas coisas pra você. A primeira é que fui eu quem soltou seus animais hoje de manhã. Bom, tecnicamente, foi a Poppy, mas eu fui cúmplice. E admito que não sabia o que estava acontecendo até depois do fato consumado, mas eu tinha a sensação de que ela não estava tramando nada de bom e não tentei impedi-la.

Luce não diz nada por um minuto inteiro. Ela apenas olha para as rédeas nas suas mãos, e isso é absolutamente excruciante.

Finalmente, ela olha para cima.

— Eu sei.

— Sabe? Como?

Ela ergue as sobrancelhas e ri pelo nariz.

— Tá falando sério? A maior parte das angústias da minha vida pode ser atribuída a vocês duas, uma vez que a história tende a se repetir nesse lugar. Além disso, você percebeu que está vestida como uma combatente das forças especiais? Ou, pelo menos, como Sloan Edwards acha que uma combatente especial se veste.

Olho para baixo, para minha roupa totalmente preta.

— Se você sabia, por que me ofereceu uma carona?

Luce dá de ombros.

— No começo, foi divertido fazer você suar. Tanto figurativa quanto literalmente. Mas também estou cansada de ser sua inimiga, Sloan. Mesmo que você e a Poppy fossem continuar agindo como vilãs, decidi que faria minhas próprias escolhas e sairia de cabeça erguida. Esperava que pelo menos uma de vocês mudasse de ideia e, se não mudasse, pelo menos eu dormiria com a consciência tranquila.

Também estou cansada disso. Posso não ser a Sloan de verdade, mas acho que ela também gostaria que essa briga acabasse.

— Então, qual é a outra coisa? — Luce interrompe meus pensamentos.

Minha garganta fica seca quando percebo que estou apenas na metade da minha confissão.

— Eu inscrevi você no concurso.

Luce para o cavalo.

— Você fez o quê?

— Eu coloquei o seu nome. A Poppy disse que você queria competir. Se você não quiser, eu posso dizer a ela que fui eu. Eu só queria que você tivesse a chance de tentar.

— Por que você fez isso?

Tento reunir todos os pensamentos perdidos dos últimos dias que me levaram a escrever o nome dela.

— Acho que, assim como você, estou pronta para ver esse lugar mudar. Tudo que fizemos com você no ensino médio foi errado, e lamento ter demorado tanto tempo para perceber isso. Sei que deveria ter impedido a Poppy hoje de manhã. Sei que provavelmente tem um milhão de outras coisas que eu também poderia ter feito. Eu sinto muito pelos seus animais. — Acaricio o pescoço de Buttercup.

Luce respira fundo, como se estivesse processando tudo.

Ela olha para a frente.

— Não se preocupe. Está tudo bem entre a gente, Sloan.

Sinto uma inesperada onda de emoção com suas palavras e, por um instante, acho que talvez eu até chore.

— Então, podemos começar do zero? Eu adoraria visitar sua fazenda. Eu sonhei com seu queijo de cabra.

Luce não olha para mim, mas concorda com a cabeça.

— Seria ótimo.

Buttercup bufa como se ela também aprovasse.

Percorremos o resto do caminho até a casa de praia da Sloan sem dizer muita coisa.

Quando chegamos ao deck dos fundos, eu desmonto e me ofereço para pegar água para os cavalos. Quando volto com um jarro de água e copos, os cavalos já encontraram um barril de água da chuva e estão bebendo seu conteúdo.

Mostro o jarro para Luce.

— Sinto muito, mas não tenho muito mais o que oferecer além de água. Infelizmente, estou sem vinho.

Luce ergue uma das sobrancelhas.

— Você bebe agora?

Eu concordo com a cabeça.

— Eu abriria mão do meu primogênito por um Pinot Grigio.

Ela sorri.

— Não posso ajudar com um desses daí, mas acho que posso fazer melhor que isso.

Ela abre um dos alforjes presos ao cavalo e tira dele uma garrafa grande de vinho.

— Você já conhece o queijo, mas eu não tinha contado sobre meu outro novo hobby. Tenho uma grande plantação de morangos silvestres nos fundos da fazenda. Os morangos são pequenos, mas fazem um vinho bem forte.

Entrego as taças a ela. Ela serve o vinho, e cada uma de nós se acomoda em uma das espreguiçadeiras de Sloan.

— Saúde. — Brindamos e, quando levo a taça aos lábios, meus olhos se voltam para o chalé azul ao lado, com as janelas fechadas e escuras.

— Ainda a fim dele, é?

A pergunta de Luce me surpreende.

— Isso é surpreendente?

Ela inclina a cabeça para o lado.

— Acho que não, mas eu meio que pensei ter visto alguma coisa entre você e o Fletch naquela noite.

O calor invade minhas bochechas.

— Não. Somos apenas amigos. E completamente errados um para o outro. Por que você achou isso?

Ela dá de ombros.

— Só senti um clima.

— Você está? — pergunto.

Ela franze o nariz.

— A fim do Fletch?

— Não. Do Spencer. Ou do Fletch também, eu acho. Qualquer um dos dois.

Luce ri. Um único e simples *ha*.

— É um não bem grande para os dois.

Eu ainda estou juntando o que eu pensei que sabia do contexto da nossa conversa de minutos atrás.

— Acabei de pensar sobre aquela noite, nas ilhas, e em como você e o Spencer... No ensino médio...

Ela coloca a mão no meu braço.

— Antes de a gente começar do zero, acho que preciso confessar uma coisa. Eu também não estava a fim dele naquela época. Acho que só vi uma oportunidade de finalmente ter alguma coisa que você queria. Eu queria ser a escolhida, pra variar. Mas tudo bem. — Ela ergue a taça. — Chega de conversa. Vamos tomar um vinho. Aos novos começos.

Eu brindo com a minha.

— Aos novos começos.

Bebo tudo em um único gole. Levanto a taça vazia, que Luce prontamente enche.

— Uau! — digo a ela. — Você não está pra brincadeira. Isso é delicioso!

Ela inclina o copo e toma um gole.

— Sim, é bom. Mas eu estava falando sério. Vai com calma. Esse negócio é forte.

20

JOSH

Estou começando a pegar o jeito novamente. Administrando meu próprio bar. Ele está ainda mais movimentado do que na noite passada. Tive de contratar um dos frequentadores, Barry McFly, para ficar na porta. Seth e os Dingos Famintos agora têm um baixo, um teclado e uma bateria. O som deles não é tão ruim. Ou, se é, ninguém se importa, porque a pista de dança em frente ao palco tem o dobro do tamanho que tinha na noite passada.

Eu estava sentindo falta da ajuda de Brynn até que Sherry apareceu. Nem precisei pedir. Ela se esgueirou por debaixo do balcão e começou a servir sem nenhum comentário. Não que tenhamos muito tempo para conversar. Acho que a cidade inteira está aqui.

Paro de servir pelo tempo suficiente para apreciar todo o meu trabalho árduo e meus olhos pousam em um chapéu de caubói rosa-claro que abre caminho entre a multidão. Embora eu não consiga ver o rosto da pessoa, de alguma forma, sei quem é, mesmo antes de ela olhar para cima.

— Olá, parceiro. — Brynn tenta inclinar a aba, mas puxa com muita força, e ele acaba caindo no chão.

— Onde você encontrou isso?

Ela dá um giro lento de trezentos e sessenta graus, tombando levemente no meio da volta.

— Acho que o nome dela era Jennifer. Ou talvez Deb. Mas com certeza havia uma Jennifer envolvida.

Ela sorri, e eu percebo na hora. O brilho nos olhos. O sorriso sonolento.

— Brynn, você está bêbada?

Ela cambaleia para a frente e coloca os cotovelos no balcão.

— Eu não sou a Brynn, lembra? Sou a Sloan.

Ela abre os braços, e eu vejo a garrafa na sua bolsa.

— O que é isso? — Aponto para a bolsa.

— É meu vinho de bolsa.

— Você bebeu tudo?

Ela tira a garrafa da bolsa e a bate com força no tampo do bar.

— Bebi. Tem gosto de verão. Foi a Luce que fez. Somos amigas agora. Parece que eu sou a babaca, e não ela. E ainda estou com sede. Eu tomaria uma cerveja.

Pego um copo da pilha, encho-o e o entrego. Ela toma um gole e estremece.

— Isso é tequila?

— É água.

Ela o devolve para mim.

— Bom, eu pedi tequila.

Deixo o copo no balcão entre nós.

— Acho que primeiro você precisa de mais alguns desses.

Ela coloca a língua para fora.

— Não estrague o clima, Fletch.

Eu não sou o Fletch.

— É Josh. E estou tentando garantir que você não faça algo de que vai se arrepender amanhã.

Ela sorri lentamente, com o copo pressionado nos lábios.

— Tipo o quê?

Posso estar imaginando coisas, mas juro que vejo seus olhos se voltarem para o apartamento no andar de cima.

Minha boca seca. E antes que eu possa compor o tipo de resposta que não vai deixar ambos arrependidos, ouço um assobio agudo do outro lado do bar. Sherry faz contato visual e depois acena com a cabeça para a fila de pessoas esperando para pedir cerveja. Quando me viro para verificar como Brynn está, tudo que eu vejo é seu chapéu idiota indo para a pista de dança.

Perco a noção do tempo, preso no ritmo de abrir tampas e servir doses. Fico de olho em Brynn. O chapéu, embora ridículo, faz com que seja fácil vê-la dançando no meio da multidão.

Alguém pede uma margarita. E, na distração de cortar os limões e sacudir o gelo, eu a perco de vista até ouvir assobios. E cantadas. E meu estômago pesa como uma pedra.

Ela está no palco. Com os braços no ar. O vestido subindo pelas coxas. A cabeça jogada para trás enquanto se mexe no ritmo da música. Ela está linda. E sexy. E sei que metade do bar concordaria comigo.

— Preste atenção, Fletch. Você está sujando tudo.

Tiro os olhos de Brynn e olho para Sherry, que está apontando com a cabeça para os limões espremidos na minha mão. Seus olhos seguem os meus de volta ao palco, onde Brynn está acompanhada por dois caras dançando e um Dingo tocando baixo, disputando sua atenção.

Sherry nega com a cabeça.

— É melhor ir buscar sua garota.

Sei que ela fala da boca para fora, mas suas palavras me atingem com força.

Minha garota.

Brynn foi apenas minha colega de apartamento por muito tempo. Então, de alguma forma, na bagunça de estar aqui, nos tornamos amigos. Hoje à noite, porém, essa palavra já não me parece mais adequada. Mas será que ela é a minha garota?

Saio de trás do balcão antes mesmo de me permitir responder a essa pergunta.

A multidão se abre o suficiente para que eu chegue ao palco. Estendo minha mão para ela.

— Vamos, Brynn. Está na hora de ir pra casa.

Ela nega com a cabeça.

— Eu sou a Sloan, lembra? E a Sloan quer se divertir.

Estendo a mão novamente.

— Estou prestes a jogá-la sobre meu ombro e carregar você pra fora daqui. É isso que você quer?

Ela sorri e continua dançando.

— Mais ou menos.

Tento pegar sua mão, mas ela é surpreendentemente rápida.

— Você precisa ser mais rápido do que isso pra me acompanhar, Fletcher Scott.

Ela gira. E, ao fazê-lo, seu pé escorrega e ela começa a se inclinar para o lado.

Há um momento aterrorizante em que percebo que ela está prestes a cair. Mas meus braços se movem automaticamente. Estendo a mão e a pego antes que ela atinja o chão de cimento. Quando ela está firme e segura novamente nos meus braços, afasto o cabelo de seus olhos. O sorriso fácil se foi. O que resta é choque e medo.

— Você está bem? — Encosto os lábios em seu ouvido, para que ela possa me ouvir por cima da música.

Ela encosta a cabeça no meu peito.

— Acho que eu só preciso de um pouco de ar.

Começo a caminhar em direção à porta da frente.

— Não. — Seus braços se apertam ao redor do meu pescoço. — A gente pode ir para o nosso lugar?

— Como você está se sentindo?

Brynn está sentada em cima da saída de ar, com os olhos fechados, as pernas esticadas, apoiada para trás nos cotovelos e com o quarto copo de água nas mãos. Ela abre os olhos quando saio da escada de incêndio e vou para o terraço.

— Tudo ainda está girando quando eu fecho os olhos, mas, fora isso, estou bem.

Sherry avisou que era a última rodada quando subi aqui pela primeira vez, para acomodar Brynn. Desci para ajudá-la, mas ela me mandou de volta para o andar de cima, dizendo que Barry e ela tinham tudo sob controle.

Em seguida, ela me disse que eu poderia compensar começando a limpeza mais cedo pela manhã.

Brynn ergue o copo de água como se estivesse brindando comigo, depois o inclina de volta para um longo gole.

— Você é um excelente bartender, Joshua Emilio Estevez Bishop. Alguém já disse isso pra você?

Eu me sento ao lado dela.

— Só minha mãe. Mas ela é do tipo gentil e encorajadora. Nunca sei se ela está mentindo ou me amando incondicionalmente.

Brynn solta uma risada-ronco, mas depois fica com uma expressão mais séria.

— Você acha que ela está preocupada com você? Fico me perguntando o que está acontecendo em casa. Tipo... a vida só continuou sem a gente? O fato de as datas serem as mesmas aqui e em casa me faz pensar que sim e, nesse caso, você acha que alguém percebeu que desaparecemos?

São as mesmas perguntas que tenho feito a mim mesmo durante toda a semana.

— Meu chefe deve ter notado, com certeza. Mas as pessoas se demitem e desaparecem dos turnos no bar o tempo todo, então duvido que ele tenha feito alguma coisa a respeito, além de me deixar algumas mensagens de voz irritadas. Já a minha mãe... Na verdade, ela me ligou na noite que o Sheldon apareceu lá em casa, mas já era tarde, então não retornei a ligação. Estou preocupado que ela pense que a estou evitando.

O nariz de Brynn se enruga.

— Por que você estaria?

É difícil de explicar.

— A mensagem dela era sobre o bar do meu pai. Ele está sendo leiloado de novo. Ela quer que eu o compre. Acha que é importante que ele fique na família.

Brynn inclina a cabeça para o lado.

— O que você acha?

Pauso por um segundo, organizando os pensamentos.

— Concordo que é importante... Só não sei se eu sou o cara certo pra... — Não consigo nem terminar a frase.

A mão de Brynn cobre a minha. Seus dedos estão quentes e macios enquanto ela aperta.

— Você é muito bom no que faz, Josh. Já bebi vinho demais pra tentar mentir pra você. — Ela soluça como se estivesse confirmando o argumento. — Você sabe como lidar com as pessoas. Você cria um espaço no qual elas querem estar. E eu estava observando você hoje mais cedo e parece que você ama estar atrás do balcão.

Não posso negar.

— Eu amo. E por mais que me custe dizer isso em voz alta, tem sido divertido fingir ser o Fletch e trabalhar no Bronze. Isso me ajudou a entender algumas coisas, mas... — Sacudo a cabeça, afastando qualquer ideia que possa estar se formando. — Não importa. Mesmo que eu quisesse comprar o bar, não sei como vamos voltar pra casa a tempo. O leilão é na sexta-feira, dia 21 de junho.

Brynn franze a testa enquanto calcula a data na cabeça.

— É a noite do concurso.

— É, uma coincidência um pouco estranha.

Brynn fica quieta. E, para ser sincero, também preciso de um minuto, porque sinto o choque de realidade.

Ficamos sentados por algum tempo, olhando as estrelas. O rugido das ondas quebrando na praia nos embala em um estado sereno.

— Gosto de ficar aqui em cima — diz Brynn, enfim, inclinando-se para olhar a rua lá embaixo. — É tão bonito. A essa distância, ainda é a Carson's Cove da tela da minha TV.

É um comentário interessante.

— Você está insinuando que a cidade que está lá embaixo não é?

Ela leva o dedo ao nariz.

— Você é muito perspicaz, Joshua Alan Jackson Bishop. Alguém já lhe disse isso antes?

Ela soluça, e eu deixo passar como uma pergunta retórica.

— Não é que seja diferente — continua ela. — É só que, estando aqui, estou vendo coisas que nunca tinha percebido antes. Tudo ainda funciona exatamente como deveria funcionar... Mas apenas para alguns poucos escolhidos. Todos os outros sofrem as consequências.

Ela apoia a cabeça no meu ombro. Odeio o quão gostoso é. Quanto eu a quero ali. Brynn não tem sido nada além de clara desde o primeiro dia: seu objetivo é Spencer, e eu provavelmente sou o completo oposto do cara. E, ainda assim. Porra. Eu não queria que isso acontecesse, mas tenho vontade de puxá-la para o meu colo. De beijá-la. De consertar todas as coisas que estão fazendo com que ela não se sinta bem.

— Ei, Josh. — Ela levanta a cabeça para olhar para mim. — Você me magoou.

Meu estômago se contrai.

— O quê? Quando?

Ela abaixa a cabeça e pergunta baixinho:

— Você não gostou do meu cabelo?

Demoro um segundo para entender do que ela está falando. É sobre ontem.

— Eu não disse... Não quis dizer... Eu gostei do seu cabelo. Você está bonita. Só achava que você já era bonita antes, só isso.

— Ah. — Sua boca forma um círculo perfeito, e tenho que desviar o olhar.

— Acho que eu deveria aprender uma lição com o Spencer, né? Ele sempre parece saber o que dizer.

Ela dá de ombros.

— Sempre soube. O Spencer é perfeito.

As palavras me atingem em cheio.

Seu olhar cai para as mãos.

— Mas não sei mais se quero o perfeito.

Repasso suas palavras na cabeça, de novo e de novo, sem querer perguntar o que ela quis dizer. Gosto de pensar que, neste momento, posso estar vivendo em um mundo em que ela quer um cara como eu, em vez de um cara como ele.

Antes que eu perceba o que está acontecendo, ela me beija. Suas mãos estão no meu cabelo, e ela está deslizando para o meu colo. Sua língua está na minha boca, e eu estou pensando em como tudo isso é bom, e em como eu quero que aconteça mais vezes.

Até que me dou conta.

Ela está bêbada.

— Ei. — Eu a levanto e a coloco ao meu lado. — Isso não é uma boa ideia. Acho que é melhor eu levar você pra casa.

— Ah... ok.

Ela está magoada. Dessa vez, não preciso que ela me diga. Mas, antes que eu possa explicar que não é que eu não queira isso, e que não tenho certeza se *ela* realmente quer, ela já está de pé.

— Relaxe, Josh. Está tudo bem. Eu entendo. Sem ressentimentos.

Ela se dirige para a escada de incêndio, bambeando um pouco enquanto caminha. Eu me levanto para ir atrás dela, porque escada e Brynn provavelmente não são uma boa combinação agora, mas, antes que eu possa alcançá-la, ela para, fica rigidamente imóvel e, em seguida, dá uma volta assustadoramente lenta para me encarar. Ela abre a boca como se estivesse prestes a falar. Mas, antes que qualquer coisa saia, ela dá uma guinada para trás e se dobra para a frente.

O que sai é todo o vinho que ela tomou mais cedo, trazendo consigo o que parece ser o macarrão gravatinha que ela comeu no jantar.

Há mais dois bis. E uma reprise completa do terceiro ato quando finalmente a levo para o apartamento.

Eventualmente, ela desmaia ao lado da privada.

Eu esfrego suas costas, tento fazer um rabo de cavalo no seu cabelo e depois a carrego para a cama, aconchegando-a entre uma garrafa de água e uma lata de lixo.

— Desculpe — murmura ela, enquanto ajeito as cobertas ao seu redor. — Estou me arrependendo de todas as minhas escolhas de vida essa noite.

Seus olhos se voltam brevemente para meus lábios, e eu me pergunto se nosso beijo faz parte dessa lista de arrependimentos.

— Ei. — Afasto uma mecha de franja muito suada da sua testa. — O único arrependimento que você deveria guardar dessa noite é talvez o vinho da bolsa.

Ela geme o que parece ser um "hummmm hummmm" e então se encolhe em uma pequena bola. Sua pele está muito branca e um pouco pegajosa. Definitivamente está suando. Seu cabelo está bagunçado e ela cheira um pouco a vômito.

E, puta merda, acho que eu gosto dela de verdade.

21

BRYNN

Estou em outro lindo sonho.

Estou deitada na grama, luz do sol no rosto, ouvindo o som das ondas do mar ao longe. De alguma forma, sei que estou em Carson's Cove. Talvez porque eu possa senti-lo deitado ao meu lado, com os nossos pés entrelaçados.

Posso ouvir o ritmo uniforme de sua respiração e sentir o calor do seu corpo. Tudo parece tranquilo. Exatamente como deveria ser. Quando viro meu rosto para ele, inspiro. Ele tem cheiro de cedro e pôr do sol. De felicidade. De lar. Como um lenhado...

— Josh?

Meus olhos se abrem ao mesmo tempo que os dele. Eu me afasto, mas as nossas pernas estão entrelaçadas. Eu me levanto da cama, mas sem pernas para me apoiar, o movimento se torna mais como um rolar de tronco no chão.

— Fruta que partiu!

Bato com força no chão, meus antebraços sofrendo o impacto da queda.

Pressiono as mãos no colchão, levantando-me novamente. Josh rola graciosamente para fora da cama, sem camisa e com o cabelo perfeitamente despenteado.

— Bom dia. — Ele se espreguiça e coça a nuca preguiçosamente. — Como você está se sentindo?

No momento que a pergunta sai da sua boca, a dor de cabeça latejante me atinge. Assim como a tontura e um gosto residual rançoso na minha boca anormalmente seca.

— O que aconteceu... — Não preciso nem terminar a frase para que as lembranças voltem à tona.

Minha imitação de *Show Bar* no palco.

O terraço.

Água entrando.

Macarrão do jantar saindo.

— Ah, meu Deus. — Levo a mão à boca. — Me desculpe.

Ele passa as mãos pelo cabelo, e isso faz com que o seu abdômen se contraia.

Eu me pego contando. Todos os oito gominhos.

Volto os olhos para uma parte mais segura de seu corpo. Seu rosto. Só que todas as passadas de mão deixaram seu cabelo ainda mais despenteado e sexy, e agora estou imaginando como Josh ficaria depois do sexo, o que imediatamente se transforma em como Josh ficaria durante o sexo. E essa imagem é tão provocantemente suja que tenho que fechar os olhos e contar até dez.

Um...

Dois...

Tr...

— Olhe, Brynn, sobre ontem à noite.

Meus olhos se abrem a tempo de vê-lo hesitar e, nessa pausa, uma segunda memória vem à tona. Essa é a mais vergonhosa de todas.

Eu beijei Josh.

Não. Eu ataquei Josh.

Como um gato selvagem.

Estávamos tendo uma conversa normal. Ele compartilhou detalhes íntimos sobre seus medos de não chegar em casa a tempo de comprar o bar do pai de volta, e então eu respondi subindo no seu colo e enfiando minha língua na garganta dele.

— Ah, meu Deus. — Estendo a mão, interrompendo o que ele ia dizer em seguida. — Tá. Olhe. Eu bebi demais. Acho que é melhor a gente nunca mais mencionar a noite passada. Tipo, nunca.

Suas sobrancelhas se unem em uma linha sólida.

— Tudo bem... Eu só pensei...

Eu não quero ouvir. Talvez eu estivesse bêbada, mas as lembranças são claras. Eu o beijei. Ele respondeu com um educado "obrigado, mas não, obrigado". A última coisa que quero fazer agora é relembrar tudo. Especialmente porque ele nem é o cara que eu deveria estar beijando.

Por falar no cara que eu deveria estar beijando...

— Você acha que ele sabe? — Olho para Josh entre os dedos espalhados no meu rosto, e vejo que ele cruzou os braços sobre o peito.

— Quem sabe o quê?

— Spencer. Você acha que alguém contou sobre a minha... performance de ontem?

— Acho que você não precisa se preocupar. — O tom de Josh é monótono.

O alívio percorre minhas veias.

— Bom, pelo menos essa é uma boa notícia.

Ele dá um passo hesitante para a frente.

— Estou confuso. Achei que você não estava... — Há uma hesitação.

— Não estava o quê?

Seus braços caem ao lado do corpo.

— Ontem à noite, parecia que você talvez estivesse... reconsiderando?

Minha cabeça está doendo tanto que estou com dificuldade de pensar. Meu cérebro está tentando listar as razões pelas quais preciso continuar tentando alguma coisa com Spencer, pela Sloan, mas meus olhos continuam se voltando para Josh.

Josh e seu tanquinho.

Josh e sua gentileza.

Josh e sua capacidade de fazer eu me sentir segura.

Josh e sua calça de moletom larga na cintura que expõe a parte baixa e estupidamente sensual do seu quadril.

Josh e o rastro de pelo escuro que começa no umbigo e vai descendo, descendo, descendo.

Não.

Olhe para cima, Brynn.

Eu não deveria estar imaginando como seria sentir as mãos dele por todo o meu corpo. Ou imaginando se o gosto dele é igual ao cheiro.

— Ah, meu Deus. Eu preciso parar.

— Parar o quê? — Ele parece compreensivelmente confuso.

— Eu não queria dizer isso em voz alta.

O que estou fazendo? Por que eu não consigo me concentrar?

— É melhor eu ir.

Dirijo-me à porta, mas paro antes de chegar à escada. Sherry e Barry estão no andar de baixo, limpando a festa da noite passada.

— Acho que eu vou pela escada de incêndio. — Eu me viro e me dirijo à janela.

— Por quê?

Josh, ainda sem camisa, vem em minha direção.

Evito olhar diretamente para ele.

— Essa cidade é muito pequena. E se as pessoas me virem saindo daqui? O que elas vão pensar?

— Você tem razão. O que as pessoas vão pensar?

Meus olhos se fixam na parede atrás dele, mas não deixo de perceber a mágoa na sua voz.

— Não foi isso que eu quis dizer.

— Não, você está certa. — Ele vai até a janela e a abre. — O Spencer precisa ficar com a Sloan ou então não vamos para casa, certo? — Ele se afasta para me deixar sair pela escada de incêndio. — Ainda é bem cedo, então não vai ter problema.

Ele se vira e vai ao banheiro antes que eu tenha a chance de agradecê-lo por tudo.

Consigo percorrer quase todo o caminho de volta para a casa de Sloan sem que ninguém testemunhe minha caminhada da vergonha. Até chegar à rua de Sloan.

Spencer está no gramado da frente da sua casa, usando um short minúsculo, com os olhos fechados no que parece ser a primeira postura do guerreiro, com os quadris bem baixos. Sei que deveria estar animada em vê-lo, mas ainda estou com o vestido da noite anterior e me sentindo péssima.

Tento passar por ele de fininho, mas, no momento em que o faço, seus braços começam a subir.

Entro em pânico, procurando ao meu redor algum lugar para me esconder, mas, dessa vez, não há nenhum arbusto convenientemente plantado.

Spencer faz a posição do cachorro olhando para baixo. Nossos olhares se cruzam quando ele levanta a perna, tornando-se um cachorro de três patas, e ele imediatamente se endireita.

— Ei, Sloan! Você acordou cedo.

Ajeito minha saia amassada e tento arrumar o cabelo bagunçado pelo travesseiro com os dedos.

— Sim, hum... Pensei em dar uma caminhada. Está fazendo uma manhã tão agradável.

Spencer se abaixa, pega uma toalha branca no tapete e enxuga a testa.

— Eu estava querendo encontrar você, na verdade. Queria ver se não gostaria de sair mais tarde. Quem sabe ir à lanchonete do Pop tomar um milk-shake?

Spencer move a toalha do rosto para o pescoço e depois a joga sobre o ombro. Uma fina camada de suor destaca as curvas tonificadas do seu corpo. Meus olhos se voltam para seu abdômen, mas a resposta do meu corpo é um gosto amargo no fundo da garganta, que não consigo engolir.

— Sim, claro. Parece divertido.

Seu rosto se ilumina no mais lindo dos sorrisos, do tipo que, dos treze aos dezessete anos, teria me dado um frio na barriga e feito minhas partes íntimas formigarem. Porém, a única coisa que sinto é meu estômago embrulhar.

Eu praticamente corro o resto do caminho de volta para a casa da Sloan. Sinto que vou vomitar. Estou suada e ansiosa, e meu corpo parece estranho, o que é uma bobagem, porque tudo que eu queria que acontecesse está acontecendo. Spencer acabou de me convidar para sair novamente. Seus olhares ardentes de colírio adolescente estão voltados exclusivamente para mim. *Carson's Cove* está pronta para cumprir todas as suas promessas. E ainda assim...

Mal consigo chegar ao banheiro de Sloan a tempo.

Repito o que aconteceu na noite passada, mas, desta vez, sem Josh para segurar meu cabelo.

Quando tenho certeza de que não há mais nada dentro de mim, me inclino para trás e descanso a cabeça no azulejo amarelo e frio enquanto estendo a perna e aciono a descarga com a ponta da sandália. A água se agita, levando embora o conteúdo do meu estômago. Não me resta nada além de uma batida na cabeça, que fica cada vez mais alta, até que me ocorre que talvez não seja na minha cabeça.

Considero ficar no banheiro, racionalizando que provavelmente é a Poppy de novo, e que não estou emocionalmente preparada para lidar com ela esta manhã. Mas a batida persiste. Nessa batalha de vontades, a minha é a mais fraca e desisto primeiro, descendo a escada aos tropeços e abrindo a porta dos fundos, me preparando mentalmente para outro sermão sobre minha aparência.

Mas a pessoa que está do outro lado é outra.

— Sheldon?

Ele está vestido como um motorista dos correios. Mas, quando leio o bordado na blusa, as letras estão trocadas: não é "correios", e sim *correndo*.

Ele entra na cozinha sem ser convidado e começa a andar a passos largos entre a geladeira e o fogão.

— Ouvi alguns rumores muito inquietantes.

Meus dedos começam a formigar.

— Rumores? Que rumores?

Ele finalmente para e, embora sua cabeça esteja virada para mim, ele evita meus olhos.

— Ah, não sei, que você estava dançando em um palco com outros homens ontem à noite, bebendo com sua inimiga mortal como se vocês fossem melhores amigas e destruindo a reputação perfeita da moradora mais amada dessa cidade?

Sinto uma mistura de agitação e alívio. Ele não sabe sobre Josh.

— Sim, eu estive com a Luce ontem. Não sei se já fomos inimigas mortais, mas definitivamente não somos mais. E não sei se descreveria como dançar com outros homens. Foi mais só dançar perto de outras pessoas.

Sheldon nega com a cabeça lentamente.

— Isso não faz parte do nosso plano, Sloan. Você e aquela imitação barata do Fletch continuam bagunçando tudo! Consertando o Bronze, embebedando todo mundo na cidade. Você não deveria andar por aí mudando as coisas! Tentei enviar uma mensagem sutil, mas desligar a energia foi claramente uma dica vaga demais, então agora estou aqui sendo muito claro sobre o que exatamente precisa acontecer a seguir.

— Espere aí! Foi você quem cortou as luzes?

Sheldon joga as mãos para o alto.

— Você não está entendendo. Nós tínhamos um plano e você está estragando tudo!

Não gosto do uso que ele faz da palavra *nós*. Especialmente porque sinto que o plano de Sheldon para Sloan pode estar se diferenciando do meu.

— Falando nisso. — Penso em como formular a próxima frase sem que ele surte. — Já passou pela sua cabeça que a Sloan tenha crescido um pouco nos últimos anos? Ela está com trinta anos agora. Ela já viu muitas coisas. Quer dizer, ela ficou sozinha por bastante tempo. É possível que ela tenha mudado...

— Não! — Sheldon bate tão alto com a mão na ilha da cozinha que eu dou um pulo. — Ela não mudou. — Ele se aproxima de mim, chegando tão perto, que posso contar os pontinhos amarelos nos seus olhos. — Ela ainda é a doce e adorável garota da casa ao lado. Ela finalmente voltou pra casa, onde vai ocupar seu lugar como rainha do Festival da Lagosta e, mais importante, rainha do coração de Spencer Woods. Eles vão ficar juntos. Felizes. Para. Sempre. Sem desvios. Nada de gracinhas.

Até certo ponto, entendo a necessidade de Sheldon. Eu já passei por isso. Passei três dias seguidos com o mesmo par de calças de moletom cinza, comendo o segundo pacote de vinte nuggets, tentando encontrar qualquer motivo pelo qual as coisas não tinham saído como eu queria. Enquanto eu assistia reprise atrás de reprise durante o processo de divórcio, coloquei Sloan e eu no mesmo balaio de pessoas que amaram muito e perderam.

Mas os últimos dias mostraram um erro na minha lógica. Pensei que só existisse uma maneira de ser feliz para sempre: me apaixonar pelo rapaz perfeito e fazer com que ele me amasse eternamente. Agora, não tenho tanta certeza.

— O que acontece se não for assim?

Sheldon junta as sobrancelhas, confuso.

— Não estou entendendo.

— O que acontece se a Sloan não ganhar o concurso? O que acontece se ela e Spencer não ficarem juntos?

Sheldon nega com a cabeça, suas sobrancelhas fazendo a mesma coisa que estavam fazendo antes.

— Isso simplesmente não é uma opção. Ela vence. Eles ficam juntos. Se, por algum motivo absurdo, isso não acontecer no septuagésimo quinto concurso anual da Miss Festival da Lagosta, vamos tentar no septuagésimo sexto, depois no septuagésimo sétimo. Eu tenho todo o tempo do mundo.

Mas eu não tenho.

Mais importante ainda, Josh também não tem.

— Sheldon, eu não quero fazer isso. Talvez eu estivesse de acordo quando chegamos aqui, mas não estou mais, e o Josh também não está. Queremos ir pra casa. Agora. *Carson's Cove* é uma série de TV. Claro, não terminou como a gente queria, mas não é o fim do mundo. E é por isso que existem as fanfics. Você pode sonhar com o final que quiser.

— Acho que você não entendeu. — Sheldon se endireita, seu corpo magro subitamente alto e imponente. — Você fez um pedido. Esse pedido a trouxe até aqui e, até que você cumpra o seu propósito, não *tem* como voltar pra casa. Tenho sido legal até agora. Deixei que você fizesse as coisas do seu jeito. Mas, se você continuar desperdiçando essa oportunidade incrível, vou intervir e lembrá-la que *Carson's Cove* não é só uma série sobre se apaixonar. Pode ficar sombria. Muito sombria.

Não deixo passar a ameaça no seu tom.

— Mensagem recebida.

Estou me sentindo mal. Ainda pior do que antes.

— Ótimo. — Sheldon concorda com a cabeça. — Então é melhor você ir se trocar. Ouvi dizer que você tem um encontro hoje à noite.

22

BRYNN

Quando Spencer bate à minha porta, já estou me sentindo melhor. Vesti uma roupa nova, a cara da Sloan. Meu cabelo loiro está arrumado em cachos praianos. Eu meditei.

— Uau, Sloan, você está linda. — Spencer me dá o tipo de olhar que eu estava desejando receber desde que cheguei aqui. — Meu pai me emprestou o barco para hoje à noite. Achei que seria divertido dar uma voltinha. O que você acha?

— Acho que é perfeito — digo com um compromisso renovado com o plano.

Os próximos dias vão ser dedicados a três coisas, e apenas a três coisas. Fazer Spencer se apaixonar. Vencer o concurso. Voltar para casa.

Pego sua mão e deixo que ele me conduza até o cais, onde uma lancha branca elegante está amarrada à nossa espera.

Subo no banco do carona. Ele gira a chave na ignição e o barco ganha vida. O ar está frio enquanto navegamos pela baía. O céu está cinza-claro, com nuvens escuras surgindo no horizonte. O vento aumentou. Não é muito mais do que uma leve brisa, mas há algo de diferente nele. Uma mudança notável na textura, talvez? Como se dissesse que *Algo se aproxima*.

— Parece que vai chover. — Dou uma olhada no barco para ver se tem alguma cobertura, mas parece que não.

Spencer bate em um dos mostradores redondos no painel.

— Provavelmente vai passar. Geralmente passa.

Conforme paramos nas docas da cidade, o tempo parece querer contradizê-lo. Quando Spencer salta para amarrar o barco, sinto as primeiras gotas de chuva nos meus ombros descobertos.

— Acho que vamos precisar dar uma corridinha. — Spencer se abaixa para me puxar para a doca. Ele olha em volta. — A gente pode se abrigar no gazebo por um tempo. Deve ser só uma chuva rápida de verão.

Ele pega minha mão e me leva pelo caminho de cascalho que serpenteia em direção ao parque com o gazebo. Quando chegamos à grama, a chuva começa a cair com mais força, e temos que correr os últimos trinta metros para não ficarmos encharcados. Quando estamos embaixo do gazebo, já está caindo o mundo.

— Uau! — diz Spencer, observando a chuva, que está tão forte que mal conseguimos ver a rua principal. — Eu não esperava por isso. Talvez a gente fique preso aqui por mais tempo do que pensava. — Ele se vira para mim. — Mas não tem problema. Eu queria falar uma coisa importante com você, e parece certo falar aqui. Parece que foi o destino.

Ele pega minha mão, e isso me lembra muito a cena perfeita dos créditos de abertura da série. Sloan e Spencer sozinhos no gazebo, de mãos dadas e olhando nos olhos um do outro, com os lábios entreabertos como se estivessem prestes a dizer algo que poderia mudar o curso do relacionamento deles para sempre.

É romântico.

É idílico.

Estremeço com o déjà-vu.

— Você está com frio? — Os dedos de Spencer traçam a linha da minha clavícula.

— Só um pouco.

Ele enrola o dedo indicador na alça da minha blusa.

— Eu daria meu suéter a você, mas não quero estragar essa roupa linda.

Sorrio sem graça enquanto ele engole em seco e depois respira fundo.

— Sloan, a gente se conhece desde criança. E, desde o primeiro momento que eu a vi na praia, você me cativou com o seu sorriso doce e seu espírito inabalável.

Meu estômago se contrai quando percebo que vamos fazer isso.

— Você cresceu e se tornou essa jovem obstinada — continua ele. — E, se o destino me impediu ou se os nossos planetas ainda não estavam alinhados, só consegui perceber agora que meus sentimentos por você mudaram...

Ele puxa minhas mãos para que eu tenha que me aproximar ainda mais.

A sensação no meu estômago é menos de friozinho e mais de enjoo. Meu coração acelera, mas não se alegra e, no fundo da boca, sinto um gosto rançoso, enquanto manchas pretas começam a nublar minha visão. Respiro e pisco, e a cena perfeita à minha frente começa a se parecer com um quadro de Monet. Começo a ver as pinceladas. As pequenas falhas. E a bolha de perfeição onde eu estava há pouco se rompe.

As mãos de Spencer estão suadas e seu hálito cheira a Doritos. Mais importante ainda, percebo com absoluta clareza que não quero que esta cena aconteça.

Nem hoje. Nem nunca.

E, no momento em que reconheço isso, o céu acima de nós ressoa como se concordasse com todo o coração, ou como se me achasse uma idiota. O som do trovão é tão alto, que dou um pulo, tirando minha mão da de Spencer quando um relâmpago atinge o chão em algum lugar próximo à praia.

Está um pouco perto demais.

É perfeito.

— Acho que a gente não deveria estar aqui fora — digo a Spencer, que parece decepcionado, mas concorda com a cabeça. — Podemos correr para a lanchonete do Pop — sugiro. — Vamos esperar a chuva passar com um milk-shake de cereja?

Spencer aponta para a loja de doces.

— Se a gente atravessar a rua principal, podemos ir nos abrigando sob os toldos das lojas até a lanchonete. Mas antes de a gente ir, Sloan, eu queria dizer que...

Eu pulo na grama antes que ele possa terminar a frase. A chuva cai gelada na minha pele, e o vento, soprando mais forte do que há alguns momentos, parece fazer a limpeza necessária. Um recomeço.

Corremos até a calçada e ouvimos outro estrondo baixo, seguido de um relâmpago no momento em que nos abrigamos sob o toldo vermelho e branco. Meu peito queima com o exercício súbito. Estou encharcada até a calcinha, assim como Spencer, cuja camiseta branca está visivelmente transparente e grudada no peito encharcado pela chuva. Ele passa as mãos pelo cabelo, jogando-o para trás, exceto por uma única mecha que cai sobre seus olhos azuis enquanto eles se fixam em mim. Estou vivendo quatro anos de fantasias de adolescente de uma só vez.

— Para onde agora? — Espio pela calçada, em uma tentativa desesperada de encontrar nossa próxima fonte de abrigo e quase colido com um grande guarda-chuva enorme, verde e branco.

— Eita! — O guarda-chuva se ergue para revelar uma Luce sequíssima embaixo dele. — Ei, vocês dois. O que houve?

— Fomos pegos pela chuva — explico, muito feliz em ver o rosto de Luce. — Estamos indo para a lanchonete do Pop tomar um milk-shake. Por que você não vem com a gente?

Luce nega com a cabeça.

— O Pop fechou a lanchonete. Ele está preocupado que a tempestade se transforme em algo a mais. Só o Bronze está aberto. Parece que é a noite do karaokê. Meus cavalos gostam de ficar no pasto em uma tempestade assim. Eles ficam estressados dentro do celeiro, e eu fico estressada só de pensar neles se molhando no escuro, então estou indo para lá agora, para me distrair. Por que vocês não vêm comigo?

Não, o Bronze não.

Por mais que esteja desesperada para não ficar sozinha com Spencer agora, a única coisa que tornaria a noite ainda mais complicada seria incluir Josh nela.

— Pode ser. — Spencer olha para mim. — Ou podemos voltar para minha casa se ficar muito ruim e faltar energia.

Eu sei o que acontece em Carson's Cove quando falta energia.

— O Bronze parece ótimo! — digo, apesar de meu cérebro estar pensando em todas as diferentes maneiras pelas quais esta noite pode terminar em um desastre catastrófico.

Spencer dá de ombros.

— Beleza. Faz tempo que não canto em um karaokê.

Luce levanta o guarda-chuva, abrindo espaço para que possamos nos juntar a ela. Atravessamos a chuva em direção ao Bronze, onde o som desafinado de alguém destruindo uma música pode ser ouvido a meio quarteirão de distância.

Quando finalmente entramos, tenho esperança de que todo esse plano vá por água abaixo, porque o lugar está tão lotado por conta da tempestade, que mal há espaço para ficar em pé, mas então Spencer aponta para uma única mesa desocupada.

— Ali! Perto do palco.

Há três cadeiras vazias.

Mas é claro.

— Luce, por que você não fica com essa? — Eu a empurro para o assento do meio, mas a nossa telepatia ainda não está afinada. Um momento depois de nos sentarmos, ela se levanta e diz:

— Acho que eu vou pegar uma rodada de bebidas pra gente. — E se dirige ao bar, deixando Spencer e eu sozinhos.

Consigo respirar aliviada porque a música está tão alta que não dá para manter uma conversa e, depois, sinto uma segunda onda de alívio quando vejo que o bar está tão movimentado que só conseguiria ter pequenos vislumbres de Josh se eu esticasse o pescoço.

Começo a achar que talvez a noite não vá ser tão ruim quanto eu pensava.

Então a música para.

— Olá, pessoal! — A voz do DJ ecoa pelas caixas de som. — Obrigado por se abrigarem com a gente. Vamos fazer uma pausa rápida enquanto preparamos o palco para os próximos artistas. Segurem a onda e conversem por alguns instantes. Nós já voltamos.

Spencer estende a mão para mim do outro lado da mesa.

— Olhe, Sloan. Tem uma coisa que quero contar pra você e não quero mais esperar.

Eu me levanto de uma vez.

— Você pode esperar só mais um pouquinho? Ainda estou bastante molhada da chuva. Vou me secar um pouco. — Aponto vagamente na direção do banheiro. — Já volto.

Não espero sua resposta antes de me enfiar no meio da multidão e abrir caminho em direção aos banheiros. Intencionalmente, sigo um caminho que me tira do campo de visão do bar, mas, quando dobro o corredor em direção ao banheiro, sou interrompida por um barril sendo transportado em um carrinho.

— Opa, foi mal. — Josh desvia e então para, seu rosto registrando um olhar de surpresa quando percebe que seu obstáculo sou eu. — Brynn, oi. Eu estava esperando que você viesse hoje à noite.

Sua voz é suave e seus olhos são gentis. Sinto vontade de fugir novamente, mas, desta vez, quero agarrar sua mão e levá-lo comigo.

— Eu queria ter certeza de que estávamos bem — continua. — Não gostei do jeito como a gente deixou as coisas hoje de manhã e eu...

Seu olhar se volta para algo acima do meu ombro.

— Você veio com o Spencer?

Concordo com a cabeça, minhas bochechas esquentando.

— Vim. Preciso falar com você sobre isso. O Sheldon foi à minha casa hoje e...

Então, há um ruído agudo e alto no microfone.

Eu me viro na direção do som. Está vindo do palco. A multidão é tão densa, que mal consigo ver o bar, muito menos nossa mesa, o que me faz pensar em como Josh sabia que eu tinha vindo aqui com...

Meu sangue gela.

Ah, agora eu fedi tudo.

De todas as catástrofes que imaginei para essa noite, deixei uma passar.

A mais óbvia.

Eu assisto com aquele tipo de horror desassociado de quando se sabe que algo muito ruim está prestes a acontecer e, ainda assim, não se consegue encontrar forças para fazer nada além de assistir. O DJ assume o centro do palco quando as luzes se apagam.

— Deem as boas-vindas para o primeiro e único Spencer Woods.

23

JOSH

— Ah, meu Deus. — As mãos de Brynn cobrem o rosto. — Não, não, não, não, não, não. Por favor, não.

Estou confuso, meus olhos seguem os de Brynn até o palco.

— O que está acontecendo? Qual o problema?

Brynn não responde. Ela só fica olhando, horrorizada, enquanto Spencer pega o microfone do DJ e se dirige à multidão com um sorriso aparentemente humilde.

— Alguém muito especial está aqui comigo esta noite. — Spencer passa a mão pelo cabelo, olhando para baixo por um momento antes de se voltar para o público novamente. — E eu ainda não encontrei as palavras certas para dizer a ela como me sinto.

— Não — pede Brynn, com a boca coberta pelas mãos. — Qualquer coisa, menos isso.

Spencer sorri.

— Mas acho que encontrei a maneira perfeita de dizer a ela exatamente o que está se passando no meu coração... Usando as palavras imortais de James Blunt.

Os primeiros compassos de uma música começam a tocar, e Spencer começa a cantar. Seu tom combina quase perfeitamente com o falsete de

James Blunt. Seus olhos se fecham de emoção enquanto ele canta sobre a beleza da garota que ele nunca terá.

— Serenata no karaokê, hein? — Meu ciúme é minimizado apenas pelo fato de que Brynn parece prestes a vomitar. — Por que essa cara? Achei que você adorasse grandes gestos românticos.

Spencer começa a andar para a frente, e a multidão entre ele e Brynn se divide ao meio. Eu pego o barril para tirá-lo do caminho, mas Brynn me alcança, parando bem perto de agarrar meu pulso.

— Não me abandone — diz ela entre os dentes. — Por favor.

Spencer começa a se balançar no ritmo da música à medida que a emoção na sua voz se intensifica.

— Espere — digo a ela, com uma ideia se formando.

— Traidor — sibila ela de volta.

Mas sua voz é abafada por Spencer, que está tentando harmonizar com os vocais de apoio enquanto a música passa para o interlúdio instrumental.

Eu passo por baixo do balcão quando a música chega ao refrão final, e Spencer começa a improvisar seus próprios vocais.

Quando finalmente alcança Brynn, ele estende a mão. Não fica claro se é sua última pose até que ele flexiona os dedos, convidando-a a colocar sua mão na dele.

Posso ver a súplica nos olhos dela quando ele atinge a nota alta final e a música chega ao fim.

— Sloan — diz ele ao microfone. — Eu só queria dizer que eu...

Estendo o braço e bato o sino acima do bar, rápido e forte.

O *ding-ding-ding* abafa a voz de Spencer, e os olhos curiosos da plateia se voltam para mim.

— Boa noite a todos. — Meu plano só ia até este ponto. Então estou improvisando. — Eu... Hum... Só queria agradecer por terem vindo hoje à noite, apesar do tempo que está fazendo. E, para mostrar minha gratidão, vou pagar uma rodada de furacões. É por conta da casa!

O tom no bar muda de um silêncio mortal para um rugido de gritos e aplausos.

A música de Spencer é esquecida quando a multidão corre para o bar. Declarações de amor sinceras não são páreo para aroma artificial de maracujá e rum.

Sherry se aproxima de mim, seu braço estendido para pegar um copo alto enquanto observa a multidão crescente.

— É bom que ela valha a pena — murmura.

Eu já sei que vale.

A próxima hora passa em um borrão guarda-chuvinhas de papel.

Estamos ficando sem rum, mas, toda vez que achamos que acabou, outra garrafa aparece. Mais uma estranha coincidência em uma cidade que parece estar cheia delas.

Quando o karaokê termina, o DJ coloca uma playlist e a pista de dança lota quase que imediatamente. Brynn e Luce sobem no palco e, enquanto o fazem, Brynn me olha. Ela sorri e dá um passo grande para longe da borda, como se dissesse, *Estou bem, não vou cair nos seus braços hoje à noite*, mas isso é seguido por um momento em que ela sustenta meu olhar um segundo a mais e ergue as mãos acima da cabeça, se movimentando com a música, e isso me faz pensar que talvez ela não se importaria muito se caísse.

— A culpa disso é sua. — Sherry tira minha atenção de Brynn e a leva para um grupo de homens, de braços dados, cantando o refrão de "Sweet Caroline" na pista de dança.

— Desculpe pelas bebidas de graça. Vou compensar trabalhando.

Sherry nega com a cabeça.

— Eu sei que você vai. Você trabalhou pra caramba a semana inteira.

Ela vai até a geladeira, tira duas garrafas de cerveja, abre uma delas e a entrega para mim.

— Pra quem é essa? — Olho para o balcão vazio, mas não há ninguém esperando. Todo mundo está dançando.

Sherry estende a segunda cerveja e a brinda com a minha.

— A cerveja é pra você. Estamos fazendo uma pausa. Parece que a tempestade não nos atingiu, e isso merece um brinde. — Ela toma um gole, seguido por um longo suspiro de apreciação. — E eu não estava falando sobre as bebidas antes. Estava falando desse lugar. Nunca foi exatamente como... — Ela não termina a frase.

— Como o quê?

Seus olhos examinam o palco, a pista de dança, as mesas.

— Como uma comunidade. Todos juntos. Ou, pelo menos, não era assim há um tempo.

Essa era a coisa que meu pai mais amava no Buddy's. Não importava quem era ou o que fazia, você podia vir e se sentir parte de algo. Meu Deus, senti falta daquele lugar. Eu achava que o buraco dentro de mim nesses últimos dois anos era por tê-lo perdido, mas acho que parte foi pela perda do Buddy's também. Meu pai se foi, mas o Buddy's não — e, finalmente, estou disposto a admitir que o quero de volta.

Sherry joga sua garrafa de cerveja vazia no lixo.

— Você deveria tocar isso. — Ela acena com a cabeça para o sino pendurado acima do bar. — Está na hora de fechar, e deveríamos aproveitar a pausa na tempestade como um sinal para mandar esses palhaços pra casa.

Espero até o final da música para tocar o sino.

Há alguns rostos decepcionados quando, em vez de anunciar outra rodada de bebidas gratuitas, eu grito:

— Por hoje é só, pessoal. Vão para casa dormir e voltem amanhã. Se precisarem de alguma ajuda pra voltar pra casa, venham falar comigo. Caso contrário, boa noite. — A multidão resmunga em protesto, mas, lentamente, encontra seu caminho para fora do bar.

Brynn e Luce são as últimas dançarinas a pular do palco. Elas caminham, de braços dados, de volta para a mesa, onde puxam um Spencer curvado e taciturno para se levantar, e os três se dirigem ao banheiro. Ao passarem, Spencer aponta o dedo para mim.

— Você, cavaleiro, arruinou meu grande final.

Eu inclino a cabeça, sentindo um pouco de simpatia por ele.

— Foi mal, cara.

Luce e ele seguem para o banheiro, mas Brynn muda de direção, vindo até o bar, onde ela puxa uma banqueta e se senta.

— Curtiu a noite? — Encho um copo com água e o entrego para ela. Ela o pega e toma um longo gole.

— A melhor. Nunca dancei tanto na vida. Não sei se você estava observando, mas eu consegui fazer alguns passos bem descolados.

— Talvez eu tenha visto alguns.

Ela acena com a cabeça para as pilhas de copos esperando para serem colocados na lava-louça.

— Você trabalhou bastante.

Coloco outro copo na pilha.

— Parece que essa cidade gosta de beber.

Brynn dá um tapinha na testa com o dedo indicador.

— Mais um detalhe de *Carson's Cove* que eu posso guardar para algum dia no futuro. — Ela se inclina por cima do balcão. — Quando a gente voltar, deveríamos procurar uma daquelas noites de perguntas e respostas em bares. Uma que seja dedicada a *Carson's Cove*. Eu já era uma força da natureza antes de virmos parar aqui, mas acho que a gente pode ganhar tudo.

Meu rosto deve estar refletindo a súbita inquietação no meu estômago, porque o sorriso de Brynn desaparece. Ela inclina a cabeça, seus olhos me examinam.

— Você está bem?

— Estou. — Sacudo a cabeça em uma tentativa de afastar os pensamentos ruins. — Só estou pensando em voltar pra casa.

Brynn se inclina para a frente novamente e coloca sua mão sobre a minha.

— Nós vamos voltar, Josh. Eu prometo.

Ela aperta minha mão antes de soltá-la e sentar-se novamente. Carrego outra bandeja de copos e os coloco na lava-louça.

— É, mas não antes de sexta-feira.

Brynn encara o seu copo de água meio vazio.

— Também estive pensando nisso. E se chegássemos em casa no domingo? Ou até mesmo no sábado? Existe alguma possibilidade de que o bar ainda esteja à venda?

Nego com a cabeça, já tendo considerado todos os cenários possíveis.

— Provavelmente, não. É um leilão. O preço inicial vai ser baixo para garantir a venda e, depois, ele vai ser vendido para quem der o maior lance. Acho que sempre existe uma chance de essa pessoa vender para mim depois, ou de tentar abrir e as coisas não darem certo de novo, mas isso pode demorar anos e, por mais que eu queira o Buddy's de volta, não desejo essa experiência pra ninguém.

Brynn abre a boca, como se estivesse prestes a dizer alguma outra coisa, mas para quando Luce e Spencer reaparecem do banheiro.

— Ei, vocês dois. — A voz de Luce está um pouco arrastada quando ela desliza para a banqueta ao lado de Brynn. — Parece que a chuva deu uma trégua. Vou ver se consigo convencer alguém a me dar uma carona de volta para a fazenda, pra olhar meus bebês.

— Consegui uma carona — grita Spencer do outro lado do bar. — Podemos deixá-la no caminho, Luce, se você vier agora. — Ele abre a porta da frente e espera.

— Você não vai com o seu carro, né? — pergunto.

Spencer abana o ar com a mão.

— Claro que não. Vamos lá, senhoritas. — Ele desaparece pela porta da frente.

Luce cutuca Brynn com o braço.

— Você está pronta?

Brynn olha de mim para Luce.

— Na verdade, eu encontro vocês amanhã.

Luce se aproxima e sussurra algo no ouvido de Brynn. Brynn, por sua vez, fica profundamente vermelha antes de afastá-la com um tapa de brincadeira.

— Boa noite — deseja Luce antes de seguir Spencer até a saída.

Brynn se ocupa tomando um longo gole de água.

— Vocês parecem estar se dando muito bem para duas arqui-inimigas.

Brynn sorri para o copo.

— Eu gosto dela.

— E dele? — pergunto, o ciúme de antes borbulhando.

Brynn evita meus olhos.

— Não. Mas é por isso que eu fiquei pra conversar com...

— Ei, Fletch. — Sherry aparece do estoque. — Estou indo daqui a pouco. — Ela se abaixa para pegar uma cadeira derrubada. — Você cuida da limpeza? — Ela pega dois copos vazios deixados sobre uma mesa e os coloca no balcão.

— Pode deixar — digo a ela, sabendo que ainda estou compensando aquela rodada que coloquei na conta da casa mais cedo. Ela acena com a cabeça, seus olhos se fixam em Brynn.

— Pode ser amanhã, se você não conseguir fazer hoje à noite.

Ela dá uma piscadela, depois se abaixa e pega algo do chão.

— Jesus Amado — prageja, colocando o objeto no balcão. — Bebida de graça e eles ainda entram escondidos com a própria bebida. O que tem de errado com essa cidade?

O objeto é um pequeno frasco de prata.

Brynn desliza pelo balcão em direção a ele.

— Acho que deve ser do Spencer — diz ela. — É o kombucha que ele trouxe de Los Angeles.

Sherry pega o frasco, abre a tampa e cheira.

— Kombucha, é? É assim que ele chama? Na minha época, a gente chamava de pinga pura. Pelo cheiro, acho que essa bebida tem pelo menos cento e cinquenta por cento de teor alcoólico — Sherry olha para mim. — Ele não voltou pra casa dirigindo, né?

— Não. Eu perguntei.

Brynn arqueja. Eu me viro e vejo toda a cor do seu rosto se esvair.

— O que foi?

Ela pula da banqueta.

— Ele não veio dirigindo. Nós viemos de barco. — Ela olha diretamente para mim, os olhos arregalados de pânico. — O Sheldon disse que as coisas ficariam sombrias. Mas eu não achei que ele...

Ela não termina a frase. Ela deixa no ar enquanto se vira e sai correndo pela porta da frente.

— Brynn, espere! — chamo, me erguendo e passando por cima do balcão para segui-la.

— Fletcher! — chama Sherry assim que chego à porta da frente. — Tenha cuidado lá fora. — Seu tom agudo se falha em uma hesitação. — Não quero ver mais ninguém se machucando de novo. Mas, principalmente, não quero que você se machuque.

Se ela diz mais alguma coisa, eu não ouço, porque saio correndo pela porta.

Alcanço Brynn assim que ela chega à praia.

— O que está acontecendo?

— Ali! — Ela aponta para uma lancha que está tentando navegar nas águas ainda agitadas. As sombras de duas figuras são visíveis à luz da lua. — Eu não achei que ele fosse ir tão longe. Mas agora não tenho tanta certeza. Ele não vai machucar o Spencer, mas estou preocupada com...

Ela não termina a frase. Então se vira e coloca as mãos em volta da boca.

— Luce! Spencer! — grita ela para a noite, mas sua voz é engolida pelas ondas... e por um grito quando um dos corpos cai na água.

24

BRYNN

Estou paralisada.

É como se meus pés estivessem presos na areia. Como se eu estivesse assistindo ao horror se desenrolar na tela da minha TV, e não nas águas escuras à minha frente.

Ao meu lado, Josh tira os dois sapatos e começa a abrir o cinto. Quando ele está só de camiseta e cueca é que me dou conta do que está acontecendo.

Ele vai entrar.

Ele vai atrás dela.

— Você não pode entrar! — grito enquanto Josh corre para a água, mas meu aviso é abafado pelo vento. Fico impotente ao ver Josh dar braçadas na baía, onde Spencer e o barco ainda estão fazendo círculos.

Josh chega ao local onde Luce afundou. Ele acena para Spencer, que finalmente faz o barco parar.

Prendo a respiração quando Josh mergulha nas ondas e só volto a respirar, ofegando, quando vejo um vislumbre branco de Josh voltando à superfície antes de mergulhar na água novamente.

Estou com o coração nas mãos, martelando com força. É quase impossível respirar.

Por favor, a encontre. Por favor, tenha cuidado.

Outro minuto excruciante, até que vejo mais uma movimentação na superfície da água.

Desta vez, o clarão de branco permanece. Aperto os olhos e vejo um segundo corpo. Luce.

Spencer se abaixa e a tira da água. Josh sai em seguida, desaparecendo da minha vista quando se levanta e passa por cima da amurada do barco.

Não respiro até que ele reaparece no leme alguns instantes depois, e o som do motor rugindo atravessa a água.

O barco volta para a margem em meio à água agitada. Durante todo o tempo, meus olhos não desviam do rosto de Josh. Seu cabelo escuro está quase preto da água e suas sobrancelhas formam uma expressão determinada enquanto ele conduz o barco até a doca.

Eu nem percebi que uma multidão se formou atrás de mim na praia, até que ouço um suspiro coletivo quando Spencer sobe no cais e estende a mão para ajudar Luce, que o segue com as pernas trêmulas.

Ela parece cansada e assustada, mas está bem.

Estou tão aliviada que quase vomito, e tenho que fechar os olhos até que a náusea passe e a adrenalina se esvaia do meu corpo.

Vozes da multidão nadam ao redor.

— Você viu isso?

— O Spencer a puxou pra fora.

— Ele é um herói.

— Ele a salvou.

— O que ela estava fazendo na água?

— É Luce, você sabe como ela é.

— Quem estava dirigindo?

— Acho que era o Fletcher.

— Bom, isso não é surpresa.

Quero gritar todos os palavrões que estiveram na ponta da minha língua essa semana. Quero gritar sobre quanto este lugar é ferrado. Sobre como todos nós somos ferrados por simplesmente aceitarmos isso.

Vocês são todos cegos? Quero pegar cada uma dessas pessoas pelos ombros e sacudi-las. *O Spencer não fez nada. A Luce é a vítima. Foi o Josh quem a salvou.*

Josh!

Cadê o Josh?

Meus olhos examinam a doca, o barco e até mesmo a praia.

Mas não o vejo.

Vejo apenas Spencer, com o braço em volta de Luce, levando-a em direção a outra pequena multidão de pessoas no cais, que os cobrem com cobertores.

Eu corro da praia em direção ao barco, minha mente oscilando entre a dúvida sobre as lembranças dos últimos momentos e a invenção de hipóteses horríveis.

E se ele caiu? E se ele nunca saiu do mar, para começo de conversa? Será que eu o vi entrar no barco mesmo? Tenho certeza de que ele estava dirigindo?

Meus olhos examinam a água em busca de fragmentos de branco.

O oceano não é nada além de ondas escuras.

Assim que chego ao barco, ouço um gemido baixo vindo de dentro dele e paro.

Olho para dentro e vejo um braço. Uma cabeça. Duas pernas. Um peito que se enche de ar frio do mar e depois se contrai. Para cima e para baixo. Para cima e para baixo.

Meu corpo se enche de uma sensação de alívio. E algo a mais.

— Você está bem. — Pulo para dentro e me abaixo ao seu lado. Minha bochecha encosta no seu peito, só para ter certeza de que não é um truque do escuro.

Ele está respirando.

Seu coração está batendo forte e regular, *tum-tum, tum-tum*.

Braços molhados me envolvem, me puxando para mais perto.

— Como ela está? — A voz de Josh é rouca e fraca, como se ele tivesse engolido o mar inteiro.

— Ela vai ficar bem, eu acho. Tem um monte de gente com ela pra ajudar. Mas e você? — Meus olhos o examinam no escuro, procurando cortes, hematomas, sangue, respostas.

— Só um pouco molhado. — Ele tosse e me afasto para dar espaço, mas suas mãos me seguram e ele me puxa de volta.

Ficamos ali deitados no escuro.

Sem falar.

Sem nos mexer.

Apenas abraçados.

Escuto quando sua respiração muda de ofegante para inspirações e expirações lentas e uniformes.

Uma brisa fria sopra do oceano. Ela sobe pelos meus braços e eu estremeço.

— Você está com frio? — Ele solta o abraço para esfregar meus braços.

— Não se preocupe comigo — digo a ele. — Eu deveria estar cuidando de você.

Ele me abraça novamente.

— Nós cuidamos um do outro.

Minha cabeça finalmente parou de girar o suficiente para processar o que acabou de acontecer.

— Você foi atrás dela. Você nem pensou.

Ele inclina a cabeça na direção do Bronze.

— Eles eram minha responsabilidade. Eu que servi a bebida. Eu deveria ter prestado mais atenção...

— Não. — Minhas mãos pressionam suas bochechas, segurando sua cabeça para que eu possa olhar diretamente nos seus olhos. — Nem tudo que dá errado é culpa sua. Se há alguém pra culpar aqui, esse alguém deveria ser eu. Desejei que estivéssemos aqui. Concordei com o plano do Sheldon. Eu me convenci de que a única maneira de me sentir bem novamente era se Spencer se apaixonasse por mim. Tudo que você fez foi me ajudar. Mesmo discordando.

Dizer isso em voz alta me faz ver os últimos dias exatamente como eles foram: um plano estúpido alimentado por uma pessoa egoísta. Eu estraguei a vida de Josh e agora meu desejo estúpido quase arruinou seu futuro.

— Ei. — Ele afasta uma mecha de cabelo da minha testa, a areia grudada na sua pele me arranhando de leve.

— Eu só não queria me machucar de novo. E ele parecia seguro. Ele não me fez sentir nada. — A emoção preenche meu peito. — Mas, quando você estava na água, percebi que perder você seria muito pior do que qualquer outra coisa que eu pudesse imaginar. Porque estar perto de você é a melhor sensação que eu posso imaginar. E... — As lágrimas começam a cair. Gotas de chuva enormes cobrem minhas bochechas. Elas caem de mim à medida que o peso do que poderia ter acontecido me atinge como uma onda gigante.

— Ei. — Josh me puxa para seu peito novamente. — Eu estou bem. Estamos todos bem. Vai dar tudo certo.

— Eu fiquei com tanto medo, Josh. — Meu peito começa a se agitar. Josh acaricia minhas costas.

— Eu sei. Mas não vou a lugar algum, prometo.

Desta vez, é ele quem estremece.

— Vamos. — Eu me levanto e estendo a mão para ajudá-lo. Ele a pega. E, quando ele está de pé novamente, não a solta, e eu também não.

O vento aumenta enquanto caminhamos de volta para o bar. Está frio, mas minha mão está quente. Parece que o fogo está subindo pelo meu braço e descendo pelo meu peito até o estômago, onde me enche de um calor ardente.

Ele faz uma pausa na entrada do quarto de Fletch. É uma pergunta silenciosa: *Você quer entrar?*

Eu vou primeiro.

— Precisamos tirar essas suas roupas molhadas.

Seus olhos encontram os meus quando ele se aproxima de mim. Encosto a palma da mão em seu peito e espero. Ele cobre minha mão com a dele, e sinto a batida do seu coração através da umidade da camiseta.

Uma gota de água escorre da minha testa pela bochecha e para o queixo, depois cai no meu peito. Josh a pressiona com o polegar e a arrasta ao longo da linha da minha clavícula até que a umidade penetre minha pele.

Meus joelhos cedem e eu estremeço.

Mas, desta vez, não é de frio.

Meu corpo inteiro está pegando fogo. Fecho os olhos para saborear a sensação.

A gota seguinte escorre pela ponte do meu nariz e depois cai. Posso sentir o olhar de Josh seguindo-a enquanto ela desliza entre meus seios.

Suas mãos seguram minha cintura. Os polegares roçam os ossos do meu quadril. Embora seu toque seja suave como uma pluma, ele me mantém firme.

Sei exatamente o que estou prestes a fazer.

Sei exatamente o que quero quando me levanto e fico na ponta dos pés.

Nossos lábios se encontram, fortes e famintos. Meus quadris pressionam os dele enquanto ele me puxa para perto. Com força. Firme. Como se nunca fosse me soltar.

Quando ele separa meus lábios com a língua, é como se estivesse repetindo para mim exatamente o que estou pensando. Isso é bom. Isso é certo. É assim que deveria ser.

Nada de Fletch e Sloan.

Nenhum fingimento.

Nós.

Meus dedos encontram o caminho por baixo da camiseta molhada de Josh até o abdômen que eu estava cobiçando de longe. Deslizo minhas mãos pelo seu peito até que a camiseta me atrapalha.

Ele ri com um "Precisa de uma ajudinha?", depois a tira em um movimento suave.

Tenho esse desejo de passar as mãos por cada centímetro da sua pele. De chupar e saborear. Mas ele pega a bainha da minha blusa e, antes que eu possa dizer "Tire", ela está se juntando à dele em uma poça molhada no chão.

— Você facilitou a próxima parte. — Aceno para a ausência de calças e para a cueca boxer molhada que se esforça para conter sua ereção.

— Então vamos com você primeiro. — Ele caminha comigo até que a parte de trás dos meus joelhos atinja a beirada do colchão, depois me beija até que eu caia na cama.

Ele tira o resto da minha roupa em um único movimento fluido e sorri para meu corpo quase nu.

— Agora estamos quites.

Josh se inclina, alcançando minhas costas para tirar meu sutiã. Ele me dá um beijo suave logo abaixo da orelha, enquanto o tira e o joga em algum lugar fora de vista. Seus dedos traçam a curva da minha clavícula, depois mergulham entre meus seios. Seu polegar se arrasta pelo meu peito até fazer um círculo em volta do meu mamilo.

Fecho os olhos e gemo, depois solto um suave *ahhhhh* quando seu polegar é substituído pela língua. Ele repete toda a experiência do outro lado. Durante todo esse tempo, sinto um latejar profundo entre as pernas. Deixei de lado qualquer pensamento racional, absorta demais nas sensações contrastantes de seu polegar áspero e na umidade de sua boca.

Ele se move e imediatamente percebo a ausência de calor, mas estou muito distraída com sua língua, que abandonou meu seio para ir mais para baixo. Seus dedos fazem cócegas quando passam pelo elástico da minha calcinha, depois se enrolam nela e a puxam até que chegue aos meus tornozelos. A ponta de seu nariz traça uma longa linha do meu tornozelo até o joelho, subindo pela parte interna da coxa até o osso do quadril, onde sua língua se arrasta até meu umbigo.

Minhas mãos agarram os lençóis.

— Você mal me tocou, e eu já estou quase lá.

Ele ri. O calor de sua respiração na minha pele apenas reforça meu argumento.

— Estamos apenas começando.

Seus dedos encontram minha entrada e, quando ele arrasta o dedo indicador pelos lábios molhados, meus quadris se erguem da cama.

— Meu Deus. — Meu abdômen se contrai e ergo os ombros da cama.

— Posso continuar? — pergunta.

— Não respondo por mim se você parar. Continue, por favor.

Mas Josh não continua. Ele pressiona um joelho entre minhas pernas e encontra meus lábios em um beijo forte e faminto. Ele não cede até que eu incline a cabeça para trás, pousando-a no travesseiro. Dessa vez, quando seu dedo encontra os lábios, é para separá-los, e a sensação seguinte é a lambida longa e lenta de sua língua.

— Ah, meu Deus, Josh. — Estou muito consciente de como estou gritando seu nome. Ele faz de novo, de novo e de novo, até eu perder a conta de quantos "Josh" gritei para o universo. Quando ele insere um dedo, depois dois, e começa a movimentá-los para dentro e para fora, perco o controle de tudo que sai da minha boca. Tento dizer palavrões. Eu com certeza gemo. E, quando a pressão aumenta a ponto de eu não aguentar mais, solto um longo e alto *ahhhhh* enquanto sinto uma onda de euforia percorrer meu corpo.

Mal percebo quando ele se arrasta e se deita ao meu lado.

— Foi bom?

Meu braço cai sobre o seu peito.

— Me pergunte de novo em um minuto, quando minha alma voltar para o corpo.

Eu poderia adormecer feliz: me enrolar toda, fechar os olhos e sonhar com um Josh nu. Mas, embora Josh esteja deitado confortavelmente ao meu lado, uma parte dele ainda está bem acordada.

— Preciso de uns trinta segundos pra me recuperar, daí vou estar pronta pra ir de novo. — Passo a mão por baixo da sua cueca e o acaricio, meu polegar passando sobre sua glande macia e aveludada. Ele se contrai na minha mão. Agora é a vez dele de gemer.

Continuo a acariciá-lo, amando quanto ele está duro apenas com o toque dos meus dedos, ouvindo os sons que ele está fazendo e sabendo que sou eu quem os está provocando. Então, surge um pensamento preocupante.

— Uma pergunta. Você tem camisinha?

Os olhos nebulosos e sonolentos de Josh se arregalam.

— Ai, não — resmungo.

Estamos em Carson's Cove. Sexo antes do casamento está no mesmo patamar que consumo de álcool por menores de idade no quesito enredos de ações-têm-consequências.

Josh alcança a mesinha de cabeceira e puxa uma tira de camisinhas. Uma tira muito longa de camisinhas.

— Tenho a impressão de que meu amigo Fletch é mais esperto do que as pessoas imaginam. Ele entendeu como esse lugar funciona. — Josh separa uma camisinha da tira e rasga a embalagem com os dentes. Ele tira a cueca e coloca a camisinha, depois pega minha cabeça entre as mãos e me beija. É doce e lento, e meu estômago se enche de mil borboletas de felicidade.

Ele segura meus quadris e me deita de costas em um único movimento suave. Seus lábios encontram os meus enquanto ele se esfrega, exatamente onde eu preciso, me deixando cada vez mais molhada.

Ele põe a cabeça primeiro, me dando um minuto para que eu me ajuste a ele, depois começa a me penetrar lentamente, sem pressa, centímetro por centímetro. Meus quadris têm outros planos. Eles se erguem. Ele ri e diz:

— Estava me segurando, mas não posso negar isso. — E então ele me preenche completamente.

Ele se inclina para a frente, mantendo um ritmo lento e constante. Minhas mãos percorrem suas costas, seu peito e seus ombros. Todos os lugares que eu já tinha visto, mas nunca tocado. A sensação aumenta novamente. Meus braços caem no colchão enquanto não penso em nada além de como ele é gostoso. Como estou perto do limite.

Ele aumenta a velocidade, cada vez mais forte e, quando penso que vou chegar lá, ele diminui a velocidade e muda a posição.

— Ainda não quero que acabe — sussurra ele. Ele lambe o ponto sensível atrás da minha orelha, e eu me arrepio. Ele volta a acelerar. Mas, nessa nova posição, seus quadris estão alinhados com meu clitóris. A nova sensação é incrível. Meus gemidos se transformam em *ahs* a cada investida. Ele se apoia nas mãos, abrindo espaço entre nós e usando-o para levar o polegar ao meu clitóris. Ele faz círculos lentos até que eu não consiga mais aguentar.

— Acho que vou gozar de novo.

Ele aumenta a velocidade e eu me perco no ritmo, dando meu melhor para fazer com que essa sensação dure o máximo possível. Até que eu não consigo mais. Eu grito, "Estou gozando". Ou talvez ele esteja gritando.

De qualquer forma, gozo mais forte do que nunca. Minha cabeça fica leve, e tudo fica embaçado em uma névoa branca.

Eventualmente, eu volto. Volto para a cama. Volto para ele.

Ele sai da cama apenas por um momento, para jogar a camisinha fora e, quando volta, estende os braços até que eu me aninhe em seu peito.

Enquanto estou deitada ali, ouvindo-o respirar suavemente, a densa nuvem de euforia em que eu estava voando começa a se dissipar. Começo a cair em mim.

O peso de tudo que aconteceu esta noite me arrasta para baixo.

Eu trouxe esse homem perfeito para uma verdadeira bagunça.

Quase o matei.

Não temos nenhuma maneira plausível de voltar para casa, a menos que eu dê ao Sheldon o final que ele quer. Isso significa escolher o Spencer, e não o Josh.

Não encontramos nenhuma evidência de outra brecha. Mesmo que exista uma, não é provável que a encontremos antes de sexta-feira.

Josh não vai ter a chance de comprar de volta o bar do pai. Ele não vai realizar o sonho dele por minha causa.

Inclino a cabeça para cima, beijando suavemente a mandíbula de Josh, saboreando a forma como sua barba por fazer arranha meus lábios. Tento memorizar como é bom estar deitada aqui nos seus braços. O cheiro dele. Como me sinto segura. Como me sinto feliz.

Não existe uma saída fácil para isso.

O que significa que vou ter que fazer da maneira mais difícil.

25

JOSH

Acordo com o cheiro de morango.
Roncos suaves vêm de baixo do meu queixo, vindos da mulher aninhada na curva do meu braço, com uma das pernas sobre mim, como uma estrela do mar.

Fico deitado em silêncio, tentando não a acordar. Estou feliz que ela esteja aqui e que a noite passada não tenha sido apenas uma alucinação causada por ter bebido muita água do mar — até que a nossa paz é interrompida pelo som de uma batida vinda do bar abaixo de nós.

Os roncos de Brynn param abruptamente quando ela ergue a cabeça. Ela inclina o rosto para o meu, uma ruga de confusão se formando entre as sobrancelhas.

— Josh?
— Oi.

Sua expressão se tranquiliza quando ela observa o ambiente ao redor.

— Como você está se sentindo? Algum efeito colateral do... — Seu pensamento é interrompido por um segundo estrondo.

Brynn olha na direção da porta.

— O que está acontecendo lá embaixo?

O barulho se repete, mas, desta vez, é um som agudo que se transforma em algo muito mais reconhecível. As notas de abertura de uma música.

— Alguém ligou o karaokê. — Afasto a cabeça do travesseiro para ouvir um pouco melhor. — Que música é essa?

Brynn resmunga, aconchegando-se ainda mais na curva do meu braço.

— É a música de abertura de *Carson's Cove*. — Ela alcança a mesa de cabeceira. — Quem, em sã consciência, estaria lá embaixo à essa hora de — diz ela pegando o relógio e conferindo o mostrador — dez e quarenta e cinco?

Sua resposta vem na forma de uma voz.

Uma voz cantando.

Ela fica paralisada, com a mão ainda pairando sobre a mesa de cabeceira.

— Sheldon — dizemos ao mesmo tempo.

A partir daí, é uma corrida desajeitada. Visto minha cueca e jogo a roupa de Brynn para ela. Em questão de segundos, estamos vestidos. Brynn chega antes de mim à porta, mas, antes de abrir, ela hesita, desacelerando seus movimentos. Ela gira a maçaneta para não fazer barulho, abrindo a porta apenas um centímetro.

Olho para o bar no andar de baixo por cima de seu ombro.

Sheldon está no palco, com o microfone na mão, olhos focados na porta do apartamento de Fletcher, como se estivesse esperando por nós.

Brynn fecha a porta e se encosta nela, bloqueando o caminho.

— Espere. Preciso falar uma coisa com você primeiro.

Ela abre a boca, mas a música do andar de baixo para e é substituída pela voz estrondosa de Sheldon.

— Eu sei que você está aí em cima, Sloan. Desça aqui. Eu só quero conversar.

Brynn fecha os olhos por um momento. Quando os abre de novo, ela se vira rapidamente, abre a porta e desce a escada. Eu a sigo de perto, o tempo todo observando o palco, onde Sheldon permanece estranhamente imóvel.

— Temos um ditado aqui em *Carson's Cove*. — Sua voz é amplificada pelo microfone, com um tom sinistro que piora com o eco do salão vazio. — Me engane uma vez, e a culpa é sua. Me engane mais uma vez, e a culpa é sua de novo. Já falamos sobre isso, Sloan. Quantas vezes vou precisar repetir? Estou começando a ficar com raiva. — Ele começa a andar de um lado para o outro no palco. — Nós tínhamos um acordo.

Meu estômago se contrai.

— Do que ele está falando?

Ela nega com a cabeça.

— Eu não diria que foi um acordo. Foi mais uma ameaça mesmo.

Sheldon para.

— E você viu o que aconteceu quando a ignorou.

Brynn se aproxima dele.

— Então *foi* você? Com a Luce no barco. Você causou aquilo?

Fechando os olhos, Sheldon passa a mão livre pelo cabelo já desgrenhado.

— Eu avisei que as coisas ficariam feias. — Ele abaixa o braço e seus olhos se abrem e se arregalam quando se fixam diretamente em mim. — Eu odiaria que elas ficassem ainda piores.

— Não se atreva, Sheld… — Brynn se aproxima do palco, mas eu agarro seu braço e a puxo para trás de mim.

— Baralho. O que está acontecendo?

Sua mão encontra a minha e, quando os nossos dedos se entrelaçam, Sheldon rosna no microfone.

— Você. — Sheldon aponta o dedo diretamente para meu peito com tanto fervor que juro que posso sentir. — Você não é muito de entender dicas, né? Tentei ser sutil com uma ou duas quedas de energia na hora certa, mas você conseguiu ferrar tudo sendo o ferrado! — Ele nega com a cabeça, parando de gritar. — Eu deveria ter sido mais cuidadoso. Nunca deveria ter deixado você vir para cá. A culpa foi minha. Fiquei impaciente. — Ele continua a andar pelo palco até que, mais uma vez, para no meio do caminho; desta vez, seu dedo está apontado para Brynn.

— Mas você… — Ele a encara. — Eu esperava mais de você. Uma coisa é você ter interferido no meu final para a Luce ontem à noite. Mas passar a noite com ele… — Ele acena com a mão em minha direção com tanta violência que o microfone faz um som agudo. — A Sloan não deveria ficar com Fletcher Scott.

Abro a boca para argumentar. Para dizer que Sloan talvez não deva ficar com Fletcher Scott, mas Brynn vai ficar comigo.

Brynn, no entanto, dá um passo à frente antes que eu possa falar.

— Sabe de uma coisa? Você tem razão.

Meu estômago se contrai.

— Eu ferrei com tudo — continua Brynn. — Você tinha um plano para esse lugar, e eu estraguei tudo. Não sei no que eu estava pensando.

Estou perdido.

Brynn e eu não tivemos a chance de conversar sobre o que aconteceu entre nós ontem à noite, mas achei que estivéssemos na mesma página. Chega de negar. Chega de Spencer. Nós íamos resolver isso juntos.

— Bagunçamos os seus planos — diz Brynn. — Eu sinto muito por isso, e quero compensar o que fiz.

Ela estende a mão para ele como se estivesse falando com uma criança pequena.

— Vamos conversar. Só nós dois. Eu sei como podemos consertar tudo isso.

Sheldon guarda o microfone, seus olhos se deslocando de Brynn para mim.

Enquanto ele se agacha para pular do palco, eu pego a mão de Brynn. Para tirá-la daqui. Para correr. Para fazer qualquer coisa que não seja ficar aqui e obedecer a esse maluco. Mas Brynn me afasta.

— Você ainda quer voltar pra casa, né? — pergunta ela entre os dentes, com os olhos fixos em Sheldon.

— Claro, mas...

— Vinte e um de junho — sussurra. — Eu vou levá-lo pra casa a tempo. Eu prometo. Confie em mim, tá?

— Eu confio, mas o que você...

Ela nega com a cabeça.

— Eu preciso cuidar disso. Mas me encontra hoje à noite, às sete horas, no nosso lugar?

Sheldon finalmente nos alcança. Brynn aponta para a porta e o chama para segui-la. Fico olhando enquanto eles saem juntos.

— Você tem certeza disso? — grito, no momento em que a porta está se fechando.

Por um instante, acho que é tarde demais. Mas então a cabeça de Brynn reaparece na fresta da porta.

— Tenho certeza — confirma ela. — Vou consertar tudo.

26

BRYNN

— Cinco... Seis... Cinco. *Seis.* Sete. Oito.
"Isn't She Lovely" toca pela trecentésima quadragésima sétima vez.

Minhas bochechas doem de tanto sorrir.

Meus braços doem por conta do incessante e repetitivo *port de bras* a respeito do qual Poppy fica gritando com um falso sotaque francês enquanto tentamos — e falhamos — fazer com que esse número de abertura do concurso chegue ao nível "que é esperado para uma cidade comemorando setenta e cinco anos de tradição".

Palavras dela, não minhas.

Tudo isso faz parte do meu acordo com Sheldon. Seguir seu plano. Nada de opiniões. Nada de objeções. Nada de gracinhas.

— Esses saltos deveriam ser ilegais — sussurra Luce enquanto faz um passo ao meu redor. — Pensei em tirar, mas, com os olhares que a Poppy continua me dando, me sinto estranhamente tranquila por ter duas armas presas aos pés.

Poppy lança um olhar furioso para Luce, como se pudesse perceber, do outro lado do palco, que estamos falando dela.

Uma das outras participantes fica confusa e acha que é o objeto da ira de Poppy. Ela congela aterrorizada no meio do giro chaîné, e as participantes atrás dela se amontoam como peças de dominó.

Há lantejoulas voando por toda parte. Alguns gritos. Um pouco de choro.

Eu me sento em uma das caixas cobertas com lagostas decorativas reluzentes, agradecendo pela pausa enquanto todas se recompõem.

Luce se senta ao meu lado, tirando um dos sapatos.

— Esqueça o que eu disse. Preciso arrancar essas coisas. Tinha esquecido que ser uma rainha da beleza era tão doloroso. Vou precisar de muito vinho amanhã. As lantejoulas do vestido cortaram tanto minhas axilas que preciso manter meus braços em um *port de bras* permanente. — Ela imita o sotaque francês de Poppy. — Não acredito que você me inscreveu nisso.

Viro a cabeça em sua direção.

— Você disse que queria participar.

Ela ri, batendo em mim com o cotovelo.

— É brincadeira. E sim, eu gosto de me submeter voluntariamente à tortura.

Ela se apoia nos cotovelos e suspira. Eu me pego examinando seu rosto, procurando qualquer sinal do trauma da noite passada. Ela percebe que estou fazendo isso e revira os olhos.

— Já disse, estou bem.

Ela já me pegou fazendo isso duas vezes.

— Tem certeza?

Ela concorda com a cabeça.

— Estou um pouco cansada e muito envergonhada. Tomei uma decisão muito estúpida.

Ela tomou. E Spencer também. E, no típico estilo de *Carson's Cove*, a cidade acordou como se nada de importante tivesse acontecido. Até mesmo na rua principal, com seus canteiros de flores perfeitos, parece que os eventos da tempestade de ontem à noite são uma lembrança distante.

— Meninas! — Poppy bate palmas. — Vamos fazer uma pausa de cinco minutos. Algumas de vocês precisam se retocar. — Ela faz círculos próximo ao rosto com a mão. — Sloan. — Ela ergue o braço e me chama com os dedos. — Preciso falar uma coisa com você.

Eu me levanto com um gemido.

Luce cutuca um dos saltos com o dedo do pé descalço.

— É só dar um grito se precisar de ajuda. Eu salvo você.

Eu rio até que percebo Poppy nos observando, e sua expressão me faz querer perguntar se Luce não se importaria de vir comigo, só por precaução.

Quando atravesso o palco, Poppy desaparece na coxia. Eu a sigo e, quando chego perto o suficiente para falar, ela me agarra pelo pulso e me puxa para um canto escuro.

— Por que você está, tipo, toda amiguinha dela? — O tom de Poppy é irritado.

Sei exatamente a quem ela está se referindo, mas tento me fazer de desentendida.

— Quem? A Luce?

— Dá, sim, a Luce. Estou vendo vocês duas sussurrando o tempo todo.

— Estamos só conversando...

— Não. — Poppy nega com a cabeça. — Nem comece. Não é Luce e Sloan. É Poppy e Sloan. Sempre foi Poppy e Sloan e sempre será Poppy e Sloan, certo?

Abro a boca para argumentar, mas a cortina da coxia começa a se mexer e um homem sai de trás dela.

Sheldon.

Ele está usando fone de ouvido preto e carregando uma prancheta como se fosse ajudante de palco.

Eu odeio isso.

Tudo isso.

Mas um acordo é um acordo.

E eu sou uma mulher de palavra.

— Entendi — digo a Poppy. — Melhores amigas. Pra sempre.

Poppy sorri e me abraça.

— Te amo, bebê! — Quando ela se afasta, abaixa a voz. — Ok, então o outro motivo pelo qual a chamei aqui é para lhe dar isso.

Ela me arrasta para um camarim com um cabideiro, com uma única capa pendurada, e abre o zíper lentamente, revelando um vestido longo de um azul-meia-noite profundo.

— Acho que você deveria usar como traje de gala — diz ela, enquanto tiro o vestido da capa.

É um vestido de corte sereia tomara-que-caia. O material tem pequenos cristais costurados que brilham a qualquer movimento.

— Você usou esse vestido quando ganhou — digo a ela, comovida com sua gentileza.

— Exatamente — confirma. — É um vestido milagroso. Aperta em todos os lugares certos. — Ela cutuca as dobras macias da minha barriga com o dedo. — E faz um bom trabalho levantando tudo, mas sugiro fortemente que você use um sutiã push-up e talvez pule o jantar hoje. Você é mais larga do que eu e não vai querer parecer que está transbordando do vestido. — Ela sorri, apertando meu braço. — É incrível, não é? Vai ficar perfeito com a coroa.

— É lindo. — Concordo com a cabeça, colocando o vestido de volta no cabide.

— Bom, ele foi feito para uma rainha. — Ela abaixa a voz. — Mas uma verdadeira rainha precisa se parecer com uma mesmo quando não está no palco. Sabe como é? Tipo se vestir para o trabalho que você quer. — Ela aponta para meu cabelo desgrenhado e o vestido amassado de ontem. — Talvez você devesse ir para casa? Se arrumar um pouco? Daí você pode voltar mais parecida com aquela garota perfeita que todos nós amamos.

Ela joga um beijo no ar e volta para o palco.

Tento e falho em alisar os vincos do vestido. Poppy não estava errada na sua avaliação de que eu definitivamente preciso de um banho e trocar as roupas da noite passada. O ensaio para o concurso faz uma pausa para o almoço e eu saio pela porta da frente da prefeitura, seguindo pela rua principal em direção à casa de Sloan. Passo pelas docas e pela praia. Ambas são tão serenamente pitorescas que, se a noite passada não estivesse tão firmemente gravada na minha memória, eu provavelmente poderia me convencer de que ela nunca aconteceu.

Foi uma das piores e depois melhores noites da minha vida.

Meu coração dói por conta de todo o choque.

Ainda estou sofrendo, sei que a coisa só vai piorar.

Fiz um pacto com o diabo metafórico e, potencialmente, até literal, mas esse pacto vai permitir que Josh siga seu sonho.

Minha caminhada e meu mau humor são interrompidos quando Bob, o carteiro, aparece no meu caminho.

— Bom dia, Sloan. — Ele inclina um chapéu imaginário. — Lindo dia para uma caminhada, né?

Concordo e sorrio enquanto fazemos aquela dança constrangedora onde damos um passo para a esquerda e depois para a direita, ainda bloqueando o caminho um do outro, até que eu ceda e atravesse a rua.

Quando chego à calçada, o dono do armazém sai de trás de uma pilha gigante de laranjas.

— Oi, Sloan — diz ele enquanto o jato da sua mangueira me força a voltar para a rua.

— Oi, Sloan! — Duas crianças pequenas circulam ao meu redor em bicicletas.

— Bom dia, Sloan.

— E aí, Sloan.

— Aí está nossa garota.

Meu estômago se fecha em um nó apertado.

A cidade estava ficando amigável, mas isso aqui já foi longe demais, soando estranho como o início de um filme de terror.

Olho em volta, subitamente mais consciente do que está acontecendo ao meu redor.

Ao que parece, há um número anormal de pessoas passando neste quarteirão. Todas me olhando de relance e sorrindo.

Meus sentidos formigam com um aviso. Algo está acontecendo.

Inverto a direção e vou até a orla, acreditando que a praia possa estar menos povoada. Porém dr. Martin bloqueia meu caminho.

— Por aí não, senhorita. — O doutor me vira pelos ombros, depois me leva de volta para o meio da rua até uma cadeira, onde sou obrigada a me sentar.

Olho em volta para o mar de rostos que me observam, que se observam, e uma sensação estranha causa um aperto em meu peito.

Meus pensamentos são interrompidos por um som: um toque de trombeta que faz meu sangue gelar. O som aumenta, ficando cada vez mais alto à medida que as peças do quebra-cabeça em curso se encaixam.

Ah, meu Deus.

Espero desesperadamente que eu esteja interpretando tudo isso errado, e que o que está prestes a acontecer não esteja prestes a acontecer.

Então, uma voz parecida com a de Beyoncé entra em cena e eu sei, sem dúvida alguma, que sou a mais nova vítima de Carson's Cove.

É um flash mob.

Eles saem de todos os cantos. De trás dos vasos de flores, carros estacionados e até de uma grade de esgoto. Dr. Martin, Lois e até o idoso Pop estão dançando. Eles estão fazendo o *port de bras* enquanto o que parece ser uma versão falsificada, diluída e censurada para o horário nobre da TV de "Crazy in Love", da Queen Bey, toca em alto-falantes que parecem estar por toda a cidade.

Em seguida, vêm as tubas. Um *buh-bum* baixo que me sacode até o âmago.

Depois, os trompetes.

A bateria.

Toda a banda marcial do Ginásio Carson's Cove está aqui.

E guiando os músicos — cabelo loiro brilhando ao sol — está o ex-homem dos meus sonhos.

Ele é um ótimo dançarino.

Todos são ótimos dançarinos, na verdade.

Há piruetas.

Há espacates.

Todos parecem ter passado anos ensaiando na Broadway.

Ainda estou presa. Não posso ir embora. Não posso sair. Tudo que posso fazer é observar enquanto Spencer dança em minha direção.

— Oi, Sloan. — Spencer caminha no ritmo da música. — Tenho tentado encontrar uma maneira de dizer que sou louco por você. Desde que demos aquele beijo mágico na outra noite, não consigo tirar você da cabeça. E tenho uma pergunta importante pra fazer.

Meu coração para de bater.

Pequenos pontos pretos aparecem nos cantos da minha visão. Eles começam a aumentar quando ele se ajoelha.

Ai. Meu. Deus.

Tenho certeza de que estou a segundos de desmaiar. Ou de vomitar. A essa altura, cada uma dessas coisas tem cinquenta por cento de chance de acontecer.

Mas ele não tira uma caixinha preta do bolso.

Alguém joga um saco de papel pardo para ele.

Os pequenos pontos pretos se afastam o suficiente para que eu possa vê-lo pegar um suéter.

Não, é uma jaqueta.

Marrom e dourada com um número dezoito costurado na manga de couro. Sua jaqueta do time de basquete do ensino médio.

— Eu queria dar isso a você. Eu deveria ter feito isso anos atrás, sinto muito, mas espero que você a aceite agora.

Meu coração congelado se derrete o suficiente para ver a doçura no seu gesto. Ele claramente teve muito trabalho.

Seus olhos esperançosos me observam. Eles combinam com o oceano e, quando hesito, eles passam de mim para a multidão que nos cerca.

Todos estão congelados na pose final. Uma mão na cintura, a outra levantada triunfalmente acima da cabeça, um punho em direção ao céu.

E todos estão nos observando. Sorrindo. Tão esperançosos. O doutor. Pop. Lois. Até Poppy e as outras concorrentes do concurso.

Parece que toda Carson's Cove está aqui.

Inclusive Josh.

Ele está nos fundos. Na calçada em frente ao Bronze, ao lado de Sherry. Nenhum dos dois parece ter participado da dança.

De todos os olhos que me observam na multidão, é o olhar dele que mais sinto.

Esperando.

É o Josh que eu quero. Não tenho dúvidas. Na verdade, é um sentimento tão profundo e sério que preciso de um tempo sozinha para analisá-lo e entendê-lo. Mas os pelinhos dos meus braços ficam arrepiados quando outro olhar recai sobre mim.

Sheldon ainda está com o fone de ouvido da equipe do concurso. Vestido todo de preto. E, embora não diga nada, seus olhos comunicam tudo: *Era isso que você queria.*

Meu coração chega a doer quando encontro os olhos de Spencer.

— Eu adoraria usar sua jaqueta — digo a ele, pegando-a de suas mãos.

A multidão comemora quando visto a peça, com as mangas rachadas e lã áspera.

Spencer me pega no colo e me gira em um círculo.

Estou tonta e enjoada quando me coloca no chão.

Vejo Luce na calçada quando minha visão se estabiliza. Ela não parece alegre como todo mundo, nem confusa e triste como Josh. Ela parece apenas curiosa.

A multidão começa a se dispersar, e meus olhos se voltam para o Bronze, imaginando quanto do plano posso comunicar a Josh apenas com o olhar.

Mas a fachada está vazia.

E Josh se foi.

27

JOSH

Bato a porta do Bronze atrás de mim, mas ela não se fecha com um estrondo satisfatório. Há um baque suave, seguido de um "Jesus Amado, você está tentando me matar?"

Eu me viro para encontrar Sherry olhando para mim.

— Desculpe. — Minha raiva se dissipa em um momento de culpa. — Pensei que você tivesse ficado lá fora com eles.

Sherry revira os olhos.

— Com aqueles palhaços? Existe um motivo pra eu ter deixado este lugar largado por tantos anos. Até a semana passada, manteve uma boa distância entre mim e a ralé.

— Desculpe por ter estragado isso.

Ela revira os olhos.

— Eu estava sendo dramática. Posso lidar com a ralé, desde que eles estejam comprando cervejas de sete dólares.

Ela passa por mim, indo em direção ao bar, mas para, abrindo a boca, como se estivesse escolhendo cuidadosamente as próximas palavras.

— Olhe, eu não ia dizer nada, mas estou sentindo que você precisa ouvir. O que quer que tenha acontecido com você nos últimos tempos, eu gostei. Fiquei muito tempo esperando que você crescesse e parasse de vagar pela cidade como se não soubesse nem fazer um "O" com o fundo da garrafa, e, francamente, eu estava começando a perder as esperanças. Esse lugar está muito diferente. E isso se deve inteiramente à sua súbita mudança de atitude. O que quer que tenha acontecido, continue assim.

Não sei como responder, porque tenho certeza de que as mudanças de personalidade a que ela se refere se devem ao fato de eu ser diferente do seu sobrinho, Fletch, mas decido aceitar mesmo assim.

— Obrigado, Sherry. Os últimos anos têm sido difíceis. Ver as coisas finalmente darem certo também foi bom pra mim.

Ela ergue uma das sobrancelhas.

— Difíceis como?

Não pensei muito bem antes falar. Presumi que, como em todas as outras conversas na última semana, Sherry xingaria um pouco e esqueceria. Mas ela se senta em uma das banquetas do bar e me chama para me juntar a ela. Formulo a melhor maneira de contar o resto enquanto me sento.

— Bom... enquanto estava viajando o mundo... e me encontrando durante todos esses anos... fiquei muito próximo de um homem. Ele era como uma figura paterna pra mim. Até que ficou muito doente e me deixou o bar pra administrar, e eu não consegui. Não conseguia arrumar clientes. Não conseguia pagar os funcionários e, no fim, tive que vender o bar pra não ir à falência.

Sherry não diz nada. Ela se levanta da banqueta, se abaixa sob o balcão e pega dois copos e seu melhor uísque. Ela serve um para cada um, e desliza o meu pelo balcão.

— Às vezes, na vida, o universo nos dá um chute na bunda, e não podemos fazer muito a respeito. — Ela dá um longo gole na bebida e depois a apoia no balcão. — Mas só perdemos tudo se não aprendermos nada com isso. Então, o que você aprendeu?

Não é uma pergunta retórica. Ela me olha fixamente, bebendo o uísque enquanto espera minha resposta.

Não tenho certeza. Perder o bar do meu pai foi uma época tão terrível na minha vida, que tento não pensar nisso. É tudo um borrão, com todas as lembranças definidas como antes ou depois do Buddy's.

— Acho que aprendi que música ao vivo é sempre um atrativo. Aquela noite de karaokê também funcionou muito bem e...

— Não. — Sherry pousa o copo no balcão com um estalo forte. — O que você aprendeu sobre si mesmo?

Tenho que parar para pensar. Quando o Buddy's estava falindo, tudo que se passava pela minha cabeça era que meu pai nunca teria deixado aquilo acontecer. Tentei de tudo, fiz de tudo e, no fim, ainda não foi o suficiente, e doeu colocar tudo de mim pra jogo e ainda assim não conseguir. Com o Bronze, as coisas foram diferentes. Não havia expectativas sobre mim ou Fletch. Começamos do zero e, sem pressão e a distância dos acontecimentos, pude fazer as coisas de um jeito diferente.

— Acho que aprendi que sou muito bom em administrar um bar como esse. Que, sim, houve algumas circunstâncias ruins da primeira vez. E acho que sempre existe o risco de as coisas darem errado de novo, e isso está fora do meu controle, mas todos os bons momentos ainda fazem valer a pena.

Sherry não diz nada, mas seus lábios se curvam para cima — nos termos de Sherry, eu diria que é um sorriso.

— Gostei disso. E vou me intrometer na sua vida mais uma vez esta manhã, já que estou com sorte. — Ela abaixa o tom de voz. — Sabe aquele elogio que fiz mais cedo, sobre aprender a fazer um "O" com o fundo da garrafa?

Eu rio pelo nariz.

— Foi um elogio?

— Você sabe muito bem que foi. Então, eu gostaria de ver a mesma iniciativa com aquela garota.

Ela está se referindo à Brynn.

Eu nego com a cabeça.

— Não é a mesma coisa.

Sherry cruza os braços e bufa.

— Estou a alguns bons anos de ficar senil, e minha visão está ótima. Eu vejo como você olha pra ela, e como ela olha pra você. Estou atrás desse balcão há mais de trinta anos. Aprendi muito mais sobre o mundo do que como servir um drink. Ela gosta de você. Você gosta dela. Está me dizendo que ela não vale o risco?

— É um pouco mais complicado do que isso. Além do mais, ela está lá com o Spencer. Talvez ele seja o cara de que ela precisa.

Sherry estreita os olhos.

— E você está aqui, de mau humor, sem fazer absolutamente nada a respeito disso. — Sherry cutuca bem no meio das minhas costelas com o dedo. — Você acabou de me dizer que aprendeu algo com o fracasso. Mas, pelo que estou vendo, você rolou para o lado e se fingiu de morto. Deu um tapinha nas costas dele e disse: *O melhor venceu*. Mas não acho que ele seja o melhor homem, e acho que você também não acha isso. Não há nada que ele possa oferecer a ela que você não possa. Mas há uma coisa que ele fez que você não fez.

— Planejar um flash mob? — sugiro sarcasticamente.

Sherry não ri.

— Isso.

— Ela odiou. É um dos seus piores...

— Não tem a ver com a dança — interrompe Sherry. — É o fato de ele ter dito a ela exatamente como se sente. Ele não deixou perguntas sem respostas. Nenhuma dúvida. Todos nós já fomos desprezados por pessoas que amamos. Só Deus sabe como nunca aprendi a lição e, por mais que não devêssemos, carregamos a bagagem emocional por muito mais tempo do que deveríamos. Se você realmente gosta daquela garota, diga a ela. Não deixe dúvidas na sua mente. Lute por ela, porque, embora você ache que dói tentar e fracassar, dói muito mais quando você desiste e depois percebe, quando já é tarde demais, que ela era o amor da sua vida.

As palavras de Sherry me atingem em cheio.

Ela está certa.

Sobre absolutamente tudo.

Sobre o que sinto pela Brynn.

Sobre o fato de que, se eu não fizer alguma coisa, ela vai ficar com o Spencer, ou com outra pessoa que eventualmente apareça.

— Ok. — Eu me levanto, um plano começa a se formar na minha cabeça. — Preciso fazer algumas coisas antes das sete, mas ainda não terminei de abastecer a geladeira de cerveja e alguém precisa estar aqui às seis pra deixar os Dingos Famintos entrarem e se prepararem. Será que você...?

Ela revira os olhos, me mandando embora.

— Sim. Tudo bem. Vai lá encontrar o amor. Eu cuido de tudo.

Eu dou um beijo na sua bochecha. Ela cobre meu rosto com a mão, antes de dar um tapinha.

— Você não vai planejar um flash mob, né? Só pra deixar claro, essa parte foi metafórica.

Não. Se eu quiser conquistar a Brynn, preciso fazer do meu jeito.

— Sei bem, tenho outra coisa em mente.

28

BRYNN

Ele bate à porta da cozinha da Sloan exatamente às seis da tarde, como planejado.

— Uber Eats — diz ele, rindo, quando abro a porta. — Entendeu? — Ele segura a caixa branca. — Como na noite em que nos conhecemos e...

— Entendi.

Ele entra e eu imediatamente fecho a porta com um chute. Estou muito menos entusiasmada com o que está me esperando dentro da caixa em comparação com aquela noite de vários dias atrás.

— Então, como isso vai funcionar?

Surpreendentemente, Sheldon concordou quando propus que ele deixasse Josh ir para casa hoje à noite. Eu estava preparada para implorar, suplicar e oferecer meu primogênito, mas Sheldon apenas sorriu com a sugestão, parecendo bastante satisfeito com a ideia.

— Da mesma forma que o bolo original. Você faz um pedido, apaga a vela e, quando Josh Bishop acordar amanhã de manhã, ele estará quentinho e confortável na própria cama. Mais fácil que tirar doce de criança.

O que vai dar bastante tempo para que ele possa ir para o norte comprar o bar do pai de volta.

— Ele vai se lembrar do que aconteceu?

Sheldon hesita um pouco ao colocar a caixa no balcão.

— Ele deve se lembrar de tudo. Não tem por que não lembrar, mas desejos podem ser complicados. Não posso garantir nada.

Josh pode decidir não ir para o norte se não se lembrar. E, se não comprar o bar do pai de volta, todo este plano terá sido um desperdício. Sem mencionar que ele não vai se lembrar do tempo que passamos juntos aqui.

— Relaxe. — A voz de Sheldon está estranhamente calma. — Tudo vai sair exatamente como deveria. Você se esqueceu de onde está?

Não me esqueci. Como poderia? O lugar onde tudo acaba como deveria — ou, pelo menos, era assim que eu pensava.

Sheldon abre a tampa da caixa. O bolo é idêntico ao original que recebi em casa e ao da vitrine da Bake a Wish. A mesma cobertura branca. Os mesmos granulados coloridos. Até a vela de aniversário aninhada no centro é a mesma. É adoravelmente inocente, considerando seu poder.

Sheldon tira um isqueiro do bolso de trás da calça. Ele passa o polegar, acendendo uma chama laranja que tremula assustadoramente na frente de seu rosto antes de colocá-la sobre a vela. Eu me aproximo e inspiro, mas ele afasta o bolo.

— Na-na-ni-na-não. Não vou abrir brecha pra nenhuma travessura. Quero ouvir o pedido em voz alta.

Eu já tinha previsto isso. Apesar de que aceitaria de bom grado a negligência de Sheldon em me permitir desejar que Josh e eu voltássemos para casa esta noite, mas esse plano parecia um pouco fácil demais.

— Está bem. Mas, antes disso, quero ter certeza de que nosso acordo está claro.

Sheldon cruza os braços na frente do peito.

— Pode falar.

— Vou pedir que Josh vá pra casa esta noite e, em troca, vou ficar aqui e dar a Sloan o final que ela merece.

Os lábios de Sheldon se curvam em um sorriso lento.

— É esse o acordo.

Há alguma coisa no seu sorriso que me incomoda. Não sei se é porque não combina com o olhar, ou porque talvez eu tenha perdido minha fé neste lugar.

— Para deixar claro: eu ganho o concurso, Sloan e Spencer se apaixonam e depois eu vou pra casa também, exatamente como o nosso acordo original, né?

Seu sorriso vacila. É a menor das contrações.

— O que você não está me dizendo, Sheldon?

Ele ergue as mãos.

— Não estou escondendo nada. Nosso acordo é muito simples. A Sloan tem um final feliz: ficar com o Spencer... pra sempre.

De repente, vejo a falha no meu plano. A brecha de Sheldon. A razão pela qual tudo parecia fácil demais.

— Então quer dizer que eu nunca vou voltar pra casa?

Sheldon abaixa as mãos com um suspiro dramático fingido.

— Isso é tão ruim assim?

Meu sangue esfria até congelar. Fui enganada. Tapeada. Desde o início.

— Era esse o plano o tempo todo? Nos manter aqui pra sempre?

Sheldon não faz nenhum esforço para esconder o revirar de olhos.

— O que mais você queria? Eu basicamente dei a você a vida perfeita: uma cidade cheia de charme e capricho e uma superabundância de festivais apropriados para a estação. Clima idílico...

— Sim — interrompo —, a menos que você conte um furacão de vez em quando.

Sheldon abana o ar com a mão.

Fecho os olhos e imagino meu futuro: a vida com Spencer em Carson's Cove, planejada tão perfeitamente, que consigo ver cada detalhe. Encontros semanais na lanchonete do Pop para tomar milk-shake. Um casamento no gazebo com a presença de toda a cidade. Envelhecer juntos. Felizes. Fácil.

Nunca mais ver Josh.

Esse pensamento terrível toma conta de mim até consumir todo o resto.

Não há nada que me impeça de abandonar todo esse acordo com Sheldon agora mesmo.

Eu poderia feliz e tranquilamente dizer a ele para enfiar o plano no único lugar em Carson's Cove onde o sol não brilha.

Eu poderia voltar para Josh. Explicar tudo. Viver como estivemos vivendo nos últimos dias. Ele ficaria com o Bronze, eu poderia ser amiga da Luce. Poderíamos ser felizes.

Mas, no fundo, eu sei que Sheldon nunca vai parar de tentar nos separar. E mesmo que, por algum milagre, escapemos dos planos de Sheldon, se Josh ficar aqui, ele nunca vai ter a chance de comprar o bar do pai de volta, e nunca mais vai ver a mãe.

Em qualquer um dos cenários, meu destino está selado.

Foi selado desde o momento que fiz aquele primeiro pedido.

Mas com Josh pode ser de outro jeito.

— Como sei que você vai manter sua palavra?

Sheldon desliza o bolo em minha direção novamente.

— Essa não é uma sobremesa comum. Ela foi assada com a magia de Carson's Cove. É maior do que você e eu. É feita com capricho e crença no impossível, com a mesma magia da TV que a mantém grudada na telinha toda semana. Quando você faz o pedido, o contrato é firmado. Não há nada que você ou eu possamos fazer para mudar.

Suas palavras fazem meu estômago pesar.

— Você venceu, Sheldon. — Fecho os olhos. — Desejo que Josh Bishop acorde seguro e feliz amanhã de manhã, na própria cama, em Toronto, e concordo em ficar e dar a Sloan Edwards o final que ela merece... não importa quanto tempo leve.

Abro os olhos e olho para Sheldon.

— Está bom pra você?

Ele ergue o bolo para mim.

— Vamos oficializar.

29

JOSH

Eu estava com medo de que ela não viesse.
Principalmente depois que Spencer entrou em cena mais uma vez com algo exagerado, e Brynn o escolheu.

Mas ela aparece no topo da escada bem na hora certa e, quando sobe no telhado, as luzinhas refletem nos seus olhos, fazendo-os brilhar.

— Ai, meu Deus. Que lindo.

Brynn gira em um círculo lento, observando minha melhor tentativa de um gesto romântico. Limpei as garrafas de cerveja e pendurei algumas das luzes extras do andar de baixo. No crepúsculo, elas dão ao telhado uma sensação quase etérea.

— Não acredito que você fez isso. — Quando seus braços caem ao lado do corpo, sua expressão muda. Suas sobrancelhas se contraem enquanto ela visivelmente engole em seco. Meu estômago se contrai quando ela desvia os olhos e diz: — Preciso falar com você sobre uma coisa...

Levanto a mão.

— Antes que você fale, quero falar algo primeiro. Por favor. — Estendo a mão. Um convite para que ela se sente. Brynn caminha timidamente até a saída de ar e se empoleira na borda, me observando o tempo todo.

Respiro fundo.

— Eu não sei cantar. Dançando sou ainda pior. Na verdade, o que você está vendo aqui — aponto para as luzes — é meu limite de grandes gestos. Eu nunca vou ser o tipo de cara que sempre tem um monólogo epicamente perfeito, com todas as palavras certas. Sou péssimo em planejar encontros. Eu não achava que observatórios fossem algo que fosse possível visitar. Ainda não tenho certeza de como eles funcionam. Sou o tipo de pessoa que gosta de um lugar bonito, silencioso, onde dê pra conversar com facilidade. — Faço um gesto para a vista do oceano. — Não faço piqueniques, mas geralmente dá pra confiar que vou aparecer com uma cerveja gelada. Meu ponto é... — Fecho os olhos e respiro por um momento antes de continuar. — Eu nunca vou ser o Spencer. E estou bem com isso. Ele pode ser o cara dos seus sonhos. E não vou culpá-la se, no fim desse discurso pedindo que *pense em mim, chore por mim, liga pra mim, não, não liga pra ele*, você o escolher, mas acho que você estaria cometendo um grande erro. Porque, mesmo que ele seja perfeito em muitas coisas, não acho que ele possa te amar melhor do que eu, porque eu te amo, Brynn. Eu amo você.

Eu sei, conforme as palavras saem da minha boca, que elas são verdadeiras. Que, mesmo que eu já tenha declarado meu amor para outras pessoas antes, nunca significou o que significa agora.

Sua boca se abre, mas ela não diz nenhuma palavra.

— Não há muito o que eu possa prometer pra você nesse momento — continuo. — Não posso nem prometer que vou nos levar pra casa, mas eu posso dizer que é você. E eu espero que, pra você, seja eu.

Encerro o monólogo, satisfeito por não ter deixado dúvidas. Esperando que seja o suficiente.

Ela se levanta, seu rosto ainda indecifrável.

— Para um cara que diz que não consegue fazer um monólogo épico, isso foi perfeito. — Ela dá um passo em minha direção. — Eu sinto muito, Josh.

Meu estômago embrulha.

— Tudo bem, eu entendo.

— Não. Não, não é isso que quero dizer. — Ela nega. — Desculpe por não ter contado antes o que estava planejando. Não consigo imaginar como você deve estar se sentindo depois de ver toda aquela cena hoje de manhã. Eu não sabia que aquilo ia acontecer. Queria ter falado com você primeiro. — Ela caminha até ficar bem na minha frente. Cara a cara. — Fiz um acordo com o Sheldon.

Fico completamente imóvel.

— Quando você acordar amanhã, vai estar de volta em casa. Vai poder dar um lance no bar do seu pai e ter o seu "felizes pra sempre".

A euforia dura apenas meio segundo.

— E você?

Quando a pergunta sai da minha boca, ela olha para cima.

Seus olhos têm um brilho do qual ela está tentando se livrar piscando. E sei a resposta antes mesmo que ela fale.

— Eu vou ficar. Concordei em dar à Sloan o final que ela merece.

Sinto que estou caindo. Como se o chão em que eu estava pisando há apenas alguns segundos tivesse cedido de repente, me fazendo cair de bunda com tudo.

— Ok... Mas é temporário, né? E daí? Você fica, rola um beijo ou sei lá, e depois pode voltar para casa?

Ela nega com a cabeça e, a cada movimento, algo dentro de mim se torce mais e mais apertado.

— O final feliz da Sloan é ficar com o Spencer pra sempre, então... — Sua voz fica embargada. — Foi o único jeito de ele concordar em deixá-lo ir embora.

Eu analiso suas palavras, tentando encontrar alguma outra maneira de interpretar o que ela acabou de dizer.

— Eu não me importo com isso. Não vou embora sem você. Nós não nos separamos. Ficamos juntos, lembra?

— Lembro. — Uma única lágrima escorre por sua bochecha. — E eu sabia que você diria isso, porque esse é o tipo de cara que você é, Josh. Você é doce e carinhoso, e leal, e não fez nada além de me colocar em primeiro lugar desde que chegamos aqui, apesar do fato de que foram o meu pedido e as minhas ações que nos colocaram nessa confusão. Mas eu vou consertar as coisas. Você precisa ter o seu bar. Sei que se importa com ele. É o seu sonho. Vi você trabalhando no Bronze, parecendo confortável e feliz pra baralho, com aquele brilho de orgulho no olhar. Mas você merece ter isso em um lugar que seja só seu.

Não. Essa não é a resposta.

— Podemos falar com o Sheldon. Negociar.

Ela nega.

— É tarde demais. Está feito. Já fiz outro pedido. Com um daqueles bolos idiotas. Não tem como voltar atrás, mesmo se eu mudasse de ideia. E eu não mudei.

Faço uma pausa e olho para ela. E a realidade se impõe.

— Quanto tempo tenho?

Ela fecha os olhos. Isso faz com que mais lágrimas caiam. Ela as enxuga com o dorso da mão.

— Até a meia-noite.

Só isso? São apenas algumas horas. Tem que ter outro jeito.

— Não há mais nada que a gente possa fazer?

Ela nega. Seus braços me alcançam, depois param no ar. Quando eles caem de volta, ao lado do corpo, ela olha para mim, com uma linha tensa de preocupação entre as sobrancelhas.

— Você consegue me perdoar por ter tomado a decisão sem você?

Sua voz oscila nas últimas palavras, e ela olha para a esquerda, quebrando o contato visual.

Eu a puxo, aninhando o topo da sua cabeça embaixo do meu queixo, envolvendo-a com os braços, pensando que, talvez, se eu não a soltar, não precise ir embora.

— Você já está perdoada. Mas, se só temos algumas horas, não quero desperdiçar nem mais um segundo.

30

BRYNN

Seus braços me envolvem como se ele pudesse sentir a confusão dentro da minha cabeça. Embora eu esteja fazendo a coisa certa, parece errado demais. É como fazer pilates, fisioterapia ou dizer não para uma segunda fatia de torta de sorvete com chocolate e caramelo. Minha mente vê motivos muito racionais e sólidos pelos quais Josh precisa ir para casa. Mas meu corpo sente o contrário.

Ele se inclina e beija meus lábios suavemente. Todo o barulho e toda a preocupação na minha cabeça param — e a única coisa que resta é ele.

A maciez dos seus lábios.

A forma como os dedos fazem cócegas em meus braços.

A maneira como eu me sinto. Como se tudo fosse exatamente do jeito que deveria ser. Seus beijos suaves e reconfortantes na minha testa descem pelo meu pescoço, e sinto que, entre nós, o desejo de estar perto e confortar o outro dá lugar a uma necessidade diferente.

Eu o pego pela mão, e ele me segue sem protestar. Não é preciso mais explicações.

Caminhamos em silêncio pela escada de incêndio, até a janela do quarto de Fletch e até a cama, onde Josh pega a bainha do meu moletom e o tira com facilidade.

Imediatamente, seus lábios estão no meu pescoço.

Meus dedos procuram sua camiseta. Repito sua manobra com muito menos delicadeza, já que Josh é muito mais alto do que eu.

Ele me pega no colo. Envolvo minhas pernas ao redor dele enquanto ele me leva até a ponta da cama e se senta.

Josh inclina a cabeça e me beija de leve atrás da orelha.

— Eu só queria que a gente tivesse mais tempo. — Suas mãos me puxam para junto dele enquanto ele se inclina para trás, e eu o beijo, longa e intensamente, até sentir que preciso de mais.

Alcanço sua calça jeans e passo momentos preciosos demais tentando abri-la, apenas para perceber que a calça tem uma braguilha de botão.

— Onde o Fletch compra essas roupas? Tempo é essencial aqui. Isso é o equivalente a um cinto de castidade para o homem moderno.

Josh ri e me ajuda, abrindo os três botões restantes com facilidade. Ele desliza a calça jeans pelos quadris e depois faz o mesmo com a cueca boxer. Em menos tempo do que levo para subir na cama, ele está nu.

Estendo a mão e o acaricio, meu polegar fazendo um círculo lento na glande macia e aveludada.

— Hummmm — geme Josh, e o som de sua voz reverbera até meu âmago.

Eu quero... Não... Eu *preciso* fazê-lo gemer assim novamente.

Mas Josh está me empurrando para eu me deitar e abrindo meu sutiã com um movimento rápido dos dedos. E então sua boca está nos meus mamilos, e eu começo a me perder com cada movimento da sua língua.

Eu gemo.

Sinto como se estivesse derretendo no colchão, e a única coisa que me prende à realidade é a língua de Josh e a forma como ela envia um pulso quase elétrico por todo meu corpo.

Sua mão encontra o cós da minha calça jeans. Ele não tem nenhum dos problemas que tive para tirá-la e, antes que eu possa dizer "me toque em todos os lugares", minha calça está amontoada no chão.

As mãos de Josh percorrem minhas coxas nuas. Seus polegares se engancham nas tiras finas da minha calcinha, e eu levanto os quadris para ajudá-lo a escorregá-la pelas minhas pernas. Suas mãos encontram minha pele mais uma vez e, de repente, parece que estão em todos os lugares. E eu as quero em todos os lugares.

Nós nos beijamos por alguns instantes, sinto o peito de Josh pressionando meus seios e sua ereção dura contra minha barriga. Sua boca se arrasta castamente ao longo da minha mandíbula. Então, sem aviso, sua língua mergulha na minha boca, sua mão encontra meu mamilo, e seu polegar retoma aqueles círculos lentos e tentadores que decidi que são minha nova coisa favorita.

— Está gostoso? — pergunta ele, interrompendo o beijo.

É um bilhão de vezes melhor do que gostoso, mas tudo que consigo dizer é um *mmmm hummm* rápido e ofegante. Mas é o suficiente para Josh substituir a mão pela boca, o que libera o polegar para descer...

Descer...

Descer pelo meu corpo, até o ponto entre minhas pernas que estava esperando pacientemente por ele. Seu dedo encontra a umidade que se acumulou na minha entrada. Ele faz dois círculos e depois passa os dedos pela minha fenda. Eu ofego, e a sensação faz com que meus quadris se ergam da cama.

Posso senti-lo sorrindo contra meu peito, enquanto repete o mesmo movimento mais duas vezes.

— Está bom? — pergunta.

— Está, mas... — Não consigo encontrar as palavras para terminar a frase. Toda vez que chego perto, a mão de Josh faz outro círculo e perco a linha de raciocínio. Além disso, não tenho certeza do que realmente quero que aconteça. Esse êxtase doloroso e repetitivo está me deixando louca, mas, a cada movimento, eu o desejo mais e *ahhhhh*.

Seu polegar pousa sobre meu clitóris, seguindo o mesmo ritmo lento e circular de sua língua.

Sim. Isso. É isso o que eu quero. Cada movimento me deixa mais perto de me desfazer. Sinto a pressão aumentar entre as pernas. Um gemido escapa dos meus lábios, e depois outro quando Josh enfia um dedo dentro de mim.

Gemo tão alto que fico grata pelo bar estar fechado esta noite. A fricção entre minhas pernas me faz sentir como se estivesse na subida de uma montanha-russa, cada vez mais perto da emoção que está por vir.

Ele aumenta o ritmo e seus dentes raspam a pele sensível do meu mamilo. Ele chupa com força, e a sensação me deixa louca para cacete. Ele acrescenta um segundo dedo e a pressão explode, enviando ondas de prazer quente através de mim. Meu corpo se contrai em torno dos seus dedos, enquanto seus lábios voltam para os meus e me beijam com ternura. Ele se move para descansar ao meu lado, e sinto sua falta quase que imediatamente. Como se pudesse sentir, ele entrelaça seus dedos aos meus.

— Então, o Fletch tem mais alguma...

Josh rola para fora da cama antes que eu termine a frase. Ele encontra a calça e tira um pacotinho do bolso. Então volta para a cama e se inclina para beijar meus lábios antes de voltar para meu lado. Acaricio seu rosto, sentindo-o duro contra a minha barriga.

Ele ergue os quadris para colocar a camisinha e depois se ajoelha para ficar de frente para minhas pernas. Meus joelhos se abrem quando ele se inclina para minha entrada.

Sinto uma necessidade irresistível de senti-lo dentro de mim. Ele entra devagar, dando tempo para que eu me ajuste. Ele se inclina e aproxima os lábios dos meus. Nosso beijo é longo e profundo, e eu gemo em sua boca quando seus quadris começam a acelerar o ritmo e aquela fricção deliciosa se forma entre minhas pernas de novo.

— É tão gostoso estar dentro de você — sussurra ele enquanto seu ritmo aumenta.

A cama de Fletch range embaixo de nós, e eu me preocupo que ela possa se quebrar, mas o restante dos meus pensamentos desaparece quando um novo surge.

— Ei, Josh.

Josh para ao ouvir seu nome.

— Acho que quero ir por cima. Cavalgar você.

Seu rosto se abre em um sorriso largo quando ele passa os braços por baixo dos meus ombros e, antes que eu perceba o que está acontecendo, ele está rolando de costas e me puxando para que eu fique por cima dele.

— Isso foi impressionante.

Ele levanta a mão e acaricia minha bochecha.

— O que mais você quer?

Eu me sinto estúpida ao dizer o que quero em voz alta. Então, em vez disso, começo a cavalgar, curtindo a nova posição, a maneira como posso controlar o ritmo e a pressão.

É muito gostoso, mas está faltando alguma coisa.

— Aquela coisa que você fez com o polegar no meu clitóris.

Josh arrasta o polegar pela minha umidade e começa a fazer um círculo lento.

— É isso que você quer?

— Sim.

Ah, sim.

Arqueio as costas e me deixo flutuar para aquele lugar feliz onde meu cérebro está hiperconcentrado na pressão insana que se forma entre minhas pernas, e em como parece que cada molécula do meu corpo está no limite, esperando pela doce liberação.

Então eu sinto.

Uma pequena faísca.

Bem ali.

Mas então Josh muda o movimento e a sensação desaparece. Eu gemo e pego sua mão na minha, movendo seus dedos exatamente onde quero.

— Aqui, um pouco mais forte.

Josh faz o que peço, retomando os círculos com uma pressão perfeita. A pequena faísca está de volta e explodindo como um foguete, espalhando ondas de prazer pelo meu corpo.

— Vou gozar — digo, perdida demais na sensação para compreender algo além do fato de que ele também está gemendo. Sua mão encontra meu quadril e o puxa, fazendo com que eu me aprofunde ainda mais.

Há uma fina camada de suor em seu peito, e sua respiração é pesada e irregular.

Sempre que penso que não dá para ficar mais sexy, ele me prova que estou errada.

Desabo na cama ao lado dele. Ele me puxa para seu peito, para o pequeno recanto em formato de Brynn onde me encaixo perfeitamente. Ele deposita um beijo na minha testa e ficamos deitados em silêncio até que sua respiração se torne mais lenta e assuma um ritmo constante.

Fico deitada no escuro, ouvindo-o dormir, tentando memorizar a sensação de estar assim ao lado dele. Seu cheiro. O calor de seu corpo. A maneira protetora com que seus braços me envolvem.

Começo a entrar naquele estado que fica no meio do caminho entre a realidade e os sonhos. Sei que nosso tempo juntos é limitado, mas não existe outro lugar onde eu preferiria estar a não ser dormindo nos seus braços.

Viro a cabeça e encosto minha testa na dele.

— Não se esqueça — sussurro. — Quando você voltar. Não se esqueça de mim, está bem?

Ele não responde.

Ouço sua respiração até que tudo fica escuro.

31

BRYNN

A cama está fria quando acordo. As cobertas devem ter caído no chão em algum momento da noite, deixando meu corpo nu exposto.

Estou sozinha.

Não há ninguém dormindo ao meu lado. Nem mesmo uma marca no colchão. Nenhuma evidência de que Josh esteve aqui. A embalagem de camisinha vazia na mesa de cabeceira é meu único consolo, prova de que não sonhei com o homem perfeito. É um lembrete de que ele esteve sob meu nariz metafórico e sob meu teto real por meses, mas eu estava preocupada demais com a confusão da minha própria vida para perceber. Precisei arrastar nós dois para uma realidade alternativa para enxergar.

Minha calça jeans ainda está no chão. Eu a coloco, mas, quando vou pegar a camiseta, pego a dele. Quando passo a cabeça pela gola, inalo os últimos resquícios de seu cheiro. E então penso em me arrastar de volta para a cama e chorar em posição fetal. Mas não posso.

Hoje não sou a Brynn tristonha, do copo meio vazio, que acabou de se despedir do amor de sua vida.

Não, hoje sou Sloan Edwards. A amada patinha feia de Carson's Cove Prestes a se tornar um lindo cisne.

E tenho um concurso para ganhar.

Sherry já está atrás do balcão quando desço. Ela me lança um olhar brincalhão quando me vê descendo os degraus, mas, se está curiosa para saber por que estou saindo do quarto de Fletcher às oito e meia da manhã, guarda para si. Ela continua secando os copos com o pano de prato, cantarolando o que parece ser uma música antiga da Alanis Morissette.

— Bom dia, Sherry — digo na minha melhor voz de Sloan. — O Fletch pediu pra avisar que precisou sair da cidade de repente. Ele não tem certeza de quando vai voltar e queria pedir desculpas por deixar você na mão.

Ela suspira, visivelmente irritada.

— Aquele garoto. Pra onde ele foi dessa vez?

Eu nego com a cabeça.

— Não sei — minto. — É por minha causa. Eu me meti em uma confusão e... Bem... ele está me ajudando a lidar com as consequências. Ele é uma pessoa muito boa, sinceramente. Ele não teria...

Sherry ergue a mão.

— Não preciso do sermão. Sei que ele é um bom garoto. Se dissesse isso há alguns anos, eu diria que você está de palhaçada com a minha cara, mas ele mudou. Ele é bom. E, se você diz que ele está ajudando uma amiga, é tudo que eu preciso ouvir.

É um alívio pequeno, mas muito bem-vindo.

— Obrigada, Sherry. E, se você algum dia precisar de ajuda, vou ficar feliz em...

Sherry me interrompe de novo, desta vez com uma risada de porquinho.

— Querida, eu já a vi em ação. Obrigada, mas acho que vou ficar bem.

Ela volta a limpar o bar enquanto saio e vou até a casa de Sloan para colocar um vestido que seria aprovado pela Poppy, e então vou até a prefeitura para o último ensaio do concurso.

É mais um dia lindo e ensolarado em Carson's Cove, mas a sensação é diferente.

Josh se foi.

Pode ser apenas um truque de luz, mas Carson's Cove parece diferente também. A pintura da porta do armazém está lascada. A cor está mais para um ferrugem sem graça do que para um vermelho-vivo. Há rachaduras na calçada com pequenas ervas daninhas verdes nelas. As flores nos canteiros do meio-fio estão murchando. Eu me sinto como elas aparentam estar. Tristes. Sem inspiração. Com saudade de casa.

Mas não tenho tempo para me lamentar. Abro a porta da frente da prefeitura. Todas as mulheres solteiras entre dezesseis e trinta anos parecem estar em algum estágio de preparação para o concurso. Todo o espaço disponível está cheio de vestidos de gala reluzentes, biquínis fio dental, spray de cabelo, Red Bull e fita adesiva. Há até uma caixa enorme de plástico filme.

Não quero nem saber para que.

Poppy nos faz repetir o número de abertura tantas vezes que começo a perder as contas.

Meus pés estão doloridos e machucados por conta do uso excessivo dos saltos alto. Parece que voltei para o começo de tudo. Mas não tenho mais Josh para me pegar no colo e me levar para casa, tanto literal quanto figurativamente.

Então canalizo tudo isso para ganhar a coroa.

Minhas bochechas doem de tanto sorrir. Minha barriga dói de tanto que eu a encolho.

Mas está dando certo.

Eu deslizo com a graça de um cisne, que não é de plástico.

Faço *port de bras*, *pas de basque* e *chassé* com uma facilidade que faz Sandra Bullock parecer amadora.

Estou pronta para o concurso.

— Ok, meninas — diz Poppy pelo megafone. — Terminamos os ensaios. Vocês devem estar prontas para entrar em cena às sete em ponto. Fui clara?

Há um murmúrio baixo de concordância por parte das competidoras.

Luce aparece ao meu lado e se apoia em mim para se equilibrar enquanto tira os saltos.

— Meu Deus, que delícia. Nem sei por que ainda estou usando isso. Não é como se alguém pudesse me ver lá atrás.

Poppy mudou o lugar de Luce no número de abertura para o fundo, longe da minha posição frontal e central. Isso não apenas colocou a pobre Luce fora do campo de visão dos jurados, como também tornou quase impossível para nós duas conversarmos hoje.

Luce abre um terço do zíper da bolsa, apenas o suficiente para que eu possa ver uma garrafa de vinho de morango escondida dentro dela.

— Quer se arrumar comigo? — pergunta ela. — Trouxe apenas o suficiente para aliviar o nervosismo pré-concurso.

— Com certeza — digo a ela, pegando a capa com meu vestido do cabideiro.

Ela segura a bolsa e nós duas encontramos um banheiro vazio no terceiro andar, onde ligamos os modeladores de cachos e alternamos os goles no vinho de morango, o tempo todo conversando e rindo sobre nada em particular.

Eu gosto da Luce.

Ela conta histórias engraçadas sobre os animais da fazenda enquanto arrumamos o cabelo.

Ela diz em voz alta tudo aquilo que eu sinto sobre meias-calças e sutiãs sem alças. Ela faz mágica com um pincel de contorno, mas não faz com que eu sinta que preciso dele. Estamos apenas nos divertindo.

E isso faz com que eu perceba que é exatamente disso que tenho sentindo falta. De uma amiga. Alguém que simplesmente me entenda. Que me aceite. Que não me queira nada além da minha simples companhia. E, embora eu não tenha magoado Luce diretamente da mesma forma que Sloan a magoou, ainda assim a julguei por trás da segurança da tela da minha TV.

— Ok. — Luce e seu pincel de contorno se inclinam para trás. — Você está linda, mas precisa me dizer o motivo dessa carinha.

Penso na melhor maneira de explicar.

— Eu só sinto muito. Por tudo. Todos esses anos...

Ela ergue a mão.

— Águas passadas. Estamos bem agora, né?

Eu concordo com a cabeça.

— Não vi seu homem hoje. Achei que ele estaria por aqui.

Meu coração bate forte no peito.

— Ele teve que sair da cidade por um tempo.

— O Spencer foi embora?

Minha boca se abre quando percebo que fiz besteira.

— Eu quis dizer o Josh. Quer dizer, o Fletch. Achei que você estava perguntando...

Ela bate com o ombro no meu.

— Acho que ele faz bem pra você. E fico feliz que finalmente esteja admitindo isso.

Engulo o bolo que se formou de repente na minha garganta.

— Vamos nos vestir?

Luce se levanta.

Abro o zíper da capa com o vestido de Poppy. Ele fica ainda mais bonito com a luz do fim de tarde. Giro o cabide, deixando os cristais brilharem ao sol. Quando ouço um arquejo, acho que é Luce olhando para ele com admiração, até que me viro e vejo seu rosto.

— O que aconteceu?

Ela segura o material vermelho do vestido nas mãos.

Demoro um segundo para entender para o que ela está olhando. O que eu pensava ser uma fenda no vestido de lantejoulas é, na verdade, um rasgo considerável.

— Ah, meu Deus. O que aconteceu?

Ela se ajoelha, com o vestido ainda em mãos.

— Eu não deveria ter criado expectativas. Eu deveria ter desconfiado.

— Desconfiado do quê? — pergunto, ainda confusa. — O que aconteceu com o vestido?

Quando ergue a cabeça, vejo seus olhos brilhando.

— O que você acha que aconteceu? Esse lugar não muda nunca. É como viver o mesmo dia de novo e de novo. Eu já deveria estar acostumada, mas, não importa quantas vezes aconteça, ainda dói.

Começo a juntar as peças do que aconteceu.

— Não — digo a ela. — Nós podemos consertar isso. Vou descer e falar com a Poppy. Talvez alguém tenha trazido um extra.

Luce segura o vestido, deixando o rasgo ainda mais aparente.

— Não perca o seu tempo... Vamos entender isso como um sinal do universo de que eu não fui feita para aquele palco...

— Você foi. — Coloco minha mão sobre a dela e a aperto. — Me dê dez minutos. Vou pensar em alguma coisa, prometo.

Encontro Poppy nos bastidores, gritando com um dos membros da equipe sobre o ângulo estranho em que foi suspensa a lagosta gigante e cintilante que deveria ser o pano de fundo do show.

— Ei — chamo. — Estamos com probleminha.

Quando Poppy se vira, o membro da equipe aproveita para sair correndo.

— O quê? — grita, erguendo as mãos.

— O vestido da Luce está rasgado...

— É, eu sei... — interrompe Poppy.

— Como assim, você sabe? Sabe como?

Poppy agarra meu braço, me puxando para uma das coxias.

— Qual é, Sloan. — Ela cobre o microfone do fone de ouvido com a mão. — Ela é sua maior concorrente. Se ela chegar à rodada de gala, você está ferrada. Eu estava ajudando você.

Meu estômago se contrai.

— Você estragou o vestido da Luce de propósito? Poppy, isso é horrível.

Ela abana o ar com um movimento da mão.

— Não é horrível. Talvez seja um pouco previsível, até mesmo sem imaginação... Mas eu não podia deixar que ela ganhasse o concurso.

— Por que não?

— Porque esse é o ano que Sloan Edwards, a garota de ouro de Carson's Cove, finalmente recebe a coroa. O ano que ela conquista o coração de Spencer. É o que todo mundo quer, obviamente! Então, eu só... dei uma forcinha. — Poppy pressiona o dedo no fone de ouvido. — Já terminamos aqui? Estamos com uma crise nos assentos.

Atordoada, volto lentamente para o banheiro. Luce olha para mim quando entro, com olhos grandes e esperançosos, até que eu nego com a cabeça.

— Sinto muito.

Ela dá de ombros lentamente, com um suspiro resignado.

— Não tem problema. Vou ficar bem aqui. — Ela joga o vestido na pia. — Deixe que eu ajudo você a fechar o zíper.

De repente, todos os sentimentos que eu estava reprimindo o dia todo vêm à tona.

— Não.

Luce parece confusa com a força por trás da única palavra.

— Não — repito. — Não vou usar esse vestido.

Não vou usar o vestido nem ganhar o concurso.

Pego o vestido de gala azul-cintilante da Poppy.

— Você vai usar.

Luce nega com a cabeça, confusa.

— Você quer que eu use seu vestido? Sloan, isso não está certo.

Mas está.

Luce tem toda a razão.

Essa cidade ainda está parada no tempo. Ela nunca vai mudar, a menos que seja forçada a isso. O mínimo que eu posso fazer é dar o primeiro passo.

— Quero que você o use e quero que você ganhe. Você merece, Luce.

Ela pega o vestido das minhas mãos. Quando o peso sai dos meus braços, a consequência das minhas ações não diminui.

— Tem certeza? — Ela segura o vestido junto ao corpo. Já dá para saber que vai servir perfeitamente. Um milagre típico de Carson's Cove.

— Certeza absoluta.

Ela ergue uma das sobrancelhas.

— A Poppy vai ficar maluca. Você sabe disso, né?

— Sei, sim. — Um sorriso lento se espalha pelos meus lábios. — Ela vai perder a cabeça.

Uma ideia me ocorre. Uma que Poppy provavelmente vai odiar mais ainda do que nossa troca de vestido de última hora.

Verifico o relógio. Faltam exatamente duas horas para o concurso.

— Ei, Luce, vou precisar da sua ajuda com meu cabelo de novo.

32

BRYNN

A prefeitura de Carson's Cove está lotada.
Cada cadeira dobrável de metal no espaçoso salão está ocupada por um rosto familiar. Há personagens de temporadas passadas, figurantes, convidados que apareceram uma única vez e todos os personagens regulares: Pop, Lois, dr. Martin. Todo mundo está aqui.

Os bastidores estão igualmente animados enquanto as vinte e três candidatas a Miss Festival da Lagosta, com camisetas idênticas do septuagésimo quinto aniversário do concurso, se preparam para o número de abertura.

— Você está pronta? — pergunta Luce, me cutucando com o quadril e dando uma espiada pela minha fenda secreta na cortina.

— Mais pronta do que nunca — respondo. Pego uma mecha de suas pontas recém-tingidas de rosa. — Você está maravilhosa. Estou sentindo que a coroa é sua.

Ela revira os olhos.

— Agradeço o otimismo. Já estou feliz por ter uma chance justa. — Ela acena com a cabeça para meu cabelo, que ainda está enrolado em bobs, sob um lenço de seda. — Você está pronta pra tirar? Já vai começar.

Meus olhos procuram por Poppy nos bastidores. Ela está no lado oposto do palco, conversando com Sheldon. Ambos estão de costas para nós.

Eu concordo com a cabeça.

— Vamos lá.

Luce desfaz meu cabelo. À medida que cada cacho castanho-escuro sai de seu bob, me sinto cada vez mais eu mesma.

Luce coloca o último bob na penteadeira, depois se inclina para a frente, apertando meus ombros e encontrando meus olhos no espelho.

— Muito melhor — diz ela com um sorriso.

Ela pega uma lata de spray e dá a última borrifada enquanto uma voz estrondosa ecoa pelo sistema de alto-falantes:

— Boa noite, senhoras e senhores.

Enquanto a voz anuncia os eventos da noite e as regras para lanches e fotografias com flash, Luce e eu tomamos nossos lugares em um mar de concorrentes animadas. Meu estômago começa a embrulhar de nervoso, como se só agora eu estivesse percebendo que tenho que ir até lá e competir em um concurso.

A voz do mestre de cerimônias ecoa pelo salão:

— Por favor, batam palmas e deem as boas-vindas às candidatas do concurso Miss Festival da Lagosta deste ano.

Uma música pop brega de elevador começa a tocar. É a mesma música que ensaiamos a semana inteira. Respiro fundo uma última vez, empurro todo o nervosismo restante para o fundo do estômago e faço exatamente o que tenho feito desde que entrei na vida de Sloan: me forço a sorrir.

Quando entro no palco, as luzes são tão ofuscantes, que o público se transforma em uma mancha preta, com um flash de câmera ou outro, ou o brilho de óculos. Não conseguir enxergar ninguém é um pouco reconfortante.

Mesmo que meu cérebro não esteja funcionando na capacidade máxima, meus pés fazem os movimentos do número de abertura automaticamente. Acho que Poppy sabia exatamente o que estava fazendo quando nos obrigou a praticar de novo e de novo, e de novo.

O número todo é uma névoa. E sinto como se estivesse dançando dentro de uma gelatina, até que o nome de Sloan é chamado, e isso me traz de volta à realidade com tanta força que parece que tomo uma chicotada.

O locutor se vira para mim e sorri.

— Bem-vinda, participante número oito: Sloan Edwards. Sloan ama praia, cultivar ervas orgânicas e criar vestidos modernos e sustentáveis. Por favor, uma salva de palmas para Sloan.

Caminho até o x no chão, como Poppy nos ensinou. Ombros para trás, para mostrar os seios. Mandíbula projetada para a frente, para evitar o queixo duplo. Boca ligeiramente aberta, para deixar o rosto mais longo e magro.

Também já pratiquei bastante essa parte.

Fazer cara de corajosa.

A cara de *Eu estou muito bem, obrigada*. A máscara que tenho usado nos últimos quatro anos. Aquela que esconde o coração partido que, embora remendado, ainda tem cicatrizes feias.

Sou recebida com aplausos estrondosos.

Aplausos. Gritos. Assobios.

— Senhoras e senhores, as candidatas ao concurso Miss Festival da Lagosta. Vamos dar uma última salva de palmas antes de elas irem se trocar para a rodada de vestidos de gala e entrevistas. Obrigado, meninas.

Saímos do palco em uma correria de corpos seminus, trocando as camisetas enfeitadas com lagostas por seda e lantejoulas.

Luce coloca o vestido azul. Ele serve como se tivesse sido feito para ela.

— Você parece uma princesa.

Ela alisa o corpete com a palma das mãos.

— Se for uma princesa guerreira, eu aceito.

Ela olha para meu short vermelho e minha camiseta de lagosta.

— Tem certeza absoluta de que quer fazer isso?

Eu concordo com a cabeça.

— Nunca tive tanta certeza na vida.

Luce ri, mas seu sorriso diminui quando seus olhos se voltam para algo acima do meu ombro.

— O que é isso, Sloan?

Eu me viro para ver Poppy olhando para Luce.

— Por que *ela* está usando meu vestido?

Poppy está usando o próprio traje de gala: um vestido sereia de veludo que abraça o corpo, em um tom tão profundo de verde, que é quase preto. Seu cabelo está penteado para trás em um rabo de cavalo elegante, sem deixar uma única mecha para esconder a expressão de total desdém no seu rosto que, em outros momentos, é lindo.

— Como eu já disse, o vestido da Luce está rasgado. — Dou um passo à frente, me colocando entre elas. — Você tinha outras coisas para se preocupar, então arrumei uma solução. Acho que ela está linda.

Poppy nega com a cabeça.

— Não. Absolutamente, não. Ela não pode ir com ele. Tire, agora! — Poppy se lança para a frente. Suas unhas pintadas de vermelho parecem garras quando ela alcança o vestido, como se pretendesse arrancá-lo de Luce.

Luce, que tirou os saltos altos mais cedo e optou por elegantes rasteirinhas, tem uma agilidade que não pode ser acompanhada pelos saltos dez centímetros de Poppy. As mãos de Poppy agarram apenas o ar enquanto Luce se esconde atrás de um caixote de lagostas de plástico, bem no momento que a voz do mestre de cerimônias ecoa pelos alto-falantes.

— E agora, por favor, deem as boas-vindas à concorrente número três: senhorita Lucille Cho.

Os olhos de Luce encontram os meus. Digo um "Vai!" silencioso, enquanto entro na frente de Poppy com os braços abertos, como se estivesse totalmente preparada para que ela se inclinasse e tentasse me derrubar no chão para poder impedir que Luce entre no palco.

Mas não é o que ela faz.

Em vez disso, volta toda a força de seu olhar de laser para mim.

— Sua bruxa!

Há veneno em sua voz, e fico surpresa com quão pouco isso me afeta.

— Foi a coisa certa a se fazer, Poppy. Você nunca deveria ter estragado o vestido dela. Mesmo que tenha feito isso por mim.

Poppy bate em minhas mãos para afastá-las.

— Desde quando você se importa com a Luce?

Levanto as mãos novamente, desta vez em um gesto de rendição.

— Estou virando uma nova página.
— Bom, volte pra anterior.
Há uma gargalhada alta vinda da plateia. Isso interrompe nossa conversa. É um lembrete de que Luce está no palco respondendo à pergunta.

E, pelo som da multidão, ela está arrasando na resposta.

Poppy bate o pé. O estalo do salto é tão alto, que fico surpresa por ele não ter se quebrado.

— Você estragou tudo. Você sabe disso, né?

Concordo com a cabeça, sabendo que as consequências são ainda piores do que as que Poppy está insinuando.

Ela estende o braço em um gesto selvagem na direção de Luce.

— Só pra deixar claro, sem um vestido, não existe chance nenhuma de eu deixar você subir naquele palco. A Luce vai ganhar.

— Não me importo com isso.

Quando as palavras saem, sei que são verdadeiras. Não me importo se a Sloan não ganhar a coroa... nem hoje, nem nunca. Mesmo que isso signifique que ela nunca terá seu suposto "felizes para sempre".

Ela não ganhou há quinze anos. Não foi o final perfeito que todos queriam, mas ela seguiu com a vida, fazendo coisas incríveis. Se mudou para Paris. Começou um negócio. Tenho a sensação de que Sloan — eu — vai ficar bem desta vez também. Mesmo que não estejamos seguindo o plano.

— Mas será que posso perguntar uma coisa pra você?

Dou um passo em direção a Poppy, abaixando as mãos. O drama do vestido desta noite me fez pensar no final da temporada. Uma ponta solta que nunca foi esclarecida.

— Quinze anos atrás, no meu vestido. Foi você também, né?

Poppy cruza os braços na frente do peito.

— Acho que você nunca vai saber.

Acho que não. Nem preciso. De qualquer forma, pra mim já deu da Poppy.

Há uma rodada de aplausos estrondosos da plateia, os mais altos que ouvi a noite toda. Poppy e eu nos viramos e observamos enquanto Luce sai pelo outro lado do palco. Poppy ajusta o fone de ouvido e olha uma última vez para mim, antes de dar meia-volta e seguir na direção oposta.

Estou sozinha quando o mestre de cerimônias chama Sloan. Eu me pergunto o que fazer, tentando enviar algum sinal com a mão para que ele saiba que me desqualifiquei, mas, quando me aproximo da coxia e vejo o público, percebo que pode ser minha última oportunidade de subir neste palco.

E tenho algo a dizer.

O mestre de cerimônias chama Sloan Edwards novamente. Em uma fração de segundo, tomo uma decisão. Corro para o palco central antes que Poppy ou qualquer outra pessoa possa me impedir.

As luzes me cegam novamente enquanto avanço em direção ao homem com o microfone e tento me lembrar exatamente do que devo fazer. Encontrar o x. Peito para a frente. Sorrir.

Minha cabeça ainda está nublada com tudo que aconteceu.

Um silêncio incômodo se instala na plateia quando percebem que ainda estou usando a roupa de lagosta.

Eu me viro para o apresentador.

— Estou pronta para minha pergunta, senhor.

Ele hesita por um momento e, então, repete a pergunta que fez para todas as participantes da noite.

— Se você pudesse dizer uma coisa a esta cidade, no septuagésimo quinto aniversário do concurso Miss Festival da Lagosta, o que seria?

Provavelmente existe uma resposta correta, algo relacionado à paz mundial, mas há mais coisas que quero dizer a esta cidade.

— Eu achava que queria uma vida onde tudo saísse exatamente como deveria. Na qual sua melhor amiga fosse sua melhor amiga para sempre, e os sentimentos pelo garoto da casa ao lado nunca se abalassem. Na qual você se expõe na frente de toda a cidade e prova que finalmente é uma mulher digna de ser amada. Mas o problema é o seguinte: passei as últimas semanas me apaixonando pelo cara errado. E descobrindo uma afinidade e fazendo amizade com aquela que deveria ser minha inimiga. Passei uma quantidade desproporcional de tempo em um bar e me diverti mais do que consigo me lembrar. A questão é, nada aconteceu como deveria, e isso me fez perceber que... quero dias ruins, que me façam apreciar os dias realmente bons, e não me importo tanto com a sensação de chegar ao fundo do poço, porque isso me faz apreciar o fato de que sou uma piranha dura na queda, capaz de rastejar de volta para a superfície. Divórcio, desespero, ter minha vida inteira arrancada de mim pra ser jogada em uma nova dimensão... Eu aguento. Não me importo de acordar todas as manhãs e saber que não há garantias na vida, mas que há aventura. Que há novos começos. Que preciso amar muito o tempo que me é dado, porque a vida pode mudar a qualquer momento e, às vezes, essas mudanças são difíceis. Por isso, se eu tiver que dar um conselho (e eu realmente não deveria dar, considerando o estado da minha vida), diria para darem uma boa olhada ao redor dessa cidade, que parece não ter mudado nada nos últimos quinze anos e se perguntarem: essa vida segura e previsível vale a pena? Porque eu acho que vocês estão perdendo a oportunidade de conhecer pessoas fantásticas e de vivenciar finais surpreendentes. Obrigada e boa noite.

Com isso, largo o microfone, me viro nos meus saltos e saio orgulhosamente pelo lado esquerdo do palco.

Não há nada além de silêncio: ouço grilos na plateia. Mas, quando entro na coxia, outro pensamento incômodo do qual preciso me livrar surge.

Corro de volta para meu lugar no palco e pego o microfone, que ainda está no chão.

— Uma última coisa, já que estamos todos reunidos. Sloan Edwards tem administrado um império de vestidos nos últimos quinze anos. Ela não precisa de uma coroa para provar que é inteligente, determinada, talentosa ou digna de qualquer coisa. Enquanto pensam em tudo que acabei de dizer, talvez vocês devessem considerar a possibilidade de cancelar esse concurso. É nojento. Boa noite, de verdade dessa vez.

E então saio do palco pela coxia esquerda.

Não paro quando Poppy tenta me encurralar nos bastidores com um *Baralho, Sloan, você está de brincadeira comigo?* Ou quando Sheldon chama meu nome enquanto saio pela porta dos fundos.

Corro pela rua principal, sem saber para onde estou indo até virar no beco dos fundos do bar e encontrar a escada de incêndio.

A cada degrau, respiro um pouco mais fundo. Como se um peso estivesse sendo retirado lentamente do meu peito. Eu subo. Cada vez mais alto. Até que consigo ver as estrelas.

33

BRYNN

O telhado está vazio.

Não há sinais de que alguém tenha estado aqui em cima, exceto por uma garrafa vazia de cerveja no chão, provavelmente deixada aqui na outra noite.

Acho que parte de mim secretamente esperava subir esses degraus e encontrar Josh me esperando, de alguma forma teletransportado de volta pela magia de Carson's Cove.

Eu realmente preciso encontrar outra série.

— Ei...

Meu coração dá um salto triplo ao som da voz de um homem, mas se estabiliza quando me viro para ver um loiro familiar subindo a escada de incêndio. Ele está usando calça cáqui e camisa de flanela. O homem dos meus sonhos. Mas não quero mais meus sonhos. Quero a realidade.

— Olhe, Spencer...

Ele ergue a mão.

— Antes que você fale, queria dizer uma coisa.

Eu me preparo para mais uma declaração de amor.

— Ouvi o que você disse lá no concurso e achei incrível.

Surpresa não é bem a palavra certa para minha reação.

— Achou?

Ele concorda, seus olhos azuis brilhando apesar da escuridão.

— Achei. Essa cidade está tão parada no tempo. Foi por isso que fui embora e fiquei tanto tempo longe. Não conseguia colocar em palavras o que estava errado. Mas você conseguiu. Foi incrível.

Ainda estou surpresa com o que ele está dizendo. Ele e a cidade estão tão entrelaçados que é difícil separá-los.

— Bom, obrigada.

Ele dá um passo hesitante para a frente.

— Você não me ama, né?

A vulnerabilidade em sua voz faz meu coração se apertar.

— Sinto muito, Spencer, não.

Ele concorda com a cabeça, como se essa fosse a resposta que estivesse esperando.

— Você já me amou?

Penso na sua pergunta.

— Você foi o cara perfeito durante toda minha adolescência e, de uma forma muito especial, meu primeiro amor. Tenho trabalhado esses sentimentos, entre outros, nas últimas semanas, e posso ter enviado alguns sinais contraditórios pra você, por isso peço desculpas.

Ele concorda com a cabeça.

— Acho que também fiquei preso ao passado. Voltar aqui mexeu com a minha cabeça. — Ele se aproxima mais um pouco. — Mas ainda quero continuar sendo seu amigo. Conhecer você de novo.

Sei que falo por mim e pela Sloan quando digo:

— Eu também gostaria muito disso.

Ele aponta para a saída de ar.

— Quer se sentar um pouco?

É o mesmo lugar onde me sentei com Josh. Eu me junto a Spencer, olhando para a cidade.

— Eu me pergunto se o resto desse lugar vai mudar algum dia.

Spencer olha para mim.

— Acho que sim. Quer dizer, você viu o que aconteceu hoje à noite.

Fico olhando para ele, confusa.

— Você está falando do meu discurso no concurso?

Ele nega com a cabeça.

— Não, da coroação.

Meu coração dá um salto.

— O que aconteceu?

Spencer sorri.

— Bom, depois que a Luce ganhou, a Poppy teve um ataque. Ela admitiu ter manipulado o concurso com a Lois durante anos, e as duas foram destituídas das suas funções por tempo indeterminado. Até falaram de acabar com o concurso de uma vez por todas. Você tinha razão, é um conceito meio ultrapassado. Por que você parece tão surpresa?

— Acho que não esperava que as coisas acontecessem desse jeito.

Spencer inclina a cabeça.

— Eu também não, mas acho que tudo acabou bem. A Luce finalmente recebeu sua coroa. A Poppy teve o que merecia. E você está exatamente onde deveria estar.

— O que você quer dizer com isso?

Spencer olha para mim, pensativo.

— Você sempre amou Carson's Cove. Acho que muitas pessoas ficaram chocadas quando você foi embora e nunca mais olhou pra trás. Acho que todo mundo esperava que você fosse voltar à cidade e ser a mesma garota de sempre, mas você não é mais. É óbvio que você ainda ama esse lugar, mas você tem razão, ele precisa mudar. E agora você está forçando as pessoas a darem uma boa olhada no que ele se tornou, acho que Carson's Cove e todas as pessoas que vivem aqui vão ser diferentes; serão melhores depois dessa noite, e tudo isso por sua causa.

Ainda não sei como tudo isso funciona, ou se existe uma Sloan de verdade por aí, que viveu essa vida que Spencer acabou de descrever, mas gostaria de pensar que sim, e que ela estaria orgulhosa de tudo que aconteceu aqui esta noite. Que é exatamente o que ela gostaria que acontecesse.

Spencer olha o relógio.

— Já é quase meia-noite. Acho que eu vou pra casa. Quer que eu a acompanhe?

Nego.

— Acho que vou ficar aqui mais um pouco. Falo com você amanhã.

Spencer vai embora.

Penso em voltar para a casa da Sloan, mas, quando desço os degraus, passo pela janela de Fletch. A cama me chama. Tiro as roupas e me deito nela, puxando os lençóis sobre a cabeça.

Ainda têm o cheiro do Josh.

Quando fecho os olhos, uma única lágrima escorre pela minha bochecha. Meus pensamentos se acalmam, me deixando com apenas uma coisa em mente.

Sinto saudade dele.

E, com as escolhas que fiz hoje, há boas chances de que nunca mais o veja.

34

BRYNN

Não há nada além de escuridão quando abro os olhos.
Não consigo respirar.
Minhas pernas. Não consigo movê-las.
Será que estou machucada? Paralisada?
Estou... enrolada como um burrito?
Por hábito, viro a cabeça para a esquerda, esperando encontrar a vista da praia pela janela do quarto de Sloan. Mas não estou olhando para a praia.
Estou olhando para letras vermelhas que soletram... Netflix?
Pisco. Sacudo a cabeça para desfazer a confusão mental.
Estou enrolada em meu cobertor azul felpudo.
No meu sofá.
Meu sofá de casa, em Toronto.
— Mas que porra é essa?
Eu consigo xingar.
— Porra! Merda! Caralho!
Posso dizer todos os palavrões tão alto e pesados quanto quiser.
E os pronuncio com vontade enquanto tiro os braços da camisa de força azul e felpuda, mas só quando estou livre, tenho cem por cento de certeza de que estou na minha sala de estar e no meu sofá, em Toronto.
Mas como foi que eu cheguei até aqui?

Minhas últimas lembranças são da minha conversa com Spencer no telhado. Depois, de me deitar na cama do Fletch.

Corro para o espelho de corpo inteiro ao lado da porta da frente. Ainda estou usando minhas leggings e minha regata pretas da Lululemon. Aquelas com as quais fui dormir no meu aniversário de trinta anos.

Será que eu estava dormindo esse tempo todo?

Meu rosto está marcado com os padrões de tricô da almofada.

Deslizo até o chão com as costas pressionadas contra a parede. Eu me sinto atordoada. Será que minha alma está ferida e machucada, porque tudo que senti, tudo que eu passei, era falso? Uma alucinação? Eu nem sei.

Meus olhos se voltam para o primeiro quarto no corredor.

O quarto de Josh.

Se nunca estivemos em Carson's Cove, então também nunca estivemos juntos.

Meu coração se aperta. A dor é tão forte, que me pergunto se acabei de senti-lo se partir — como se a expressão *coração partido* não fosse apenas algo inventado pelas comédias românticas de Hollywood. Como se fosse uma condição médica real, e eu tivesse acabado de vivenciá-la.

Não.

Não é possível sonhar por dias inteiros com o tipo de detalhe vívido que deixa lembranças gravadas para sempre na memória.

Deve haver outra explicação.

Meu celular.

Eu me levanto e vasculho a sala de estar, até me lembrar de que o perdi no bar.

Encontro meu notebook e, quando a tela se acende, tenho que encarar a data no canto por um momento para processá-la.

É 22 de junho.

Estive fora por mais ou menos uma semana.

Meus olhos pousam na mesa de centro, onde a fatia de bolo branco continua no prato, intocada. A vela com o pavio preto chamuscado ainda está nela.

Aconteceu. Aquilo tudo.

— Josh! — chamo, caminhando pelo corredor até a porta de seu quarto. — Josh, você está aí?

Ergo a mão, mas, quando a encosto na porta, ela se abre com a força da minha batida.

O quarto está escuro.

E vazio.

Olho em volta, em busca de pistas. As gavetas da cômoda estão abertas, assim como a da mesa de cabeceira. É como se ele tivesse saído com pressa.

Então me lembro.

— O leilão.

Sou inundada pelo alívio. Ele também conseguiu voltar e está indo para o norte. Espere! Não, o leilão foi ontem.

Sem celular para ligar para ele, volto a me sentar no sofá, me resignando a esperar até que ele volte para casa. A imagem de *Carson's Cove* na Netflix ainda está na tela da TV.

Levo exatamente trinta e dois segundos para decidir que odeio este plano.

Não posso esperar que ele venha até mim. Preciso ir até ele.

Troco de roupa o mais rápido possível.

Não penteio o cabelo e volto para o notebook, abrindo o Google. Josh cresceu em Orillia, na província de Ontário, e o nome do bar é Buddy's. A cidade é pequena, e encontro uma página antiga no Facebook com o endereço.

Abro a porta da frente com a força do coração de uma mulher pronta para recuperar seu homem, mas paro ao ver um homem bloqueando o caminho.

Segurando uma caixa de doces.

— Porra. Não. — Aponto um dedo muito severo para Sheldon. — Você ouviu o que acabei de fazer? Eu xinguei. E vou pensar em você toda vez que um palavrão sair dos meus lábios, de agora até o fim dos tempos.

Sheldon ergue a caixa. Ela é vermelha. O nome de uma rede de cafeterias está escrito em uma caligrafia familiar na frente.

— Isso é uma oferta de paz. São dois donuts de creme, um torcido de mel e um de xarope de bordo. Sem gracinhas, eu prometo.

Ele tenta entrar, mas eu o bloqueio.

— Desculpe a pergunta, mas o que exatamente você está fazendo aqui? Veio me lembrar que eu destrocei sua *Carson's Cove* perfeita?

Ele faz uma pausa antes de responder.

— Talvez. Ou quem sabe você a consertou? — Ele ergue os donuts novamente. — Eu vim pra me explicar. Me dá cinco minutinhos? — Ele abre a caixa, tira uma rosquinha de creme e dá uma mordida. — Viu? Minhas intenções são nobres.

Abro caminho lentamente.

— Você tem dois minutos. Já estou de saída.

Ele se senta no sofá e olha para a tela da TV por um momento.

— *Carson's Cove* era meu lugar feliz também — diz ele. — Cinco lindos anos. Foram os melhores da minha vida. Eu era relevante. As pessoas me reconheciam. Havia um site inteiro dedicado a mim. E até uma newsletter.

Ele dá uma mordida melancólica no donut.

— Mas aí acabou, e todo mundo seguiu em frente com algo maior e melhor, e eu fiquei preso. Era para ser minha grande chance. Trabalhar em *Carson's Cove* deveria ter me levado à fama dos dramas adolescentes, mas nunca recebi crédito pelos meus papéis. Não consegui outro emprego. Meu próprio final feliz nunca aconteceu.

Meu coração congelado derrete, mas só um pouco, porque consigo me identificar com o sentimento, mas não com toda a questão de alterar-a-realidade-para-lidar-com-isso.

— Mas seu discurso me fez pensar — continua ele — que eu estava preso no passado e que já era hora de seguir em frente com minha vida também.

De repente, as últimas vinte e quatro horas fazem muito mais sentido.

— Então é por isso que estou em casa? Você mudou de ideia?

Sheldon, no entanto, nega.

— Eu não estava mentindo quando disse que a magia era maior do que eu. Você voltou pra casa porque realizou seu desejo: deu à Sloan o final que ela merecia.

Uma mulher independente e feliz, com uma melhor amiga de verdade, administrando o próprio império de vestidos, tomando vinho de morango e saindo pra dançar aos fins de semana.

Ela pode ser uma personagem fictícia, mas me sinto melhor sabendo que talvez, em algum lugar, em algum universo paralelo, ela esteja vivendo sua melhor vida.

— Então quer dizer que você veio até aqui só pra esclarecer as coisas entre nós? — pergunto a Sheldon.

Ele se levanta.

— Estou perdoado?

Ele estende os braços para um abraço. Pego a caixa de donuts e a enfio em suas mãos.

— Você está de volta ao mundo real, amigo. Quer perdão? Precisa merecer.

Vou até a porta da frente e a abro. Sheldon passa emburrado por mim e, quando para nos degraus da frente, noto um Mini Cooper vermelho-vivo estacionado na rua.

— Espere! — chamo.

Ele se vira.

— Esse carro é seu? — Aponto para o Mini.

Seu rosto fica vermelho.

— Tecnicamente... não.

Estendo a mão.

— Se me der as chaves, vou considerar isso um passo significativo rumo à reconciliação.

Seu rosto se ilumina quando ele tira as chaves do bolso e as joga para mim.

— Para onde estamos indo?

— *Eu* estou indo. É uma missão solo.

Atravesso a rua correndo e subo no familiar banco da frente.

— Você pode, pelo menos, me deixar no metrô? — pede Sheldon enquanto manobro para sair da vaga.

— Foi mal — grito pela janela aberta. — Não dá tempo. Estou correndo atrás do meu felizes para sempre.

35

BRYNN

Quando chego a Orillia, já é hora do almoço, graças ao trânsito de Toronto e ao grande número de pessoas se dirigindo ao norte, para suas casas de campo.

A cidade está movimentada.

Já faz alguns anos que não venho aqui e, enquanto dirijo o Mini Cooper pela rua principal, fico impressionada com quanto ela me lembra Carson's Cove. As vitrines das lojas e os prédios históricos ostentam aquele ar pitoresco de cidade pequena que sempre amei.

Preciso de duas tentativas para encontrar a rua do Buddy's, e depois mais vinte minutos para encontrar algum lugar para estacionar. Estou tão preocupada com a logística da coisa que não percebo como o friozinho na minha barriga toma conta de mim, até que estou em frente à porta azul do bar, girando a maçaneta e a encontrando destrancada.

— Oi — chamo conforme a abro.

O bar está silencioso. Cheira um pouco a mofo, como se as portas estivessem fechadas há algum tempo. O piso é de carpete, em um marrom profundo. As cadeiras e mesas são de madeira escura. É antigo, com certeza, mas tem um ar acolhedor. Especialmente o balcão. É feito de uma madeira linda. Há desenhos gravados em baixo-relevo nas prateleiras. Seu formato em U lembra o Bronze. Consigo imaginar Josh atrás dele, uma toalha de bar branca jogada sobre o ombro enquanto ele serve uma cerveja da torneira.

— Ei, foi mal. Estamos fechados — diz uma voz.

Ela me congela no lugar.

— Sou amiga do bartender. Atravessamos um continuum de tempo-espaço juntos. Isso nos uniu de maneiras estranhas e maravilhosas.

— Brynn?

Meus pensamentos se dispersam quando me viro devagar para encará-lo. Todas as coisas que eu queria dizer são esquecidas quando olho nos olhos do homem por quem eu cruzaria cem dimensões para encontrar.

— Você mudou o cabelo.

Pego uma mecha de cabelo entre os dedos e a solto.

— Nunca me senti eu mesma sendo loira. Acho que minha alma é morena.

Ele se aproxima um pouco mais.

— Ficou diferente. — Ele nega com a cabeça. — Bom, quer dizer, lindo. — Ele passa as duas mãos pelo próprio cabelo e as deixa cair. — Desculpe. Ainda estou aprendendo.

— Eu também.

Dou um passo em sua direção, depois outro, depois mais um, até que não haja nada além de um respiro entre nós. Estou quase com medo de tocá-lo, preocupada que ele estoure como uma bolha. Uma bela ilusão.

Ele se move primeiro, seus dedos subindo pelo meu braço, roçando a pele, até que ele segura meu queixo.

— Você conseguiu voltar. — Seu polegar acaricia minha bochecha, e eu luto contra a vontade de fechar os olhos, querendo aproveitar cada segundo com ele.

— É uma história bem longa — digo. — Mas vou dar um spoiler do final. A Sloan não fica com o Spencer.

A mão de Josh fica parada.

— Uma reviravolta inesperada?

— Parece que eles funcionam melhor como velhos amigos. Há muita coisa acontecendo na vida dela. A Luce. Um império de vestidos para administrar. Ela só está de passagem pela cidade, antes de sair para conhecer o mundo.

Josh sorri.

— Eu gosto desse final.

Eu concordo com a cabeça.

— Também gosto. Mas, me diga, e o *seu* felizes para sempre?

Josh dá um passo para trás, tirando a mão da minha bochecha.

— Esse lugar vai dar muito trabalho. Precisa de uma boa reforma. Piso novo. Acho que uma banda poderia ajudar. Eu estava pensando que uma sócia cairia bem.

Tento esconder o sorriso.

— Talvez eu conheça alguém que se interesse. Ela é bem esperta atrás do balcão. Se você conseguir roubá-la do Applebee's, ela pode ser perfeita.

Ele se aproxima novamente, seus braços envolvendo meus ombros enquanto ele encosta a cabeça na minha.

— Acho que ela vai ser perfeita.

Seus lábios vão da ponte do meu nariz até meus lábios, onde ele deposita um beijo suave.

— Ei, Josh. — Eu me afasto para dizer a ele as cinco palavras mágicas que me fizeram viajar no tempo e espaço. — Eu te amo pra baralho.

Ele ri, pressionando os lábios na minha testa.

— Eu também te amo pra baralho.

36

BRYNN

A música soa no andar de baixo.

Ela tem um grave forte que reverbera pelas tábuas do assoalho, fazendo cócegas nos meus pés. Abandono meu projeto, um reels de Instagram que apresenta a decoração atualizada do bar no andar de baixo, combinada com fotos do Buddy's original, quando foi aberto pela primeira vez há mais de quarenta anos.

Embora o novo e atualizado Buddy's já esteja aberto há algumas semanas, a grande reinauguração oficial será nesta sexta-feira, e tenho usado todas as táticas de marketing que sei para garantir que todos os seres humanos que amam cerveja e vivam em um raio de cinquenta quilômetros saibam disso.

Depois que Josh e eu nos unimos novamente (e consumamos nosso reencontro sobre o balcão de madeira), tomamos a decisão de morar juntos. Foi principalmente um gesto simbólico, visto que já compartilhávamos um endereço, mas a grande e assustadora mudança ocorreu quando também decidimos nos mudar para o norte, para que Josh pudesse ficar perto do Buddy's.

E me tornar dona de bar no norte de Ontário definitivamente não estava nos meus planos de vida. Mas estou morando aqui há quase quatro meses e, se este lugar não é meu "felizes para sempre", com certeza é o meu "felizes por enquanto". Estou fazendo uma renda alugando a casa em Toronto para uma advogada muito querida e seus labradoodles. Josh e eu vivemos de forma muito econômica acima do bar, o que significa que posso trabalhar remotamente no meu emprego de marketing por apenas três dias na semana, e sobra bastante tempo para entreter os clientes do bar com minhas habilidades de virar garrafas aos fins de semana. Josh e eu nos juntamos a uma liga de curling e estamos curtindo a rotina descontraída da vida nesta cidade pequena e com pouco drama. Não me lembro de ter sido tão feliz antes.

Fecho o computador e desço a escada.

Josh está atrás do balcão quando chego. Seus braços estão cruzados sobre o peito e ele está olhando para o palco, onde uma banda toca seu set de teste. Uma das primeiras coisas que Josh fez quando assumiu o bar foi retirar algumas mesas e construir um pequeno palco. Quando o Buddy's reabrir oficialmente, terá música ao vivo de quinta a sábado, além de karaokê todos os domingos e quartas-feiras à noite. Josh prometeu me avisar com antecedência se sentir vontade de cantar uma música romântica.

— Ei — chamo Josh, que se vira ao som da minha voz e me observa enquanto tento rastejar por baixo do balcão com a graça de um bebê antílope recém-nascido.

Ele abre os braços quando consigo passar, e me enfio em seu abraço. Meu lugar favorito na Terra.

Meu antigo lugar favorito na Terra, Carson's Cove, ainda está envolto em mistério. Não consegui assistir a nenhum episódio desde que voltamos para casa. O único vislumbre de Sheldon que tive desde que roubei seu carro aconteceu por acidente, quando estava assistindo a um episódio de *Law & Order: SVU*. Ele interpretou um stalker cibernético obcecado. Tive que mudar de canal — tudo ainda estava muito recente —, mas, nos breves momentos antes de reconhecê-lo sem o cabelo loiro descolorido, o ouvi dizer algumas falas. O suficiente para que eu tivesse certeza de que ele receberá o crédito que desejava desesperadamente.

A banda começa a tocar outra música. É um cover de "Blinding Lights", de The Weeknd.

Fico na ponta dos pés para me aproximar do ouvido de Josh.

— Eles não são nenhum Seth e os Dingos Famintos, mas mandam bem.

Ele dá um beijo na minha testa e aperta minha bunda.

— Você está muito cheirosa — comenta ele. — O que é?

— Lenhador de Madeira de Cedro. Comprei um pra mim. Estava cansada de cheirar como um campo de flores, e acho que faz sentido agora que moramos aqui.

Ele enterra o nariz no meu pescoço e me beija suavemente atrás da orelha. Uma promessa do que virá mais tarde, quando finalmente subirmos a escada.

A porta da frente do bar se abre e uma mulher entra. Ela está de costas para nós, e levamos um momento para identificá-la, até que ela se vira e eu reconheço a mãe de Josh. Ela vem em nossa direção carregando um bolo branco, decorado com glacê verde, onde está escrito: *Que todos os seus sonhos se realizem*. No centro, há uma única vela branca. Seu pavio dança com uma pequena chama laranja. Ela o coloca sobre o balcão na nossa frente.

— Estou muito orgulhosa de você, querido — diz ela para Josh, enquanto estende a mão para apertar a minha. — Achei que vocês dois mereciam uma comemoração por todo trabalho que estão fazendo, e abriu uma padaria muito fofa logo ali na esquina. Tudo na vitrine parecia delicioso e não consegui resistir. — Ela empurra o bolo em nossa direção. — Sei que não é tradição, mas por que vocês não fazem um pedido?

Josh se vira e olha para mim.

Inspiro, minha mente se enchendo de um milhão de ideias para nossa próxima aventura.

— No três? — pergunta Josh, sorrindo como se soubesse exatamente o que estou pensando.

— Um... Dois...

Fechamos os olhos, agarrados àquele sentimento, e assopramos.

Agradecimentos

Na primavera de 2022, eu estava muito confiante por já ter uma ótima ideia para meu livro número dois e três capítulos iniciais sólidos. Mas pensamentos perigosos me ocorreram: "A maldição do segundo livro não vai acontecer comigo." "Vou fazer exatamente o que eu fiz da primeira vez, só que melhor."

Então, é claro, fui obrigada a ser humilde.

O primeiro rascunho de *Um romance fora de série* precisou de uma grande reformulação. O bom de ter uma editora é que, quando seu manuscrito chega ao fundo do poço, você tem uma pessoa sentada ao seu lado, pronta para ajudá-la a sair do buraco em que caiu. Eu tive Emma Caruso, que não só editou de forma muito firme (ou seja, uma lanterna muito potente, se ainda estivermos usando a analogia do poço), mas também me motivou constantemente com a palavra de ordem "Você consegue!". No fim das contas, eu *consegui*, e a palavra de ordem mudou para "Estou tão orgulhosa de você". Emma: aprecio aprender pela dor tanto como aprecio seu otimismo constante e inabalável.

Bibi Lewis, estou convencida de que você é um tubarão disfarçada de golfinho cor-de-rosa. Amo o fato de você ter se tornado uma presença constante na minha vida. Meu dia fica infinitamente melhor com um telefonema dela (especialmente quando ela me liga de festas de casamento em lugares remotos, sem sinal de celular, porque não vê a hora de compartilhar as boas notícias). Aprecio sua disposição de conversar comigo sobre todas as pequenas coisas, traçar estratégias para as grandes coisas e ser minha primeira opção para tudo o mais nesse meio-tempo.

Agradeço à Whitney Frick e à equipe da Dial Press, no ano passado, quando escrevi os agradecimentos de *Um feitiço de amor*, tinha apenas uma vaga ideia da potência de marketing/ relações públicas/ estratégia de vocês. Cindy Berman, Debbie Aroff, Madison Dettlinger e Melissa Folds, toda vez que alguém diz "Uau! A Dial sabe como lançar um livro", eu penso em vocês. Existe algo realmente especial acontecendo na Dial e sou muito grata por ser uma pequena parte de todos os livros maravilhosos que vocês trazem a esse mundo.

À maravilhosa equipe da Viking UK: Lydia Fried e Jasmin Lindenmeir. Vocês fizeram milagres editoriais no Reino Unido, e sou incrivelmente grata por ser uma autora da Viking UK.

Petra Braun, suas belas obras de arte deixam minha alma muito feliz. Obrigada!

Sempre me perguntam: "Como você sabia como escrever um livro?" E minha resposta é sempre: "Não sabia. Até que encontrei a comunidade de escritores." Nunca encontrei um grupo tão disposto a se apoiar mutuamente, transmitir conhecimento e experiência, e comemorar cada pequeno marco (mesmo que seja seu 3.495ª post no Instagram sobre o mesmo assunto). Sou eternamente grata aos olhos especializados de Sarah T. Dubb, Mae Bennett, Ingrid Pierce, Jenny Lane e Amanda Wilson, que ajudaram a encontrar tudo de bom nos primeiros manuscritos e a eliminar o que era ruim. Katie Gilbert, Aurora Palit, Jessica Joyce, Ambriel McIntyre, Ellie Palmer, Amy Buchanan, Scarlette Tame e Maggie North, bem como os Boners e todos os membros do SF 2.0. Obrigada por confiarem a mim suas palavras maravilhosas e por proporcionarem um espaço seguro para que eu compartilhasse as minhas.

Hudson Lin, Shade LaPite, Lindo Forbes, Farah Heron e o restante dos Escritores de Romance de Toronto: obrigada pelas muitas noites e pelos nachos de suporte emocional que me ajudaram a superar meu ano de estreia.

Lavanya Lakshmi, meu coração encontrou uma querida amiga no seu. Obrigada por me convencer a sair da beira do precipício várias vezes (e, é claro, pelos coquetéis de suporte emocional). Sarah Adams, Sarah Hogle, Karma Brown, Jen Deluca, Marissa Stapley e B.K. Borison, não tive a oportunidade de agradecer suas palavras gentis dentro e fora das páginas de *Um feitiço de amor*. Sou eternamente grata por sua disposição em divulgar uma autora que não conheciam à época. Eu me refiro exatamente a vocês quando falo sobre a generosidade e a bondade da comunidade literária.

Para aqueles que leram, resenharam e compartilharam seus pensamentos e postagens tanto sobre *Um feitiço de amor* como sobre *Um romance fora de série*: agradeço o tempo que é necessário para resenhar um livro, criar uma bela postagem ou escrever essas palavras gentis. Esses felizes para sempre não poderiam acontecer sem vocês, e sou infinitamente grata.

Por fim, para minha família, amigos e vizinhos, obrigada por lerem, enviarem mensagens e piscarem discretamente na saída da escola para me avisar que chegaram às cenas picantes. Agradeço suas atualizações a cada página, a mudança sutil dos meus livros para as melhores prateleiras da livraria e todas as selfies quando vocês veem meu livro no mundo. Amo todos vocês. Bjs.

O mapa da mina

A menos que eu realmente tenha errado o alvo, você deve ter sentido uma vibe *Dawson's Creek* na cidade de Carson's Cove. Mas *Um romance fora de série* não foi apenas uma homenagem a *Dawson's Creek*, foi um aceno nostálgico a todos os dramas adolescentes que moldaram meus anos de formação. Se você não os percebeu durante a leitura (ou se teve uma leve suspeita), aqui está o mapa da mina dos dramas adolescentes que me inspiraram, modificados apenas o suficiente para que eu não fosse processada.

1. **Carson's Cove:** a pitoresca cidade litorânea com pequenas enseadas perfeitas para pedalar à noite (ou remar) é uma referência à pitoresca e fictícia cidade de *Dawson's Creek*, Capeside, na Nova Inglaterra.

2. **O Bronze:** fãs de *Buffy*, sei que vocês pegaram essa! O bar da Sherry foi batizado com o nome do local preferido dos menores de idade da Gangue Scooby. Que lugar perfeito para Seth e os Dingos Famintos tocarem (uma referência não tão sutil ao personagem de Seth Green, Oz, e sua banda, Dingoes Ate My Baby, Dingos comeram meu bebê, em inglês).

3. **O concurso Miss Festival da Lagosta:** você deve estar pensando que a referência desse concurso é *Dawson's Creek*, mas está (parcialmente) errado. O concurso anual era um elemento básico para a

maioria dos dramas adolescentes que queriam uma desculpa para colocar seus lindos atores em trajes de gala cintilantes (cof-cof, Miss Mystic Falls, de *Vampire Diaries*). Mas o concurso Miss Festival da Lagosta foi muito inspirado no concurso Miss Liberty de Malibu Sands, de *Uma galera do barulho*. (Observação: Lisa Turtle e sua minissaia vermelha foram injustiçadas, na minha opinião).

4. **Poppy Bensen:** Cherry Bomb, Addison Montgomery, Chuckie. Adoro uma ruiva pronta para agitar as coisas. Embora definitivamente tivesse Cherry Bomb, de *Riverdale*, na cabeça enquanto escrevia, estava canalizando a energia de Brenda Walsh. A série *Barrados no baile* era famosa pelas tramas do tipo "você é minha melhor amiga, mas, mesmo assim, vou apunhalar você pelas costas", que eram a base dos dramas adolescentes dos anos 1990. Pontos bônus se você percebeu o paralelo entre as origens dos personagens (tanto Poppy e seu irmão, Peter, quanto Brenda e Brandon eram os adolescentes recém-chegados de Minnesota).

5. **Lanchonete do Pop:** o restaurante temático dos anos 1950 foi inspirado no Pop's de *Riverdale*, mas também no clássico cult *Pleasantville: a vida em preto e branco*, que inspirou fortemente o enredo de *Um romance fora de série*.

6. **A música de Alanis Morissette tocando na lanchonete:** Junto com essa revelação, você vai receber uma pequena lição de história. Quando *Dawson's Creek* foi ao ar originalmente, os produtores queriam que "Hand in My Pocket", de Alanis, fosse a música-tema de abertura, mas não conseguiram os direitos. Depois, quando foi ao ar internacionalmente pela Netflix, eles tiveram problemas com o licenciamento de novo e usaram "Run Like Mad", de Jann Arden, fora dos Estados Unidos. Jann e Alanis eram minhas artistas favoritas para sessões de cantoria/choro por causa de um amor não correspondido, e tive o imenso prazer de fazer uma homenagem a minhas compatriotas canadenses.

7. **Beijos na testa e cabelo atrás da orelha:** Sabe quando você leu em *O grande Gatsby* que a grama era verde e o teto parecia um bolo de casamento, e seu professor do ensino médio insistia que isso tinha um significado simbólico? Bom, os beijos na testa e cabelo atrás da orelha são meu simbolismo. Talvez eu tenha exagerado com os beijos na testa, mas esse era o movimento característico de Pacey Witter, um dos protagonistas de *Dawson's Creek*, e acho que é a maneira perfeita de demonstrar amor e carinho verdadeiros e genuínos. Spencer, por outro lado, adorava colocar o cabelo de Sloan atrás da orelha dela, e usei isso para mostrar que: a) é um gesto exagerado e clichê, assim como nosso menino Spencer; b) é um pouco irritante, especialmente quando as mãos estão oleosas; e c) é superficial. Se você ama alguém, deixe o cabelo dessa pessoa em paz.

8. **Nomes dos personagens:** todos os personagens têm combinações exclusivas dos melhores (e piores) personagens das minhas séries de referência. O namorado de Poppy, "Chad Michaels" — eu precisava fazer uma referência a Chad Michael Murray em algum lugar! O sobrenome de Poppy é uma referência a Ashley Benson, de *Pretty Little Liars*. Pequeno Chuck (nosso segurança) é uma referência ao icônico Chuck Bass, de *Gossip Girl*. Sinto que há ainda mais coisas que fugiram do meu inconsciente para a história. Pontos bônus se você conseguir identificá-las!

Quem era o seu namorado da TV?

Os dramas adolescentes desempenharam um papel importante na minha experiência de amadurecimento. Além de estabelecerem expectativas irreais para minha experiência no ensino médio, eles também ajudaram a moldar as expectativas do que eu deveria esperar de um bom parceiro. Embora esses dramas tendessem a dar exemplos tóxicos e até prejudiciais de como o amor deveria ser, havia também algumas joias escondidas. Aqui está a lista de namorados de séries de TV do final dos anos 1990/ início dos anos 2000 que me fizeram acreditar no amor:

1. **Pacey Witter** (*Dawson's Creek*): eu sei, você está totalmente chocada. Admito que, assim como a maior parte do mundo, comecei minha jornada em *Dawson's Creek* torcendo pelo Dawson.* Culpo totalmente a história de Tamara Jacobs por esse erro de julgamento inicial, mas, no momento em que Andie McPhee chegou à enseada, eu me tornei time Pacey. Charmoso e autodepreciativo, doce e leal, e, meu Deus, aqueles beijos na chuva. Pacey Witter sempre será

---

* Embora eu definitivamente tenha desprezado um pouquinho Dawson Leery, o personagem, quero compartilhar meu amor eterno e minha admiração por James Van Der Beek, o homem. *Não confie na p--- do apartamento 23* é uma obra-prima. Você é brilhante. Seu TikTok me dá vida. Que se fodam as formigas-de-fogo!

meu favorito (a não ser que passemos para os dramas adultos, nesse caso Peter Bishop vence, mas dá para ver algo em comum aqui: para sempre Joshua Jackson).

2. **Ryan Atwood** (*O.C.: um estranho no paraíso*): sei que a resposta correta provavelmente seria Seth Cohen e seu amor eterno pela Summer, mas fui uma garota a fim do Ryan. Talvez pela personalidade de bad boy — eu só queria sufocá-lo de amor até mudá-lo. Mas Ryan loiro e taciturno era o meu homem.

3. **Logan Huntzberger** (*Gilmore Girls*): posso até ter aberto a discussão com Ryan Atwood, mas agora estou jogando a merda no ventilador, deixando todas as paredes sujas ao meu redor. Eu sei, eu sei, a internet ama o Jess. Meu cérebro adulto e sensato vê o cabelo desgrenhado e os braços cheios de livros e reconhece que vocês sabem do que estão falando. Mas meu cérebro adolescente, com seu lobo frontal não desenvolvido, tinha uma queda por bad boys loiros (veja acima). Eu adorava aquele estilo "o cara gostoso que a deseja e a deseja muito", e essa era a do Logan. Além disso, Rory o mudou (ele se tornou um namorado melhor — isso pode acontecer!).

Bake a Wish
Bolo de aniversário possivelmente mágico

Ingredientes

Bolo

2⅓ xícaras de farinha de trigo
2¼ colheres (chá) de fermento em pó
¾ colher (chá) de sal
¾ xícara de manteiga sem sal em temperatura ambiente
1½ xícara de açúcar refinado
1 xícara de leitelho
3 ovos
2 colheres (chá) de extrato de baunilha

Creme de baunilha

¾ xícara de manteiga sem sal em temperatura ambiente
3 xícaras de açúcar de confeiteiro
⅓ xícara de leite integral
1 colher (chá) de extrato de baunilha
1 pitada de sal

Modo de preparo

Para o bolo
- Pré-aqueça o forno a 180°C.
- Corte duas rodelas de papel-manteiga e forre o fundo de duas fôrmas de vinte centímetros.
- Unte a fôrma e o papel.
- Em uma tigela separada, misture a farinha, o fermento em pó e o sal.
- Coloque a manteiga e o açúcar em outra tigela e bata usando uma batedeira comum ou alguma engenhoca tipo a Kitchen Aid (a minha se chama Tina Sparkle).
- Bata em velocidade média até ficar bem leve e macio (por quatro a cinco minutos).
- Reduza a velocidade da batedeira e adicione o leitelho e os ovos, seguidos pela baunilha.
- Acrescente os ingredientes secos, batendo o mínimo possível. (Fato interessante: eu fiz um curso de panificação básica na Universidade George Brown e uma das únicas coisas de que me lembro é que, quanto mais misturar a farinha, mais você ativa o glúten e mais dura/consistente a massa fica. Por isso, é preciso sovar bastante se estiver fazendo pão, mas o mínimo possível para bolos.)
- Despeje a massa nas fôrmas de bolo.
- Asse os bolos por trinta a trinta e cinco minutos (verifique o cozimento enfiando um palito no meio do bolo e certificando-se de que ele saia limpo).
- Certifique-se de que os bolos tenham esfriado completamente (é sempre aqui que erro).

Para o creme
- Pegue a Tina Sparkle novamente (ou qualquer outro nome incrível que você tenha dado a sua batedeira).

- Bata a manteiga em velocidade média por cerca de dois minutos.
- Diminua a velocidade e adicione o açúcar de confeiteiro, o leite, a baunilha e o sal.
- Aumente a velocidade dessa lindinha para alta e a deixe trabalhar por mais dois minutos.
- Prove: se o creme estiver muito grosso, adicione mais leite. Se, pelo contrário, estiver líquido demais, adicione um pouco mais de açúcar.

Decoração
- Quando os bolos estiverem frios, você pode rechear e cobrir com o creme. Sinta-se à vontade para acrescentar uma surpresa ao recheio.
- Decore com granulado!
- Aproveite e não se esqueça de fazer um pedido.

Impresso no Brasil pelo Sistema Cameron da Divisão Gráfica da
DISTRIBUIDORA RECORD DE SERVIÇOS DE IMPRENSA S.A.